Amity
and
Prosperity

压裂的底层

One Family and the Fracturing of America

Eliza Griswold
[美] 伊丽莎·格里斯沃尔德 著
曾小楚 译

文匯出版社

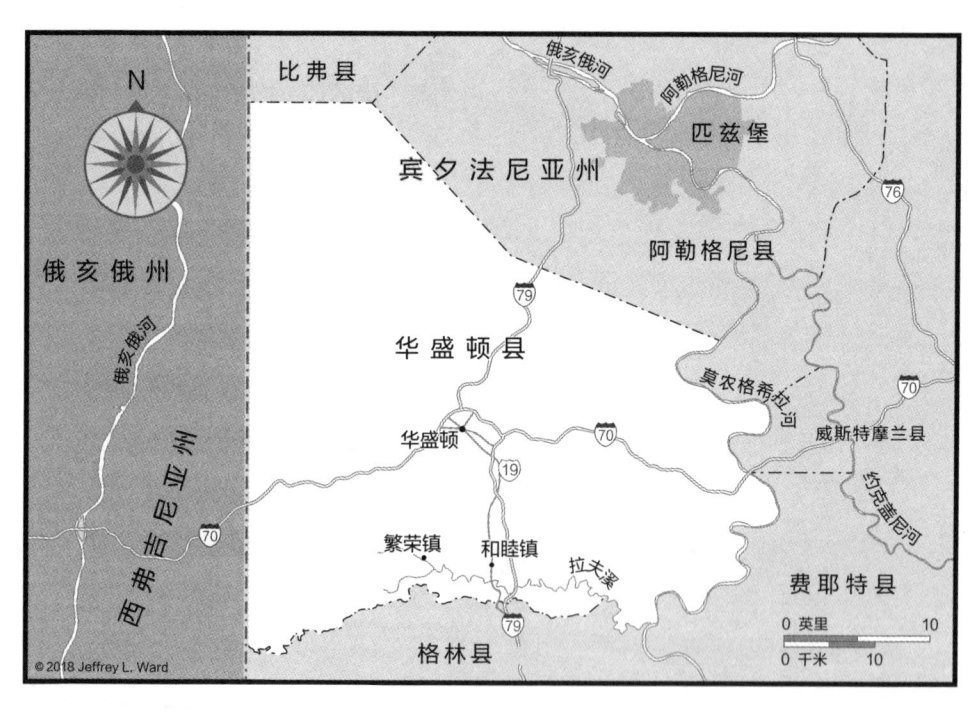

* 本书插图系原文插附地图

献给哈利和佩奇

困苦穷乏人寻求水却没有；
他们因口渴，舌头干燥。
我耶和华必应允他们。
——《以赛亚书》41:17

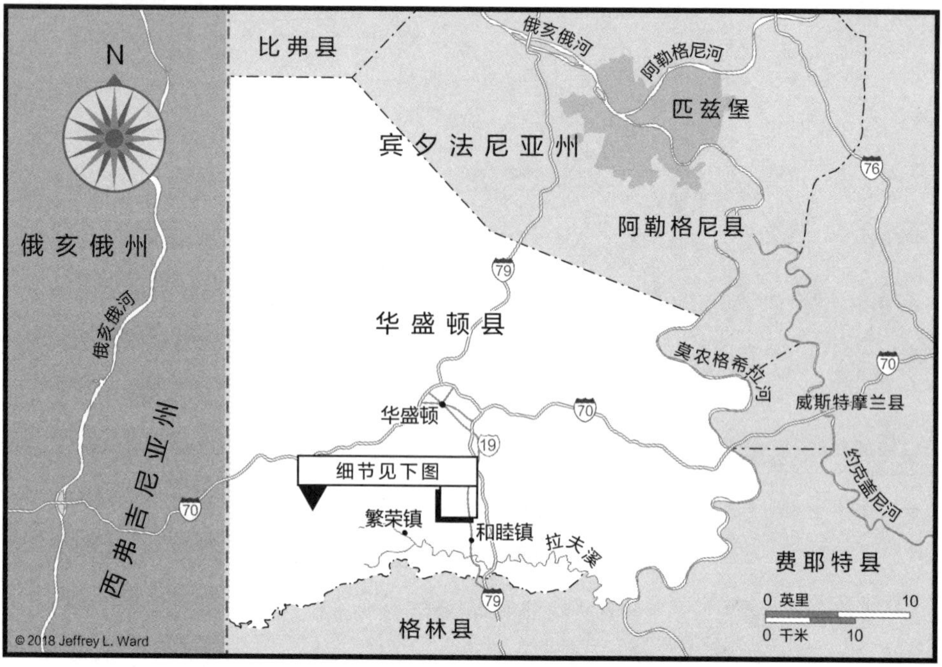
N
比弗县
俄亥俄河
阿勒格尼河
匹兹堡
宾夕法尼亚州
76
阿勒格尼县
俄亥俄州
79
俄亥俄河
华盛顿县
莫农格希拉河
70
威斯特摩兰县
华盛顿
70
19
西弗吉尼亚州
约克盖尼河
细节见下图
70
繁荣镇
和睦镇
拉夫溪
费耶特县
79
0 英里 10
0 千米 10
格林县
© 2018 Jeffrey L. Ward

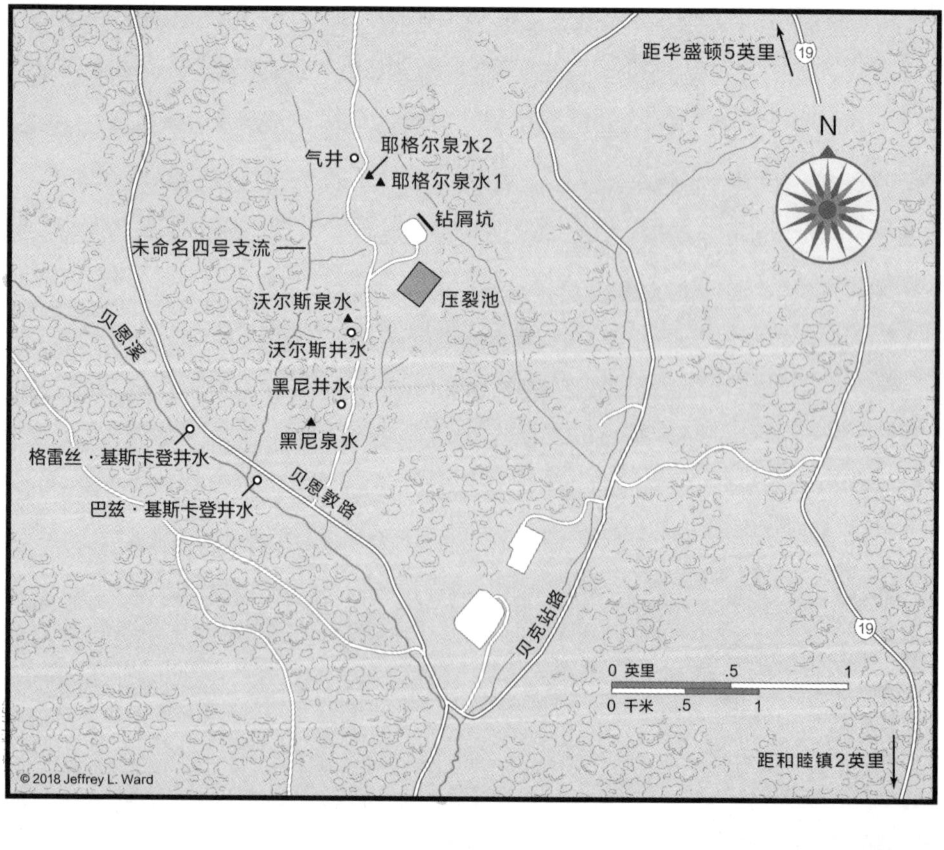
距华盛顿5英里
19
N
气井
耶格尔泉水2
耶格尔泉水1
钻屑坑
未命名四号支流
压裂池
沃尔斯泉水
沃尔斯井水
贝恩溪
黑尼井水
黑尼泉水
格雷丝 · 基斯卡登井水
巴兹 · 基斯卡登井水
贝恩敦路
贝克站路
19
0 英里 .5 1
0 千米 .5 1
距和睦镇2英里
© 2018 Jeffrey L. Ward

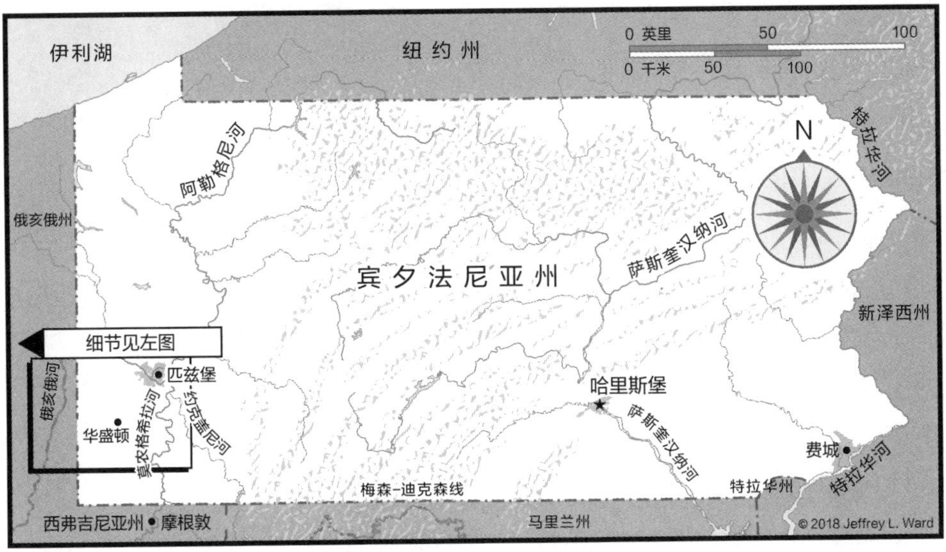
伊利湖
纽约州
0 英里 50 100
0 千米 50 100
N
特拉华河
阿勒格尼河
俄亥俄州
萨斯奎汉纳河
宾夕法尼亚州
新泽西州
细节见左图
匹兹堡
哈里斯堡
俄亥俄河
约克奥尼河
莫农格希拉河
华盛顿
萨斯奎汉纳河
费城
特拉华河
梅森-迪克森线
特拉华州
西弗吉尼亚州
摩根敦
马里兰州
© 2018 Jeffrey L. Ward

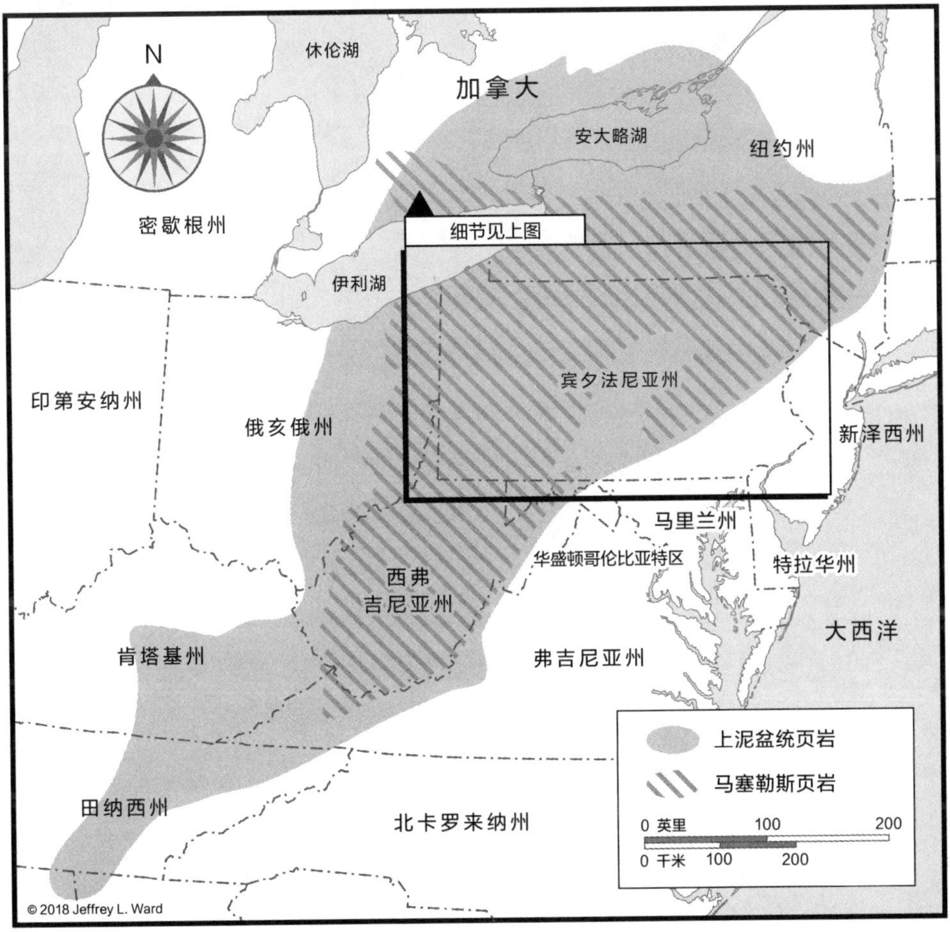
休伦湖
N
加拿大
安大略湖
纽约州
密歇根州
细节见上图
伊利湖
宾夕法尼亚州
印第安纳州
俄亥俄州
新泽西州
马里兰州
华盛顿哥伦比亚特区
特拉华州
西弗
吉尼亚州
大西洋
肯塔基州
弗吉尼亚州
上泥盆统页岩
马塞勒斯页岩
田纳西州
北卡罗来纳州
0 英里 100 200
0 千米 100 200
© 2018 Jeffrey L. Ward

目 录
Contents

按语 / 1
序 / 7

第一部 哈皮佬

第一章　2010 年的集市 / 10
第二章　当热潮到来 / 18
第三章　隔壁的麻烦 / 29
第四章　砷 / 37
第五章　空气传播 / 46
第六章　哈皮佬 / 55
第七章　"同心同德，相亲相爱，和睦共处，如一家人" / 63
第八章　怀疑者 / 69
第九章　吊人索 / 79
第十章　血与尿 / 87
第十一章　机场 / 100

第二部　举证责任

第十二章　"阿提克斯·芬奇夫妇" / 109
第十三章　互相猜疑 / 128
第十四章　巴兹 / 136
第十五章　缺失的那几页 / 141
第十六章　彩虹水 / 147
第十七章　"亲爱的总统先生" / 154
第十八章　暴动者 / 161
第十九章　举证责任 / 165
第二十章　监管全州 / 172
第二十一章　有钱能使鬼推磨 / 182
第二十二章　所有人都在奔向毁灭 / 202
第二十三章　远处的人 / 209
第二十四章　无知浑蛋 / 217
第二十五章　特别探员 / 229
第二十六章　全金属外壳 / 235

第三部　有权享有洁净的空气和纯净的水

第二十七章　有权享有洁净的空气和纯净的水 / 245

第二十八章　噩梦 / 253

第二十九章　关闭废料池 / 259

第三十章　追踪鬼魂 / 271

第三十一章　"生活在废品场的原告" / 279

第三十二章　天后 / 283

第三十三章　2016 年的集市 / 291

尾声　戴白帽的人 / 302

后记 / 316

关于资料来源的说明 / 321

注释 / 324

致谢 / 332

按语

> 在我看来,"阿巴拉契亚问题"既不是政治问题,也不是经济或者社会问题。我认为它是一个精神问题,它的名字叫贪婪。
>
> ——《我们的阿巴拉契亚:口述历史》,
> 劳雷尔·沙克尔福德、比尔·温伯格编

距今四亿年前,地球上有个巨大的内海,内海的上空飞舞着乌鸦一般大的蜻蜓。它那微咸的水里生活着第一批鲨鱼、海藻等原始生物。这些生物死后沉入海底,它们的遗体石化后变成了化石燃料。石油和天然气被锁在泥沙中,泥沙又演变为一种被称为页岩的沉积岩。在接下来的六千万年里,随着海水退去,留下一个个淡水沼泽,倒伏其中的花草树木形成了地球上最年轻的矿物燃料——煤炭。一开始这些石油、天然气和煤炭层层堆叠,分得非常清楚。后来,在巨大的热量和压力的作用下,矿层发生扭曲和变形,有些地方升到地表,有些地方则留在了地底深处。

在阿巴拉契亚地区,人们使用这些燃料已经有几百年了,虽然他们使用的方式比较独特。有证据表明，至少在600年前，今宾夕法尼亚西部的原住民就已经在河边挖坑，采集石油来治疗肺病和性病。1753年独立战争爆发之前，乔治·华盛顿在骑马西行时发现，边境地区的人早已知道了煤和天然气这两种能源。在接下来的100年里，煤炭成为这个年轻国家发展的强大推动力。而天然气则要难控制一些——它会从矿工挖的盐井里逸出。一些城镇想方设法把天然气接到了路灯上；另一些城镇却只是引发了爆炸。1859年，埃德温·德雷克上校在宾夕法尼亚西部发现石油，宾夕法尼亚州成了美国石油工业的诞生地——全球第一次石油热潮迅速席卷全州。然而这股热潮只持续到19世纪70年代。究其原因，并不是石油已经开采完，而是因为剩下的都在地底深处，开采的成本太高，只能放弃。

对于自己的能源需求，美国的应对方法一直都是再往下挖；然而问题是，怎么挖。过去几十年来，一种名为"水力压裂法"——简称"压裂法"——的技术创新，使得开采深层岩石中的天然气成为可能。压裂法的工作原理是，从地面往下，垂直打一个一英里深（或者更深）的洞，然后再朝着水平方向，钻一个二英里长的孔，通过这种方法把页岩中的天然气释放出来。丹尼尔·戴-刘易斯在电影《血色将至》中所说的那根恶魔般的吸管，将不必直接伸到奶昔里面。它可以掰弯，拐向任何地方。

十年前，压裂法掀起了一阵"天然气热潮"，大量的资金因此涌向阿巴拉契亚地区。它同时也对那些生活在碳开采地区的生命造成了伤害。2011年3月，我在西弗吉尼亚摩根敦的机场，参加了一次农民会议，这些农民同时也是退休的煤矿工人和钢铁工人。我在那里见到了斯泰茜·黑尼，她是一名护士，也是一个有两个孩子的单身母亲。她邀请我到她的农场去,那农场有八英亩大,就在宾夕法尼亚州西南部的华盛顿县,跨过州界就到。斯泰茜和两个孩子,14 岁的哈利和 11 岁的佩奇,很担心因暴露于有毒的工业区而染病,那个工业区就在他们家隔壁。三人体内均查出含有低剂量的与天然气相关的化学物质,哈利的情况最严重,他刚刚被诊断为砷中毒。

第二天我去了斯泰茜家,她开车带我到附近的和睦镇和繁荣镇,以及周围的村子兜了一圈,她的家族已经在这两个镇上住了 150 年。长满梯牧草的山坡上点缀着一台台红色和白色的钻机。沙子铺成的行车通道蜿蜒穿过苜蓿地,绿色的凝析油罐在远处闪着光。这里是席卷这一地区的天然气热潮的中心,这股热潮从 2005 年开始,一直到 2015 年才结束,持续了整整十年;斯泰茜家方圆一英里的范围内,就有五个井场。我们很容易把工业的入侵认为是对田园生活的破坏,对许多人来说确实如此。然而对另一些人来说,压裂法的出现为他们解决了几十年来的经济衰退问题。

和睦镇和繁荣镇的风景并不原始。能源开采的历史蚀刻着阿巴拉契亚山脉的一个个山谷。从 1885 年起,和睦镇那些长着一枝黄花的田地里,就星星点点地分布着油井的木塔,井架在野薄荷丛中低着头。南北战争爆发后,羊毛的价格持续低迷,养羊的农场主们便把自己农场的采煤权卖掉。宾夕法尼亚丰富的煤炭和铁矿储量,以及纵横的河道,使之成为炼钢的好地方。1875 年,安德鲁·卡内基在莫农格希拉河畔建了一座全国最大的钢铁厂,宾夕法尼亚由此成为世界钢铁之都。

世代生活在工业区附近的乡下居民,靠打工和出租采矿权获得的小额收益为生。他们往往对产权和采矿权的复杂条款非常了解,对自己脚下蕴藏能源的历史和价值也非常熟悉。因此,在农业获利时代已经过去很久之后,他们依然留在自己的土地上。尽管这些小型租约可能为他们提供免费的天然气和每年几百美元的土地使用费,但是采矿产生的大部分利润却去了别的地方。富豪们离开了这里,留下几千英里被酸性采矿废水污染的红色溪流、堆积如山的矿渣,和煤矿带上一座座被掏空的城镇。企业城面临大规模的失业,还有工业所留下的一系列环境和社会问题。

能源开发经常意味着对当地居民的剥削。和睦镇和繁荣镇的情况与其他地方一样,长期以来,资源开采都给人一种边缘化和令人厌恶的感觉,人们不仅讨厌这些破坏土地的企业,也讨厌那些用电过于随意的城里人——这些人丝毫不体谅冒着生命危险,为他们提供电力的矿工生活之艰辛。现在,压裂法热潮再次印证了这一点。这一次,少数人赚到了大钱。而随着失去的越来越多,人们变得越来越不相信州和联邦政府、环保人士,以及那些反对工业热潮的邻居。外人普遍认为,阿巴拉契亚人是他们所不理解的暴力的牺牲品——这一观点在他们看来既幼稚,又有些傲慢。他们认为,反对压裂法是一种意识形态立场,是在对实际技术以及如何安全使用这种技术了解不足的情况下形成的。

压裂法在红蓝各占一半的"紫色州"[①]宾夕法尼亚异常盛行,因此这项技术不仅是个政治问题,还是个实际问题。压裂法加剧了民主党和共和党之间的分歧。它同时带来了能源独立的前景,并给那些苦苦挣扎的地方注入了它们急需的资金。然而压裂法也造成了社会的分裂,一边是赚得盆满钵满的人,一边是水、空气和健康受到威胁的人。

---

① 紫色州:美国选举中,红色代表共和党,蓝色代表民主党,没有明显偏向哪一政党的为"紫色州",又称"摇摆州"。

在与石油和天然气行业斗争的过程中，斯泰茜和她的孩子不仅失去了自己的土地，还耗费了一生中大量的时间。过去七年来，在丑陋的公开对抗之余，他们允许我听取他们家庭最私密的难题——接二连三死去的动物、在浴室地板上度过的夜晚，以及生病的孩子不肯离开地下室的痛苦。他们是为美国能源事业献出生命的那类人。

序

那些老往我家闯的无知浑蛋听好了：我和我的孩子无家可归已经两年半，我们非常不幸，但是现在我必须处理这件事。你们的贪婪给我造成了超过35,000美元的损失，银行强制我买5,000美元的按揭保险，因此从1月1号开始，我每月要偿还的按揭贷款增加了500美元。我希望你们对自己的行为感到心安，我还希望你们知道，这座房子的污染能致癌，所以，你们这些浑蛋窝囊废，尽管来了再来。我希望你们得癌症死掉！！！当你们在花那些卖废品换来的钱时，我希望你们想一想你们从我的孩子身上拿走了什么。

——*2013年11月3日，斯泰茜·黑尼在她那废弃的农舍门上贴的告示*

第一部

哈皮佬

第一章

2010 年的集市

在一年一度的华盛顿县集市上,斯泰茜·黑尼通常都会在自己那辆蓝白两色的科奇曼拖车外办一个动物美发沙龙。她和妹妹谢莉会把吹风机连在发电机上,把她们的宝贝山羊好好打扮一番,送去参加四健会①的比赛。今年的沙龙办起来太费事了,斯泰茜就在家里给动物们梳妆打扮。整整两天,她泡在儿童泳池齐胸深的冰水里,用箭牌肥皂给两只山羊、两只猪和四只兔子洗澡,给它们修剪梳理毛发。然后,在那个八月的早晨,斯泰茜把它们拉到了 10 英里外的集市上。

斯泰茜给四只兔子办了登记,就和 11 岁的女儿佩奇去了考利的柠檬水摊子。华盛顿县集市位于匹兹堡西南 30 英里处,由两个完全不同的世界组成。低处有一座外乡人和杂工经营的摩天轮(斯泰茜刚满 14 岁的儿子哈利管它叫"游乐场")。高处属于四健会和农业——

---

① 四健会:美国的一个青年组织,该组织每年都在全美乡村举办一系列活动,旨在促进青少年德智体美劳全面发展。其名称来自 4 个以 H 开头的单词:head(脑)、heart(心)、hands(手)和 health(身)。

"农"——类,其中许多人(包括斯泰茜一家)认为自己是"哈皮佬",这是圈内人对生活在宾夕法尼亚、俄亥俄和西弗吉尼亚三州交界处的乡巴佬的称呼,这里也是阿巴拉契亚山脉的起始处。

这两个世界的交汇点就在半山处考利的摊子前,斯泰茜和佩奇正在等柠檬水,忽然发现有两个熟悉的身影正从马厩朝山下走去,步伐沉重而缓慢。那个女人身材结实、满头银发,那个男人身材瘦高,长着一头浓密白发、瘸着腿,他们是贝丝和约翰·沃尔斯夫妇。沃尔斯一家和斯泰茜一家是邻居,住在贾斯塔布里兹,这里有一个15英亩的农场,用来训练马匹和培育高级犬。两家共用一道栅栏,并且都很喜欢动物。贝丝对待自己的拳师犬就像孩子一样,给它们做意大利细面条、西葫芦和肉丸三明治,给它们穿迷你皮夹克,戴飞行护目镜,系上领巾,拍摄专业写真。她把这些照片装在相框里,挂在牧场平房四周,她和约翰已经在这座房子里住了28年。

在过去的一年半中,提起任何一件事都能够证明沃尔斯夫妇是优秀的邻居。当40岁的斯泰茜既要忙于华盛顿医院监护室全职轮班的护士工作,同时又面临与拉里·黑尼的离婚时,沃尔斯夫妇都在默默地帮她看家。哈利生病在家时,他们的女儿阿什莉经常带着刚出生的小拳师犬卡明斯来看他,逗他开心。阿什莉22岁了,依然住在家里,她是一名赛马好手。从佩奇2岁的时候,阿什莉就已经开始教她骑马了。

贝丝和约翰走近了,斯泰茜看到睫毛膏正从贝丝红润的脸上流下来。她猜想出汗是天气太闷热的缘故。集市的空气中弥漫着爆米花和麝香的味道,中间还夹杂着斯泰茜手臂上残留的箭牌婴儿洗发水的香味。斯泰茜的左臂起了疹子,情况时好时坏,已经好几个月了。身为护士,她却无法断定起疹子的原因。她仔细端详着手上的红肿,抬起头时，发现贝丝站在面前，满面泪痕。

卡明斯死了，贝丝说。是中毒。

斯泰茜感到一阵晕眩。她的头脑中快速闪过从她和贝丝居住的谷顶，沿麦克亚当斯路一直到"谷底"（人们对山谷底部的称呼）的每一座农舍以及每一辆拖车。几乎所有人她都认识。他们世世代代互相帮忙，最近又安全挺过了持续几十年的经济危机，他们之间已经密不可分。

没有人会毒死一只幼犬，她轻轻地对贝丝说。贝丝却不这么认为。兽医告诉她，卡明斯的内脏都变硬了，凝结成块，她说，就跟喝了防冻剂一样。兽医也不排除癌症的可能性，但贝丝怀疑是谋杀。她还认为自己知道毒药的来源：那年夏初，她看见有条狗在路边喝一辆喷水降尘的卡车驶过后留下的水，她想知道那些液体是什么，就拿了一个玻璃瓶追着车子打算装上一些，但是司机停了下来。卡车在陡峭的土丘上发出尖锐刺耳的刹车声，司机朝她大喊大叫，要她退回去。

后来，贝丝和斯泰茜把这次有关卡明斯之死的谈话作为破解谜团的开始。可是当时斯泰茜浑身是汗，有些心不在焉。佩奇站在旁边，咔嚓咔嚓地嚼着杯底的糖。斯泰茜抱了抱贝丝，然后看着她和约翰继续朝山下那片霓虹闪烁的地方走去。她想回到拖车那里看看哈利的情况。她很怕告诉他这个消息。

哈利很喜欢卡明斯，而且他又这么虚弱。过去一年半来，他经常感到恶心反胃，但是一直查不出原因。他错过了七年级的大部分课程，坐在家里的躺椅上，看着自己的小狗亨特和卡明斯在客厅的地板上玩耍。哈利已经从一个英俊害羞、能力超凡的篮球小子变成了一根萎靡不振的火柴人。他身高 6 英尺 1 英寸，体重 127 磅。几天前，为了参加集市的竞赛，哈利给他的山羊布茨称重时发现，她的体重已经快赶上主人的体重了。

斯泰茜希望今年的四健会比赛能使他振作起来。她和哈利对布茨很有信心。大部分山羊容易受惊，但布茨非常友善。自从在家养病以来，哈利每天都和她在一起，这也许就是这只棕白相间的布尔山羊喜欢人的缘故吧。每当哈利去那摇摇欲坠的牲口棚去给她喂食，布茨都会把蹄子搭在木栅栏上，去舔他的脸。

有了布茨，哈利就有机会赢大奖。可能会赢得"才艺表演总冠军"，斯泰茜想。她喜欢集市，一年中的大部分时间都在为它做准备；她整个冬天都在给山羊拍卖场打电话，以确保用150到200美元这不多的钱，给孩子们买到最好的山羊和小猪。但有些人会花600美元，她听说有人为了买到一头可能夺得总冠军的猪，花了5,000美元。

"即使我花得起5,000美元去买一头猪，我也不会那么做。"她说。那太炫耀了，是不对的，违背了这个有着212年历史的集市的精神，这种精神影响了他们家三代人。她的父亲拉里·希尔贝里（所有人都叫他"老爹"）家境贫寒，在附近一家乳牛场长大。他来赶集，但是不会带动物来展示。"我们负担不起。我们把它们全吃了。"他跟外孙说。老爹20岁时到当地的一家钢铁厂工作，接着去了越南。两年后回来时，由于长期穿着潮湿的战靴，他的脚上长满了瘊子，已经无法站在钢铁厂的流水线前干活。由于脚部不适，被迫向钢铁厂请了好几个月假，他就到集市上向心仪的姑娘求爱。他把玩宾戈游戏赢得的一套蓝边的康宁餐具，送给了准新娘琳达。一年半后的1969年11月18日，斯泰茜出生了。

两年后，谢莉这个聪明的捣蛋鬼也降生了。斯泰茜和谢莉到了可以参加四健会比赛的年纪时，老爹工作的那家钢铁厂倒闭了。老爹一失业，家里顿时变得窘迫起来。从伐木到堆干草，他什么零工都做，琳达则和那一代的和睦镇妇女一样，离家去当清洁工。尽管如此，让女孩们去展示动物仍是一笔不小的开支。

斯泰茜13岁开始工作。她在和睦酒馆的酒吧家庭区清理摊位、卖冰激凌。学会开车后，她在华盛顿商场的一家男装店当了一名女裁缝。17岁那年，斯泰茜高中毕业，拿着全额奖学金进了一所美容学校，并永远离开了家。这并没有让她太伤心。她长得很美，浓密的黑色睫毛下，有一双大大的蓝眼睛。19岁那年，她结婚了，在埃尔斯沙龙当理发师。有些年长的客人鼓励她回到学校，像许多年轻女孩一样，去从事医疗行业。这并不是斯泰茜一个人的故事，这是这一地区的普遍现象。随着钢铁厂的倒闭和煤炭业的没落，许多社区向"医疗和教育"转型，医院和大学现在需要的员工最多。穿着手术服的斯泰茜，将作为一名护士在后工业化的背景下，在一个无菌环境中，拥有一份辛苦却稳定的工作。

斯泰茜带着两个孩子，虽然更喜欢理发师的工作，因为不用上夜班，但是医院收入稳定，她可以让哈利和佩奇过上她父母无法给予的中产阶级的生活，其中第一项就是参加集市。佩奇和哈利自从会走路开始，就去参加集市。5岁那年，哈利的鸡蛋得了第一名。随着孩子们渐渐长大，他们越来越多地参与当地活动，也使斯泰茜仿佛看到了家族历史的重现。她希望农业能再次成为一种生活方式，而不是像现在这样变成一种昂贵的爱好。

山羊比赛开始了，斯泰茜站在赛场的铁栏旁边，等着哈利的号码被叫到。她向人群扫了一眼，发现在银色的露天座椅前，坐满了常见的头发蓬乱、戴着卡车司机帽、穿着卡哈特牌工作服的乡下人。另外正有几个外表整洁的外乡人,坐在靠近赛场的红色塑料椅上,他们的蓝色polo衫上写着"山脉资源"。斯泰茜知道他们是什么人:近期因为页岩气热潮,天然气公司的管理人员来到了这里。

总部位于得克萨斯州沃思堡的山脉资源,在2004年就成功用压裂法在华盛顿县打出了第一口井。六年后的今天,这家市值10亿美元的公司已经成为该州西南部最大的天然气生产商。《福布斯》杂志称其为"马塞勒斯之王"。马塞勒斯是一片富含天然气的页岩沉积带,从纽约州一直绵延至西弗吉尼亚州。这一地区储存的天然气足够供美国用上十年。山脉公司的股价,从2004年的不到7美元,涨到2010年天然气热潮达到顶峰时候的50美元,他们在马塞勒斯地区取得的成功可见一斑。低廉的价格和大量的储备,使天然气成为人们未来最大的希望。同时,烧天然气比烧煤更加干净,排放进大气的二氧化碳也更少。不久之后,美国五分之一的天然气将产自宾夕法尼亚。

在华盛顿县的集市上,这些公司有了一个直接和农民说话的机会,他们觊觎农民手里的采矿权。山脉资源从2006年起开始参加华盛顿县的集市,这都是因为雷·沃克,他毕业于得克萨斯农工大学并取得了农业工程学位,现在是公司新成立的马塞勒斯分部主管。沃克是个出名的有原则的人。他似乎只是单纯地喜欢参加集市的活动,不太关心山脉公司的公共形象。他也会参加猪和山羊的竞价。

大部分当地人认为,天然气公司之所以参加集市,是为了展示一种睦邻友好的关系。工业的重振让他们感到高兴,它标志着一个长期萧条的地区迎来了新的时代。有了山脉等公司支付的租金,乡民们可以修房顶、建栅栏,并继续拥有农场,不至于被迫把它卖给开发商。这些企业对包括哈利在内的华盛顿县的孩子同样非常慷慨,会买下他们在集市上拍卖的动物。

斯泰茜对此将信将疑。看着这些企业来到这里大把大把地撒钱，她感到很不安，她怀疑山脉资源送的那些迷你水壶和免费坐垫是有目的的。斯泰茜确信，那些售价最高的动物往往属于大农场主的孩子，因为他们的农场对油气公司更有吸引力。两年前，斯泰茜也和山脉签了租约，但是事情的发展并不像她想象的那样。

可是，一看到哈利和布茨进场，斯泰茜的愤怒立刻消失了。哈利穿着红色T恤和深色牛仔裤，用一根短短的皮带牵着自己的山羊，完全不用像其他孩子那样用力地拉她。山羊像狗一样紧紧地跟着哈利，接着听从指令停下来，哈利把她不偏不倚地放在锯木屑上。裁判提起布茨的后腿进行检查，她好好站着，一动不动。哈利微笑地看着她和裁判，不是那种爱出风头的男孩的咧嘴大笑，而是一个为自己的动物感到自豪的年轻人害羞的微微一笑。他和布茨一起赢得了"才艺表演总冠军"。

2010年的集市预示着这个家庭将有个好年头。佩奇的兔子百事和幻影并列获得了亚军。佩奇还凭借一道西南主题的菜——墨西哥午餐肉焗芝士通心粉，拿了午餐肉烹饪比赛初级组的第二名。老爹的灰胡桃连续第二年赢得蓝带。

周末打包行李准备回家时，斯泰茜长长地舒了一口气。集市的情况比她想得要好。除了孩子们获得的胜利，还有朋友克里斯·拉什的造访。克里斯在和睦镇长大，比她小6岁。他们约会已经将近一年，但她不会把他称作男朋友，除非她确定他希望跟自己在一起。克里斯在哈利和佩奇参加比赛时来到现场，他用这种方式默默表达他的支持，这让斯泰茜感到欣慰。斯泰茜对布茨和两只兔子也感到满意，因此决定不卖掉它们。布茨这只布尔山羊，本来是打算养来吃的，但斯泰茜现在想让她和邻居的公山羊配种——卖掉山羊幼崽，也可以得到一笔钱补贴家用。

离开家在宿营车住了五个晚上后，哈利的身体和精神都好了很多。虽然依旧骨瘦如柴，但他在集市上悠闲地转来转去非常开心。他显然是感觉好一些了，斯泰茜多希望看到他的病情彻底好转，让他变回生病前那个健康的男孩。

第二章

当热潮到来

斯泰茜早就想把那间破烂不堪的披屋翻修一下,使养在里面的动物免受日晒雨淋之苦。但是护士每个星期 600 美元的薪水,让这个梦想只能是奢望。2000 年初,当人们开始收到油气公司的租约时,斯泰茜想,终于可以用这些租金来实现她的梦想了。没有人知道这些新的租约会带来什么,但是在华盛顿医院工作的同事给她讲了几个故事——真正的乡村奇谈——关于几个拥有几百英亩石头地的乡下老汉,突然变成"页岩富翁"的故事。

谁赚了大钱以及如何赚到这些钱,成了监护室里每日闲谈的话题。这个科室有 14 个开放式隔间,挂着浅绿色帘子。斯泰茜和另外四个护士值班时,通常把帘子拉开,只有在清理便盆或者换导管的时候才把它们拉上。病人出了手术室就被直接送到这里,他们不是在熟睡,就是麻药的作用刚刚退去,整个人还处于迷迷糊糊的状态。护士的主要工作就是确保没有一个人出现意外,虽然这种情况相当罕见。病人醒来时往往感到恶心,脑子里一片茫然。护士们穿着蓝色裤子和白色 V

领上衣的手术服,在病人之间忙来忙去,监护仪则在自动监测病人的各项重要指标。每隔15分钟,这些机器就会发出一阵短促而响亮的哔哔声,检测病人血压。

斯泰茜最喜欢和好朋友凯莉·塔什一起值班。凯莉是个说话温柔的红头发女孩。她俩都很喜欢这份工作,同时又都抱怨工作时间太长。值班的时间从12小时到23小时不等,中间甚至没有休息。尽管筋疲力尽,斯泰茜对待病人仍然有着天生的温柔,一种对身体虚弱的人天然的同情心。躺在床上的虚弱病人,往往是她的邻居或认识的人,反而让她感到内心镇定。她面对动物和小孩子也是同样的感受。

护士们在病房里说话声音很低,直到回到休息室才放开声音。休息室里残留着尿液、漂白剂和血浆的混合气味,护士们就在这样的环境中吃饭聊天。斯泰茜经常给同事们讲自己的农场生活,包括动物们最近发生的滑稽故事,比如,她那头名叫鲍勃的驴,老是破坏她和沃尔斯家中间的栅栏。另外,鲍勃爱上了他们家那只血统高贵的母马多尔,老是试图骑到她身上。

斯泰茜住的地方比大多数人都要偏远,土地租赁在那里正进行得如火如荼,因此她是第一批有机会签约的人。看到那些承租人开着锃亮的SUV出现在和睦镇后面的公路上,斯泰茜想出了一个行动方案。2004年,当山脉公司的压裂法在华盛顿县取得突破性胜利的消息渐渐传开时,当地很少有人知道压裂法是什么,也不知道这些租约会引发什么样的后果。如果签约,每英亩土地可以获得5美元到70美元的分红,这类交易不受什么规则约束。斯泰茜手里有8英亩土地,以现在的行情,希望每亩可以拿到1,000美元,这样一来,翻修牲口棚所需的9,000美元就基本有着落了。

然而签约并不仅仅和金钱有关。斯泰茜还把它看成是一种爱国义务。和许多美国人一样,她厌倦了美国政府为争夺石油一次次派兵海外。她的父亲就为此去了越南。她认为伊拉克战争更是如此:美国穷人又一次代替富人去打仗。"我爸爸熬过了越南战争,"她说,"我真的很想让士兵们回家,而我们不再依赖外国的石油。"

这不仅仅和结束战争有关。拥有国内能源,对于重振美国在全球的地位、恢复和睦镇昔日的繁荣都有帮助。她听新闻报道说,天然气产业能使这一地区的工业重获生机,这让她想到父亲和那一辈人的失业。斯泰茜虽然不太相信那些公司的极力宣传,但是这点怀疑并没有阻止她签约的欲望。这些从天而降的新租约——对于一个几十年来一直处于衰败中的地区而言,是难得的希望。

斯泰茜还希望,和天然气公司签约可以阻止煤炭公司破坏她的农场。和其他人一样,她不希望和睦镇变成另一个 7 英里外的繁荣镇,后者有个名为"长墙"的煤矿,破坏了地下蓄水层,使许多农户失去了水源。作为回应,煤炭公司买下了这些农户的地产,一些住户搬离了这里。房子一旦空置,里面的破铜烂铁马上被专偷金属废品的窃贼洗劫一空,这些房子变得不能再住人,繁荣镇有很大的风险成为煤矿带上的另一座鬼城。包括斯泰茜在内的许多人期盼,也许天然气公司能比这些煤炭企业强些,也许钻井能阻止采矿。与人们已经熟知的煤矿开采所造成的严重后果相比,页岩气钻探的影响还是未知,因此更容易被人们接受。

斯泰茜早在 2006 年就问过邻居里克·贝克的意见。他家距黑尼的农舍一英里,他是哈利的吉他老师。贝克同时也是和睦镇的一个不寻常的人物:他性格温和,戴着一副金丝眼镜,是教堂唱诗班的指挥,也是一名登记在册的民主党人。年龄越大，他越倾向于革新派的政策，主要围绕社会议题，包括同性恋和跨性别者的权益。过去煤炭和钢铁工会一度占据上风之时，做一名民主党人并没有什么特别之处。然而，时过境迁，许多工会成员因反对联邦政府而转向了右翼，他们认为联邦政府既令人失望，又干扰了他们的生活。贝克是他知道的少数几个支持奥巴马的人之一。

贝克虽然对压裂法可能造成的环境危害有些担心，但他还是赞成发展天然气。他认为，发展天然气带给国家的利益超过水污染对个人造成的潜在损失。每一项工业都伴随着风险。"如果不冒险一试，我们将无法继续成为全世界最强大的国家。"他说。他还认为，是时候让农场主也承担一些煤矿工人已经背负了几个世纪的风险了。那些反对压裂法的人大多是环保主义者，他们没干过采掘业，并坚决不从土地租赁中获利。他们不知道住在煤矿区意味着什么，没见过有毒的溪流；他们不了解一家煤炭公司的破产会毁灭一座城镇，也不知道采煤会让一座农场丧失水源。

贝克还有其他理由证明压裂法优于当地传统的煤炭业：他把自己的地租给了一家压缩机站，赚了几十万美元。这家压缩机站负责给天然气加压，把这些天然气快速输送到更远的东海岸市场，例如费城和纽约。贝克和山脉资源从此建立了良好的关系。他发现那些来测量牧场的山脉员工都很坦率，公司高层在未来规划上对他的信任也让他非常高兴。这笔钱将在一段时间内改变贝克和妻子梅琳达的生活。梅琳达是一名清洁工，现在她不用再打扫房间挣钱了。但贝克和其他人一样，并不打算带着一大沓钞票匆匆跑去佛罗里达。他要留在家乡，继续过他安稳的生活，同时教教吉他。

贝克对山脉公司充满了信任，所以当对方问他，是否愿意为他们拍摄一个主题为"我的山脉资源"的电视宣传片时，他同意了。山脉想通过广播和电视广告，展示当地居民一边享受户外生活，一边谈论出租土地带来的各种好处。在他的短片里，贝克在自己的农场上漫步，背景音乐是他自己弹奏的吉他曲。这个广告让贝克获得了200美元的报酬。贝克明白，这笔钱并不多。但他喜欢作曲，听到自己的音乐在电视上播出对他来说已经足矣。其他人比贝克叫得更大声，他们公开为山脉公司叫好。"这里的农民过去都买不起拖拉机，"山脉公司的租户玛丽·达尔博在"我的山脉资源"广告里说道，"而把农场租给山脉资源之后，他们一个个都开上了带空调的拖拉机。这样的机会去哪找，相信我，男孩子们努力工作，也只能温饱而已。"

贝克很高兴能把自己对山脉的了解告诉斯泰茜。斯泰茜得知，这些公司正在寻找更大的地块以方便他们合并租地以及进行基础设施建设。地块越大，公司支付的租金越高。于是在2006年的一个夏日夜晚，斯泰茜开着车沿着那条土路来往于各家邻居之间，去找他们谈话。她先来到贾斯塔布里兹的贝丝和约翰·沃尔斯家。在他们家牧场平房外有一圈小型的白色尖板条栅栏，里面是一座跟真狗一般大小的拳师犬雕塑。雕塑上方有块牌子，上面写着"拳师犬天堂"。沃尔斯夫妇把狗视为家人，他们不想把石头花园弄得像个墓地，只想表达对狗狗的悼念之情。贝丝像孩子一样转来转去。她的父亲是名军人，她本来是到和睦镇来看奶奶的。现在她留在了这里，只有在参加马展、看兽医以及到附近的华盛顿县的巨鹰超市购物时才会出门。贝丝喜欢做菜，家里的炉子上通常都有一只炖锅在咕嘟咕嘟地煮着什么。

斯泰茜把车停下后，就看到贝丝从地下室走出来热烈地欢迎她，周围跟着一群流着口水的拳师犬。斯泰茜向她解释了一起签约的好处：与独自去和企业签约相比，能得到的钱更多，影响力也更大。贝丝认为这个想法挺聪明。她去了车库，她的丈夫喜欢坐在那里的一张躺椅上享受安静的时光。他的家族经营这个农场已经75年了，这里是他的避难所。他坐在吊扇下，身旁停着一辆老福特牌拖拉机，他亲自把它修好，并漆上了邦联旗①。约翰表示赞成，他一贯没有反对意见。不管贝丝想要什么，他都赞成。约翰不太爱说话，17岁那年，他在上学路上遭遇车祸，失去了一条腿。之后他做了17年的机修工，后来受了工伤。这次的事故，再加上与贝丝同父异母的妹妹打架，沃尔斯夫妇卷入两起与人身伤害有关的诉讼，从而落下了好打官司的坏名声。人们议论纷纷，说沃尔斯一家老是起诉别人，然而这和另外一个关于贝丝在加利福尼亚杀了人的传闻一样，都不是真的，只是乡下人的闲话而已。约翰·沃尔斯想躲开这些流言蜚语，他更喜欢安静地待在自己的农场上，和自己的家人以及蜜蜂在一起。

"有点独来独往，"他后来说了实话，"而这么做并不太管用。"

为了继续讨论签约的事，斯泰茜邀请贝丝和约翰找个晚上到她家去做客。她给约翰·沃尔斯做了他最爱吃的小甜饼。斯泰茜、沃尔斯夫妇和与妻子一起住在麦克亚当斯的德里克·普斯卡里奇一边吃着甜饼、喝着咖啡，一边讨论着把农场地下的天然气开采权卖掉的好处，以及可能遇到的陷阱。

由于在缺水的环境长大，斯泰茜最关心的是对水质的保护。以前她家门口有一个大蓄水池，他们一直靠这个蓄水池储存的雨水生活，

---

① 邦联旗：美国南北战争期间南方的旗帜，底色为红色，上有两条交叉的嵌星蓝带。

有时还得去运水。这意味着得把一个被称为"水牛"的巨大塑料水箱搬到皮卡车上，然后开10英里，到最近的拉夫溪村水站，给塑料水箱装满水。她讨厌运水，在成长的过程中，运水对她来说意味着家庭的匮乏。所以，当斯泰茜为自己找房子时，最先考虑的就是井的质量以及是否有充足干净的水源。她希望在所有打算签的租约上，都加上一条：万一井水发生问题，天然气公司有义务帮他们解决，并提供清洁的用水。沃尔斯夫妇和普斯卡里奇夫妇都表示同意。于是斯泰茜打电话给山脉资源，希望讨论集体租赁以及添加条款的事。经过几轮和山脉租赁中介的电话商谈之后，山脉起草了下面这条获得斯泰茜同意的条款：承租人同意为出租人提供饮用水，直至出租人的水源恢复，或者找到了水质基本相同的替代水源，以上费用由承租人承担。

2008年12月30日这天，他们准备签约。几个家庭计划在和睦镇以北20英里外的山脉公司办公室见面，山脉所在的南波尔特工业园聚集了这一地区几乎所有大油气公司的总部。贝丝和斯泰茜想早上就开始，这样才有充足的时间认真阅读那些租约。但是，他们的见面被安排在了傍晚，这让贝丝感到恼火。如果山脉公司5点下班的话，4点半才开始看文件时间根本不够。几个家庭全都到齐后，斯泰茜和贝丝感到他们被催促着，匆匆地看了办公桌上的那一大摞文件。为了减少花费，他们没有请律师，现在斯泰茜为此感到很后悔。

斯泰茜瞄了一眼贝丝，想看看她是否也感到不安。她想和贝丝说几句悄悄话，但是房间里有山脉公司的雇员。她不想显得没礼貌，因此什么也没说，只是不停地翻看自己的租约，寻找与水有关的条款。那些条款都消失了。当她询问时，一个雇员拿了一份附录过来。

坐在对面的贝丝也感觉到了山脉公司态度的恶劣。贝丝认为缺少公证员在场的会签，是这家公司把他们当成土包子来对待的又一证明。她考虑过吵闹一番，然后拒绝签字，但是这么做也有风险。所有的邻居都在签约，如果她不签，她担心他们几家的小计划可能会落空。如果山脉公司能从其他人那里得到他们想要的，可能就不再需要他们的土地了。因此，虽然很不情愿，她还是签了字。下午5点，他们已经回到冰冷的停车场，对于自己是否做了正确的事满心疑虑。

几个星期后，当他们拿到已经生效的租约时，贝丝和斯泰茜发现了另一个问题。现在他们终于有机会好好梳理一番合同的细则了，结果发现土地使用费率比签约之前他们和山脉公司在电话中谈好的数字要低。合同里承诺的15%的土地使用费，是按山脉公司扣除掉一系列她俩完全看不懂的开支之后计算的。"太复杂了，简直难以理解，你竟然完全相信他们会秉公办事。"斯泰茜说。她和贝丝怀疑，仓促的会面以及催促他们签约，可能都是山脉公司压榨他们土地使用费的手段。

贝丝觉得他们遇上了"骗子"。她本以为按照面积，可以拿到将近15,000美元的签约金，但没想到是分期付款。贝丝说："他们找了些过失的理由来搪塞我。"贝丝经常用错词——一些合适的词经常被她错误地替换掉。① 与此同时，斯泰茜的牲口棚又要耽搁下来了。她的8,000美元签约金也是分期付款。扣除税金之后，金额缩减了几乎一半，她还得把其中一部分给她的前夫拉里。总是有更加急迫的事需要用到最后到手的那几百美元，根本没办法攒下修理牲口棚的钱。

到了2009年春天，此时距离签约已经过了几个月，斯泰茜最初的

---

① 英文"lame excuse"的意思是"蹩脚的理由"，但贝丝说成了"blame excuse"（过失的理由）。

怀疑已经变成公开的懊恼。在贾斯塔布里兹，约翰·沃尔斯数着每天轰隆隆经过的卡车数量，他告诉斯泰茜，已经有250辆卡车经过了她的房子，她家距离那条窄窄的麦克亚当斯土路只有30英尺。车辆经过时，就跟住在高速公路旁边一样。斯泰茜简直无法相信卡车会扬起这么多的灰尘。沾染柴油的尘土落在门廊上的蜂鸟喂食器上，喂食器是玻璃做的，斯泰茜往里面装满了糖水。一个星期后，木围栏上已经落了半英寸厚的灰尘。庭院里的轮胎秋千上、蹦床上、废弃的红色三轮脚踏车上也落满了灰尘。斯泰茜喜欢小孩，这种天性遗传给了哈利和佩奇，因此虽然他们已经长大，依然把玩具放在手边，以便随时给来访的小孩子们玩。

灰尘钻进他们的喉咙。哈利和佩奇养的山羊开始剧烈地咳嗽，斯泰茜担心它们长不了膘。哈利、佩奇和斯泰茜也开始咳嗽，流鼻涕，流眼泪。斯泰茜虽然生气，但她以为这也许只是为了长远发展而暂时付出的代价。除了忍耐他们别无选择。卡车经过时，房子剧烈地震动，把挂在客厅墙上的哈利和佩奇小时候的照片都给震歪了，架子上的那根古老的补袜棒也滚落到碎呢地毯上。

斯泰茜家房子的地基被震裂。路面被轧得坑坑洼洼，她那辆金色的庞蒂亚克G6已经被扎破了9条车胎，弄裂了一个轮辋。感到愤怒的并不止她一个人；在和睦镇以及宾夕法尼亚西部的整个钻探中心地区，数量庞大的载重卡车不知毁坏了多少桥梁和道路，一些小型农场和乳品厂的送奶工作都变得艰难。而根据州政府的记录，将近一半的工业用卡车状况非常糟糕，早就超过了报废年限。但也并非全都是坏消息。这些公司也修了路，并且为筹集修路资金发行了债券，当地居民知道后都很高兴。但是发行的债券只够全部修路费用的10%至20%，因此天然气公司最终把大部分的账单转嫁给了州县，仅2011年，州县就为修桥补路支付了850万到3,900万美元的费用。油气行业用这种隐蔽的方式将成本转移给了政府。

小城镇根本阻止不了这些车辆。"运水车成群结队地穿过市区，一辆闯了红灯，其他的都跟着闯，"格林县的前县长布莱尔·齐默尔曼告诉我，"这些车肆无忌惮地开上人行道，穿过住宅区。在凌晨3点，一辆卡车以每小时70英里的速度从市区疾驰而过。"齐默尔曼怒不可遏，要求和天然气公司的人开会商讨此事。"我要他们拿钱出来，把我的人行道和街道修好，"他记得自己是这么跟他们说的，"我要雇更多的警察来抓你们，只要你们这些浑蛋胆敢出现在不该出现的地方。"但是公司代表根本不把这件事放在心上，齐默尔曼说。"他们走后，谁来清理这一切？"他发出疑问，"是有一些农场主变成了百万富翁，但是大部分费用将转嫁到其他人身上。"

斯泰茜就是他所说的这些人中的一员，她正在忙于处理恶劣路况对自己的车辆造成的损害。斯泰茜打电话向山脉公司提出申诉，公司派了托尼·贝拉尔迪过来记下她的诉求。贝拉尔迪是一名和蔼可亲的承租人，他的工作就是代表公司和斯泰茜这样的土地所有者进行交涉——"通俗地说，就是灭火。"他跟我说。贝拉尔迪为人十分坦率，他也以此为傲："我的座右铭是，我将依次告诉你丑陋、不好和好的地方。"起初，斯泰茜很欣赏他的坦诚，他也很欣赏斯泰茜。他认为斯泰茜作为一名单身母亲，需要努力工作来养家。而贝拉尔迪也相信，自己正在帮助那些和斯泰茜一样，生活在天然气热潮"前线"的人。"前线社区"正是对这些地方的称呼，就好像他们正在和采掘业作战一样。"一般人认为这些公司在竭力压榨他们，然而事实并非如此。"他对我说。斯泰茜和住在麦克亚当斯路两侧的邻居习惯把贝拉尔迪这种人称为"好好先生"。他们认为,这些人急于讨好,却不做什么事。然而贝拉尔迪确实帮斯泰茜从山脉公司要到了一些钱:1,500 美元用于除尘和修车,650 美元用于修理屋里那些再也关不上的房门。

山脉公司没有支付修补房屋地基的费用:斯泰茜无法证明裂痕是卡车造成的,对此她一点办法也没有。这件事一直拖着没有解决,这些都消耗着她的体力,对此她早已习以为常。

第三章

隔壁的麻烦

卡车的问题只是一系列麻烦的先兆。这些卡车经过斯泰茜家,接着又经过贝丝和约翰家,之后向右急转,开始缓慢爬上一个陡坡,他们的邻居养牛人罗恩·耶格尔住在这里。耶格尔脸色蜡黄,脸上满是皱纹,像一片晒干的烟叶。他经常无精打采地开着他那辆绿色的约翰迪尔拖拉机,手扶着黑色的方向盘,行驶在高低起伏的山地苜蓿田中,头上的卡车司机帽拉得很低,都快盖住了眼睛。

罗恩·耶格尔和华盛顿县其他的生意人一样精明。从威瑞森电信退休后,他开始认真地打理自己的农场,早出晚归,自备午饭。耶格尔一有空就修补山坡上那道闪闪发光的高强度抗拉铁丝网。在天然气公司使他的山坡陷入争议之前,农场上曾有几棵轮廓清晰的老树——这些树"和美国的历史一样悠久",农场的一名前主人叹息道。至少从1804年开始,这块地就为她的家族所有,林子里满是樱桃树、橡树和胡桃树。

耶格尔的农场坐落于十里溪分水岭上,这里是16股地下泉水的发源地。泉水奔流下山，汇入纵横交叉的溪流。这些溪流最终流入为全美8%的人口提供饮用水的俄亥俄河的盆地。耶格尔一家喝的就是这些泉水。他们养的安格斯肉牛喝的也是这些水。

罗恩·耶格尔是所有签约人中比较富有的，也是规模比较大的农场主。斯泰茜和贝丝都不知道他拿了多少钱。邻居之间一般不会讨论自己获得了多少意外之财，因为他们通常把彼此视为竞争对手，都想从准备租赁采矿权的公司那里拿到最高价。这个新秘密使维系了好几代的邻里关系变得紧张起来。

土地租金虽然是一笔可观的费用，但真正的大头是工业基础设施建设，以及钻井和废料处理。根据预测，耶格尔家那块地地下深处蕴含着丰富的页岩气，因此格外抢手。山脉公司打算在那里钻至少三个井，另外挖一个废料坑和一个废料池。原来的苜蓿地变成了"耶格尔井场"——井场引发了争论，但罗恩和莎伦·耶格尔对此却无可奈何。虽然耶格尔一家强烈地希望自己的私生活不受打扰，但是事情就这么发生了。我在七年的调查采访中，有时开车经过他们的农场并停下来，或在当地的活动上碰到他们，我提出想和他们谈一谈，但都被礼貌而坚决地拒绝了。

耶格尔一家非常不幸，随着工地的开建，一连串大大小小的麻烦不可避免地影响到邻居们的生活。耶格尔一家从未料想到会引起麻烦，对这些后果也不负有直接责任，但是在对水力压裂法的讨论中，他们的名字总是不可避免地被一次次提及。成为公众广泛关注话题的是"耶格尔井场"——而不是耶格尔一家。

从2009年开始，工人们铲平了耶格尔家的山顶，整出一块三英亩的沙地，用来停放卡车和钻探气井。把山顶铲平的做法相当普遍：这样最容易得到建井站所需要的平地。接下来，山脉公司及其承包商会挖两个很深的废料坑。一个坑很小，只比奥运会的游泳池大一点，用来装钻井挖出的岩石和泥浆。当钻机向下钻超过一英里时，就会带出岩石和泥浆，就像削铅笔时产生的铅笔屑。这个坑叫作"钻屑坑"，里面铺着一层隔离用的塑料膜，看上去就像一个特大号的垃圾袋。另一个坑较大，面积有4英亩多，称得上是个池塘。它的容量相当于30个奥林匹克游泳池，用来装返排液，也就是压裂后返到地表的那些可能有毒的污泥。这个池塘被称为"尾矿坝"，进出其间的卡车比大部分地方都多，这些卡车把返排液运来这里，再运到其他工地用于水力压裂。从半空中鸟瞰，这个废料池有四分之一英里外斯泰茜家半个农场那么大。

2009年9月11日，一台高达75英尺的风钻开始钻第一个竖洞。山脉准备搞一个石油工程师所说的"重大科研项目"——对一层未经勘探的页岩层进行诊断。这层上泥盆统[①]页岩，位于著名的马塞勒斯页岩上方300到500英尺处。它的形成时间更晚，距离地表更近，天然气储量丰富，因此开采成本更低，开采难度也更小。

伴随着钻机下钻，一根管子会被插入地下，并用水泥固定住。然而一些本该包住管子的水泥却消失在地下。接着，另一台高达175英尺的更大的风钻开始打横孔，钻头水平前进，又钻了一英里。三个月后，正式开始压裂。山脉公司的承包商将3,343,986加仑的水和化学物质灌入埋好的这条管子中。其中一部分化学物质是无害的，就像肥皂；另外一些则危险得多，包括乙二醇（一种神经毒素）和苯系物（苯、甲苯、乙苯、二甲苯混合物的缩写）。山脉的承包商用接近霰弹

[①] 上泥盆统：泥盆纪分为早、中、晚三个世，地层相应地分为下、中、上三个统，上泥盆统对应的时期是晚泥盆世。

枪开枪时的压力，将这些液体连同总重量达 4,014,729 磅的黏土颗粒向下压，从而迫使页岩层破裂。

岩石一旦在压力和液体的作用下开裂，黏土颗粒就会撑住这些刚形成的缝隙，这样天然气就能顺利升至地表。但是升上来的并不只有天然气：压裂法中使用的水和化学物质有 10% 到 40% 会回流至地面。同时升上来的，还有放射性物质（既有天然的，也有人工合成的），以及四亿年来未见天日的细菌。那个大的废料池还未完工，所以工人们就把这些返排液注入那个只垫着一层塑料膜的小坑。不出几个月，已经有迹象表明小坑出了问题。耶格尔家的草开始陆续枯死。

用压裂法开采天然气已经进行了三个月，2010 年 3 月的一天，罗恩·耶格尔看到一个泥浆工正站在从山体里渗出的污泥旁，把渗出的污泥用泵抽回废料坑里，于是问他在做什么。

在同一个月，山下斯泰茜家的哈利生病了。在上七年级的大部分时间里，他早上醒来就会感到一阵恶心，然后拉肚子。由于胃疼和长期口腔溃疡，哈利不愿吃饭。为了哄他，斯泰茜做了他最喜欢的鸡肉贝壳意大利面和烤奶酪。但他只吃了几口。最后，由于哈利七年级的课落下太多，斯泰茜给他报了一个家庭辅导课程。老师每周带着哈利的家庭作业到家里来一次。斯泰茜努力想用自己 23 年的护士经验找出症结所在。他们去了匹兹堡的儿童医院，也去了她工作的华盛顿医院的急诊室。哈利做了阑尾炎、克罗恩病、肠易激综合征、猫抓热（黑尼家养了三只猫，一只名为夏恩的猫曾抓过他的嘴唇）、落基山斑疹热、单核细胞增多症和猪流感的检查，所有结果都呈阴性。

三月的一天夜里，哈利突然醒来喊妈妈。斯泰茜努力睁开眼睛，在床边摸索拐杖。她的脚底被划伤,刚做了一个小手术(她从哈利睡的上铺床上跳下来时,不小心被玻璃罐割伤了跟腱)。她一瘸一拐地走到浴室,发现哈利正蜷缩在地板上。他那头栗色的头发早已被汗水浸湿变成了黑色,在黎明的微光中,他的瞳孔张得很大,眼睛看上去全是黑色的。斯泰茜蹲下来,试着安慰他,接着把克里斯叫来帮忙。她不需要跟他解释——同样的情况已经发生多次。不到20分钟,克里斯就到了,他一把抱起哈利,把他放在那辆庞蒂亚克的后座上。

斯泰茜爬进驾驶座,一路颠簸着,朝华盛顿医院驶去,身上还穿着睡衣。在急诊室外等待期间,哈利的头就没从她怀里抬起过。哈利因严重的肠易激综合征而入院,同时还伴有精神错乱、定向障碍、淋巴结异常肿大等症状。他在医院待了六天,由于情况严重,他爸爸也难得地露了面。拉里担忧地看着自己儿子苍白而憔悴的脸。他住在华盛顿县里,离这里不远。但他和斯泰茜处于冷战状态,所以马上就走了。哈利病得很严重,并没有察觉到。医生发现哈利的肝酶升高、肾脏功能衰竭,但是超声波显示,他的肝脏并没有发炎。可能是乳糜泻①。于是斯泰茜开始购买无麸质的食物。

与此同时,她的脚总也不见好。护士工作需要不停地走动,因此她只能待在家里,成天坐在沙发上。她的消沉程度仅次于哈利,她觉得自己也染上了哈利那种病(不管他得的是什么),只是症状较轻而已。她放弃了每天与过往卡车带来的灰尘斗争。即使在冬天窗户紧闭时,灰尘也会钻进来。有时她甚至感觉到嘴里有沙子。

深冬的一天,贝丝打电话来。那头多情的驴子鲍勃又撞破栅栏,

---

① 乳糜泻:一种因对麸质过敏而导致的腹泻。

跑去了贾斯塔布里兹。鲍勃的胡闹是斯泰茜和贝丝之间唯一的矛盾。鲍勃锲而不舍地要和多尔交配，从而使这匹名贵的夸特马①怀孕的风险大大增加。

斯泰茜向贝丝道歉，说自己马上就来。她拄着拐杖，在风雪中一瘸一拐地走上山岭，一边不停地骂着鲍勃。鲍勃的荒唐行为根本不是她能够处理的。他见到什么东西都想骑上去，有一次甚至骑到了一个朋友的山羊身上，把佩奇吓了一跳。她问妈妈鲍勃是不是一个"性犯罪者"。

最终，斯泰茜决定不得不把鲍勃阉割了。由于没有工资，无法支付几百美元找兽医，于是她找到一个能帮鲍勃去势的农民，只花了25美元。然而整个过程并不顺利。鲍勃流了很多血，斯泰茜把鲍勃放在运马的拖车上，几乎是一路狂奔把他拉回了家，她希望车速和寒冷的天气能帮鲍勃止血。后来，鲍勃的伤口愈合得很好。复原后的鲍勃依然偷偷地往贾斯塔布里兹跑。他似乎并未意识到自己失去了什么。

从这个残冬直至2010年的早春，卡车依旧来来往往。斯泰茜终于可以下床回去工作了，但哈利直到这学年结束也没能从躺椅上站起来。到了2010年6月，由于门廊上的灰实在太厚，斯泰茜甚至打算取消孩子们11岁和14岁的联合生日会。哈利和佩奇相差3岁，每年都一同举办生日会。斯泰茜会把她认识的所有孩子都请来，让孩子们骑那头35岁高龄的马"公爵夫人"；还会给他们准备水气球，这可是一项奢侈的游戏，幸亏斯泰茜家有充足的井水。她甚至用油布、洗洁精和软管发明了一种自制的装置，她把这个装置命名为"红脖滑水道"。

---

① 夸特马：一种擅长短距离冲刺的马，因其最初被训练用于参加1/4英里赛跑而得名。

但是今年，斯泰茜无法在尘土飞扬的环境里举办生日会，她打电话给托尼·贝拉尔迪，询问是否可以给路上洒洒水，或者在生日会之前一个星期里减少卡车的数量。卡车少了，尘土就少了。生日会办得很成功，14岁的哈利非常高兴地收到了一套154件的工匠工具套装，以及一把新吉他。斯泰茜看着哈利兴奋地拨弄着琴弦，心想，也许他已经准备好继续跟贝克学吉他了。在那个六月天里，农场的空气变得跟过去一样清新，生活似乎能重回开采之前的样子。

但是几个星期后的七月，一股恶臭笼罩了贝丝和斯泰茜的农场。她们无法确定是下水道返上来的臭气，还是从山上那道高高的围墙后面飘下来的。有时候这些臭味似乎是从水管里冒出来的。这些臭味让斯泰茜感到难堪。她或孩子们洗完澡后，她都会给屋子里喷满风倍清①，尤其是在周末克里斯来的时候。

八月的一天下午，斯泰茜正站在山羊的小水池旁，忽然闻到一股恶臭从山上飘下来。她立刻开始流眼泪，同时鼻子感到火辣辣的痛。这股气味来去匆匆，却令斯泰茜感到不寒而栗。后来他们听说，一名山脉的员工把它称为"烂牛肉干味"。斯泰茜进屋给贝丝打电话，问她是否也闻到了这股气味。

贝丝也闻到了，而且她还知道那是什么。贝丝几个月来一直都在给州环保部打电话，投诉耶格尔井场的污染问题。在八月份，她终于接到了环保部水质监督员文斯·扬特科的回电。他解释说，山顶上那个现在装满压裂污泥的大废料池已经腐化，就像一个感染了的伤口。细菌大爆发释放出无色气体硫化氢。露天废料池已经成为土地所有者、

---

① 风倍清：除臭剂品牌。

负责任的钻井公司和环保部日益担忧的问题。

这是个难题。

贝丝和斯泰茜并不知道很多钻井公司尽量不使用这种简易废料池，也不知道硫化氢对健康的潜在影响。据贝丝说，环保部只告诉她硫化氢是天然存在的。但是"天然存在"并不等于无害，她和斯泰茜不久就会明白这一点。少量接触硫化氢会导致眼睛发炎、精神抑郁；大量接触则可能致人死亡，尤其是小孩。抱怨气味难闻的并非只有她和贝丝两个人。后来，住在山谷对面黑德利路的邻居打电话来说，她的幼子从1岁起就开始呕吐。

斯泰茜出来继续给布茨修剪毛发，为即将到来的集市做准备。不久之后，她和贝丝将会了解到，她们吸入的并不仅仅是硫化氢。在山顶废料池那里，工人们身穿化学防护服，头戴防毒面罩，正将819磅重的液体致癌物和杀菌剂倒入污泥中，以控制细菌爆发。而就在几百英尺以外，女人们只穿着T恤衫在户外干活。这种杀菌剂名为丙烯醛，高度浓缩后可用于制造化学武器。

第四章

砷

斯泰茜在厨房干活,她听到克里斯叫自己。克里斯正在地下帮斯泰茜更换水井的滤水器,他叫斯泰茜来看看自己发现了什么。银色滤水器上裹着一层污泥。热水器里也都是这种东西。污泥悄悄渗入洗碗水里,污染了碗碟,从水龙头流出来的水是黑色的。

她和孩子们刚从 2010 年的集市上回来,正沉浸在布茨获得大奖所带来的自豪感之中。她本来希望这次的成功能让哈利高高兴兴地回到学校去上八年级。他们已经离家两个星期了,一周在集市上度过,另一周则和她妹妹一家在宾夕法尼亚的恩波里厄姆宿营。远离灰尘和臭气后,哈利的身体状况不断改善。斯泰茜也感觉好多了,可能是因为松了一口气,也可能是因为爱情,她感觉到一阵突如其来的幸福。

但是这些黑色的水使这一切立刻化为泡影。她打电话给山脉公司反映问题。这次他们没有派托尼·贝拉尔迪来。据他说由于斯泰茜的投诉越来越严重,公司已经把他调离了这个案子。山脉这次派了一个说话轻声细语、彬彬有礼的年轻人过来,他似乎不大敢说话。他来到斯泰茜家的时候，屋里的味道比下水道的味道还难闻——用斯泰茜的话来说，是一股腐烂的下水道的味道。她猜想这就是几个月来屋里老有股怪味的根源。她告诉他，浴缸和马桶里会出现一圈污垢。但这个男人要她放心，说这些黑色的沉淀物和臭味没什么好担心的，让她把水烧开后再喝，另外用这些水做饭也是完全没有问题的。

斯泰茜不知道该怎么办才好。在宾夕法尼亚，私人水井不受任何法规监管。有的人觉得这样挺好，认为政府的介入既昂贵又没什么用。

斯泰茜认为，如果这些污泥真的有毒的话，山脉公司不会说谎，于是她按照山脉的提示，把水煮开再喝，但是气味愈加让她妈妈琳达难以忍受，琳达在《省钱一族》上买了一个25加仑的水罐，用来洗碗和洗衣服。家里的动物则一直喝着含硫的臭水，屋里依然弥漫着一股臭味，斯泰茜只能继续在家里喷洒风倍清，在和睦镇人称为"commode"的马桶四周放置大量百花香①。

同时，斯泰茜也在犹豫是否送哈利回校。哈利又开始回到躺椅上看《名人豪宅秀》。宿营回来后，哈利的狗亨特不见了。大家找了好几天，最终在牲口棚的干草堆里发现了亨特的尸体。人们无法确定亨特的死因，看起来似乎是从屋顶上掉下来，在干草堆里窒息而死的。亨特是哈利最好的朋友，哈利非常难过。斯泰茜眼睁睁看着哈利又开始消沉，她不忍心看他蜷缩在电视机前度过又一个冬天。

哈利并不刻薄，只是整个人被掏空了，精神恍惚。他生性腼腆，更喜欢和动物们做伴。但是现在，哈利把自己的心紧紧关起来，连斯泰茜也进不去——他曾经那么喜欢打篮球，也不再和谢莉阿姨的儿子、

---

① 百花香：干燥的芳香植物的混合物，用于熏香。

表兄弟 J. P. 和贾德去骑四轮摩托车了。哈利话不多,他喜欢和其他男孩凑在一起获得归属感。但是现在他身体不好,不能和他们一起玩了,他感到越来越孤立。

他们的家庭医生福克斯医生怀疑哈利可能得了一种名为贝赫切特病的罕见的自身免疫性疾病。这种病的症状包括眼刺激、起疹子和口腔溃疡。这些症状哈利都有。福克斯医生建议送哈利到匹兹堡的儿童医院去,但是,检查结果再次显示为阴性。学校已经开学,斯泰茜不知道怎么才能让哈利去上学。于是他继续待在家里。

斯泰茜躺在床上,无法入睡。她脑子里一遍遍回想哈利小时候的样子。10 年前,哈利 4 岁时,最喜欢做的事就是从鸡窝里掏鸡蛋。然后在农场的地下室里,看着鸡蛋在孵化器下暖呼呼的样子。蛋壳开始变薄,变得几乎透明,当里面的鸡雏长成时,又开始变暗,直到最后,一只只小鸡破壳而出。

哈利曾经想成为一名兽医,成为家里第一个大学生。斯泰茜鼓励他实现自己的梦想,给他讲家族的故事,告诉他家族和土地的紧密关系。她开车送他到三英里外的妹妹家去和表兄弟们玩牛仔和印第安人的游戏。那里的树林里充满了美洲原住民和早期殖民者的战斗故事,一小股特拉华人和肖尼人与从新泽西和弗吉尼亚过来的白人曾经在这片林子里激战过。哈利喜欢这些老故事。与那些有着英勇故事的孩子们相比,自己虽然"有点落后"(用哈利自己的话来说),但他为此感到自豪。

哈利学会了跟踪动物,斯泰茜手工制作了鹿、熊和野火鸡的蹄印和爪印模板,把它们印在哈利卧室的墙上。晚上,哈利就躺在下铺的床上,满房间追踪这些动物的足迹。哈利 9 岁时,老爹带着他还有 J.

P. 和贾德一起去了一个养牛户的山坡，那里到处都是土拨鼠。土拨鼠在这里是不受欢迎的动物，它们的洞会卡住赫里福德牛的蹄子，造成腿部骨折。男孩子们躺在垫子上，躲在老爹卡车的阴影里，他们轮流用一副双筒望远镜，观察这些狡猾的动物蹦蹦跳跳地从洞口钻进钻出。老爹把猎枪递给他们。那个夏天，孩子们一个个都成了神枪手。

斯泰茜小时候常常安静地跟在父亲身旁到树林里去。从越南战场回来之后，父亲似乎只有这个时候才是最放松的。她知道哈利也喜欢打猎，部分原因也是因为打猎需要安静。哈利13岁时，斯泰茜带他去打野鹿。在黎明的寒霜里，哈利睡着了。斯泰茜把他摇醒，指给他看一只雄鹿。他瞄准时手在颤抖，斯泰茜要他保持冷静，深呼吸，用瞄准镜找到那只雄鹿。哈利扣动了扳机。雄鹿一惊，向山下的小溪跑去。哈利追了上去，斯泰茜大喊着让他回来。受伤的动物可能会很危险。哈利找到那只三角鹿时，发现它已经倒在溪边死了。哈利轻轻地抱起它的头放在怀里。

那些枪现在正放在地下室里，这让斯泰茜感到害怕。在她最黑暗的时刻里，她曾担心哈利可能会做出伤害自己的事。她吃力地把六把霰弹枪和来复枪拖到楼上，锁进枪柜，抬上汽车，送到和睦镇的父母家里。

2010年的秋天眼看就要过去了，斯泰茜也开始担心起布茨来。就在万圣节前，布茨拖着怀孕的身子回到农场。可是到了十一月，她和自己的主人一样，开始消瘦，变得无精打采。斯泰茜试着哄她吃饭，可是她吃不进去。斯泰茜在布茨、儿子和女儿之间忙得团团转，她感觉自己又回到了照顾小孩子、喂他们吃东西的那个时期。

厨房是她的指挥中心。站在洗碗池前，转身就可以看到客厅里毛呢躺椅上哈利伸出来的脚,抬头从窗户就可以看到她和孩子们冬天用来取暖的烧木材的炉子。顺着荒芜的山坡望上去,是那个她无力翻新的羊棚,仿佛在提示着生活的衰败。

一天下午,斯泰茜正站在洗碗池旁边看着窗外的炉子,担心着布茨的病情。这时电话响了。她瞥了一眼来电号码,是贝丝。该死,她想。一定是鲍勃又跑出去了。她拿起电话,心里已经准备好了道歉的话。沃尔斯一家刚从肯塔基州的路易斯维尔回来,阿什莉去那里参加了世界绕桶总决赛,这是一种快节奏的乡村运动,参赛者要在15秒左右的时间内,骑马沿一条苜蓿叶型路线,绕着桶快速跑完全程。

贝丝告诉斯泰茜,今年的比赛很不顺利,阿什莉的马约迪,一匹获得过世界冠军的栗色夸特马,生病在家,无法到肯塔基去参加比赛。她不吃不喝。贝丝从肯塔基一天给兽医打六次电话。约迪已经严重脱水,切尼医生对她进行静脉注射,还给她用了类固醇、止痛药和青霉素。一开始,他以为约迪患了脊髓炎,这是一种马匹因接触负鼠粪便而染上的疾病。后来他排除了这种可能性,但仍无法确定约迪的病因。约迪的后腿非常虚弱,她站着都很吃力。

斯泰茜知道马一旦无法站立,就活不了多久了。

贝丝和阿什莉回到家时,约迪正在抽搐,口吐白沫,不停地往地上撞自己的头。切尼医生跟贝丝说,安乐死也许是最好的选择。他们把她埋葬在农场上。约迪的血液检测显示,她患有肝损伤和血质不调,这种病会把血液中的白细胞杀光。切尼医生认为,这种中毒反应可能说明她吃了某种有毒的东西。他的调查结果和金属中毒——接触了水银、铅或砷——的症状一致。

"坤。"贝丝这么叫,但斯泰茜知道她说的是砷。切尼医生让贝丝打电话给宾夕法尼亚州卫生部。卫生部的人又让她打电话给农业部。农业部的人要她打电话给疾病控制中心。在打了一个又一个电话之后,贝丝感到政府部门之间在踢皮球。与此同时,她不知道应该拿阿什莉怎么办。阿什莉身材苗条而健壮,和她父亲一样喜欢独来独往。她喜欢与动物做伴。她已经失去了小狗卡明斯,现在又失去了这匹已经骑了15年的马约迪。阿什莉心情沮丧,不愿起床。在家休息了一个星期之后,她出去,在身上文了一个带翅膀的十字架,以纪念约迪。上面写着:"我靠着那加给我力量的,凡事都能做。"(《腓立比书》4:13)

斯泰茜告诉贝丝,布茨也病了。

卡明斯。约迪。布茨。

也许儿子的病和这些动物患的病之间有某种联系,斯泰茜想。她立刻把贝丝的电话挂了,打给福克斯医生,向他转述了兽医跟贝丝说的话。也许动物们生病和隔壁的钻井有关。也许那些污水并不仅仅是惹人讨厌那么简单。

她罗列了自己和家人的一系列病症:她的脚迟迟不能康复,佩奇的恶心,她的疲乏和起疹子,全家人流鼻血和头痛。她才想到要和福克斯医生谈谈发臭的水和山脉公司让她煮水的事。福克斯医生简直不敢相信自己的耳朵。这家人真是受尽磨难,他想。福克斯医生告诉她,必须对哈利进行金属筛查。从这时开始,一旦有流感症状的儿童来他办公室看病,他都会立刻问他们是否住在压裂钻探点附近,以及他们的用水是否受到了污染。

斯泰茜紧接着给老爹打了电话。她问老爹是否可以借一只"水牛"给她,以及他是否可以帮她运水。

她接着给克里斯发信息。克里斯正在仓库干活,他每天要工作10

到 14 个小时，把一托盘一托盘的孟加拉铁钉卸下来。克里斯上过大学，主修的是环境科学，他一生都梦想能当上美国鱼类和野生动物管理局的监督员，但是这份工作的薪酬维持不了他的生活。

过了一会，《正义前锋》主题曲的铃声响起。这是哈利的来电铃声，最近她把克里斯的也设成了同一个。斯泰茜向克里斯复述了贝丝跟她讲的关于约迪的事，以及她认为这可能和哈利的病因有关。起初，克里斯对于井场可能导致哈利生病还有所怀疑。他上下班的路上都会听广播，也曾听过"我的山脉资源"这个广告。广播里邻居们讲述的关于天然气开采的各种感受让他坚信，这种开采方法无疑是安全的。而且致人生病也不符合山脉公司的利益。

他见过哈利最糟糕的样子。通常情况下，一个 14 岁有自尊心的——和睦镇或任何一个地方的——男孩，都不会让妈妈的男朋友像抱婴儿那样抱到车上，但是哈利已经病得太重，顾不上这些了。那些瞬间触动了克里斯。同样，结满大块灰黑色污垢的滤水器也让他感到震惊。

他们等了一个星期，哈利的检查结果才出来。2010 年 11 月 18 日这天是斯泰茜 41 岁的生日。她正在室外往炉子里加木材，这时手机响了，是福克斯医生的诊所打来的。医生说哈利的尿液中含有 85 微克/克的砷。砷是波吉亚家族[①]最喜欢使用的一种毒药，它存在于自然环境中，大米中就含有砷。成年人体内砷的含量不超过 25 毫克/克都是正常的。哈利身体里过高的砷含量让儿科医生非常担忧，哈利被确诊为砷中毒。

[①] 波吉亚家族：中世纪欧洲的贵族家族，以擅长使用毒药而闻名。

天哪，佩奇很可能也中了毒，斯泰茜心想。佩奇每次洗完澡出来，都会抱怨肚子不舒服。她不想吃早餐，一直跟斯泰茜说自己肚子疼，斯泰茜却总是催她赶紧去上学。可能不只约迪，可能沃尔斯一家也都病了。

"我恨自己没能早点发现，"斯泰茜后来告诉我，"但是没人过问我们的水质。没人遇到过这种情况。"护士告诉斯泰茜，医生要她给山脉公司打电话，要求他们提供替代水源。山脉同意了。同一天，斯泰茜又分别打电话给环保部和卫生部。"卫生部告诉我们他们不知道该怎么办，"斯泰茜说，"如果是铅中毒的话，他们有治疗方案，但对于砷中毒他们没有任何办法。"

斯泰茜早已计划好和父母一起庆祝生日，那天晚上她开车带孩子们来到 5 公里外的和睦镇。斯泰茜在厨房里向妈妈和妹妹讲述了贝丝那些生病的动物以及哈利的病情。哈利坐在厨房的桌子旁，听着三个女人说话。他不知道砷中毒是什么，但是听起来似乎挺严重。除了卡明斯、约迪和布茨，还有亨特。一只狗掉进干草堆里窒息死了，这听起来匪夷所思，除非他已经病得神志不清。

那天晚上回到家里，斯泰茜拿了一张活页纸坐下来。她用自己当护士做记录时经常使用的孩子气的手写印刷体，记录下：*周四 11/18/10 哈利体内检测出（呈阳性）高浓度砷，85 毫克/克，共付额 40 美元*。第二天，山脉公司派当地供水商"迪安氏"（和睦镇的一家家族企业）把一只 5,100 加仑的"水牛"送到黑尼家的农场。这只"水牛"就放在餐厅外，房屋地基的裂缝旁边。

自从哈利确诊以后，斯泰茜开始尽可能地收集与家中发生的事有关的资料。首先，她和佩奇都去做了砷含量测试。斯泰茜检测的结果是 64 毫克 / 克，佩奇的检查结果则呈阴性。佩奇没有危险让斯泰茜松了一口气，但同时感到费解的是，他们住在同一屋檐下，为什么只有女儿没有中毒。接着她回想起自己硬把佩奇推上校车的那些日子——那段时间哈利一直待在躺椅上。她想起自己脚受伤和哈利一起待在家里时，自己身上出现的脑雾①症状。她意识到把哈利留在家里可能加重了他的病情。

改成用"水牛"的水以后，斯泰茜和孩子们感觉好一些了。两个星期后，斯泰茜脸上和鼻子上的痤疮消失，手臂上的疹子也好了。三个星期后，哈利到福克斯医生的诊所复诊，砷含量检测结果为阴性。不久之后，哈利感觉身体好多了，可以回学校上课。那年深秋，他开始打篮球，这是一年半以来的第一次。然而一些症状依然存在。一家三口还是会感到头疼，哈利依旧满嘴口腔溃疡。他吃饭还是没胃口，医生给他开了昂丹司琼，一种给化疗的癌症病人吃的止吐药。

---

① 脑雾：指大脑难以形成清晰思维和记忆的现象。

第五章

空气传播

那年秋天，佩奇上六年级，有一天，老师给全班同学布置了一项任务，要他们在谷歌地图上找到自己的家。佩奇从学校回到家，在家里的笔记本电脑上把自己找到的地方拉大。一个相当于他们家房子八倍大的黑洞赫然出现在马路对面的山顶上。它看起来像个池塘：表面反光，好像装着某种湿乎乎的东西。池塘周围停着几辆拖车，旁边还有另一个小坑。池塘的边缘似乎有一些超大的黑色塑料垃圾袋。网络不太好，图像有些模糊。斯泰茜看得不是很清楚，但可以看到池塘表面漂着一些白色的圆点。她想知道这些圆点是什么。

进入深秋，白天越来越短，斯泰茜从医院下班回到家时，天已经黑了。她在后门脱掉那双上班不得不穿的白色布鲁克斯运动鞋，尽管已经过了九个月，动过手术的那只脚依然隐隐作痛，她担心伤口恢复得如此缓慢和自己一直暴露于化学污染中有关。没来得及把手术服换下来，她就仔细研究起那一大堆尿检结果来。她用黄色的荧光笔标出自己认为可能有问题的地方和不明白的地方。尽管网上相关的医疗信息不多，她还是仔细查找并尽可能地做出分析。几乎找不到什么可靠的信息。当时尚处于马塞勒斯热潮初期，行业认可的医学研究尚不成熟，更不用说发表了。为了了解砷等金属对孩子健康的影响，她找遍了疾病控制中心网站。网上的信息令她感到不安。孩子们由于身量小且神经系统正在发育之中，接触后受到不利影响的风险更高。

另外山脉公司提供的水质检测也无法让斯泰茜放心。虽然公司声称为保证业主得到客观公正的检测结果，他们聘请了独立实验室来进行检测，但斯泰茜仍担心检测结果可能并不那么客观公正，因为是山脉公司花钱雇的他们。斯泰茜自己雇了一个水文学家鲍勃·法戈。法戈不太了解油气污染，但他教会了斯泰茜如何快速检测井水中是否含砷。他让斯泰茜在一天的不同时段，把一张纸条放入井中，如果水里含有砷或者其他金属，纸条会变色，就像pH试纸一样。斯泰茜定期到地下室去检测，结果通常显示水里含有少量砷，但并不严重。法戈解释说，这只是一部分问题。所有这些样本只能代表某个时刻的情况，就跟照相一样。为了弄清蓄水层的工作原理，斯泰茜从克里斯的书架上取出一本大学课本。她一直以为地下水是待在地下静止不动的，就像池塘一样。但她后来发现蓄水层更像是一条地下暗河，水一直在流动。如果砷含量高的水流过她却恰好没检测到呢？如果她的检测方法过于原始，无法体现真实情况呢？

法戈跟斯泰茜说，他怀疑砷不仅存在于水中，还存在于空气中。这可能就是她和孩子们一直感觉不舒服的原因。或许，他们在洗澡时还吸入了砷化氢。

斯泰茜把这些疑虑讲给医院的护士同事听。两年来，她的同事们一直在听她讲述哈利的病情，也亲眼见过哈利到急诊室时脸色灰白、身体蜷缩的样子。一起工作的其他护士都束手无策，就连那些有同情心的医生也不知道该怎么帮斯泰茜。没人了解这些深井。普通的浅层气井并不复杂，一个周末就可以把磕头机安装好。现在一些农场还有这种气井。但是当时对这个行业的认识不足，除了护士同事凯莉·塔什和在附近的高级外科医院管理手术器械的妹妹谢莉之外，斯泰茜不知道该向谁求助。

凯莉和别人换了班，以便有时间和斯泰茜讨论哈利的病情。凯莉和斯泰茜关系很好。自从凯莉在医院的老年病房照顾过斯泰茜的祖父母之后，她们两人就成了密友。后来凯莉转到监护室，还成了三个调皮男孩的继母，斯泰茜帮着她适应新的工作和为人父母的角色。现在反过来，凯莉成了斯泰茜的情感支柱。她给斯泰茜发短信和电子贺卡鼓励她。"友谊不在于认识的时间有多长，"其中一张写道，"而在于她来到你身边就不再离开。"

谢莉已经习惯了帮姐姐平衡生活和工作。斯泰茜在卫校上课时，谢莉就会把哈利和自己的两个孩子放在一起照顾。现在，当斯泰茜需要把尿样送去福克斯医生的诊所时，谢莉就开车送孩子们去四健会，还和老爹一起去给斯泰茜的动物运水。谢莉自己的情况也不是很好：她在骨科医院里全职工作，身患糖尿病，正痛苦地挣扎在即将破裂的婚姻中。但斯泰茜需要时她总是会出现，她认为姐妹之间就应该这样。谢莉一直不停地询问和她一起工作的医生，是否认识什么人可以帮她姐姐的儿子一把，后来终于有个骨科医生给她介绍了一个华盛顿县人，这个人名叫罗恩·古洛。

古洛住在距离和睦镇一小时车程的芒特普莱森特镇区，那里是山脉公司租地和钻探活动的中心。2004 年，山脉公司就是在那里用压裂法打出了华盛顿县的第一口气井。古洛家农场上的气井属于最早开挖的一批，但是事情并不如他预想的那样。他正在和山脉公司打官司，从池塘里的死鱼到工人们在他的树林里大小便，他和山脉公司之间存在无数矛盾。随着对压裂法的讨论日趋激烈，古洛已经成为众矢之的，因此当斯泰茜给他打电话时，她发现他没完没了地唠唠叨叨，自己几乎不可能把电话放下。古洛开始给斯泰茜打电话，告诉她宾夕法尼亚西南部一群记者带来的最新消息以及他们的要求。记者的到来是天然气热潮出现的一个征兆。斯泰茜拒绝了他的邀请。她不想成为一场更大的反压裂法抗争中的焦点。她不相信那些有着自己计划的陌生人。

而且，在她成长的地方，没人喜欢老是抱怨的人。斯泰茜心里很清楚，和睦镇最体面的居民拿到了利润丰厚的租约。而她最担心的是如果她站出来公然反对山脉公司，他们会把她的"水牛"收走。没了"水牛"，她和孩子们就得搬家，然而他们没有地方可去，没钱支付1,200美元的按揭贷款，也没钱支付另一套房子的租金。

古洛介绍斯泰茜认识了芒特普莱森特一户和她有相似遭遇的家庭。斯蒂芬妮和克里斯·哈罗维希有一个十英亩的农场，并在农场上建造了自己梦想中的房子。但是现在那里已经变成了一个有毒垃圾场。他们有两个孩子，6岁的阿莉和9岁的纳特，也是头痛和流鼻血，和哈利与佩奇的症状相似。哈罗维希夫妇认为，是一个和斯泰茜家附近那个相似的废料池和他们家农场上的压缩机站引发了这些问题。两年以来，他们一直准备搬家，但没有人愿意买他们的地。

我们家陷入了困境，斯蒂芬妮·哈罗维希对斯泰茜说。在深夜通过几次电话之后，两人成了好友。除了忍受病痛的折磨，哈罗维希一家还因为公开反对给当地带来丰厚收益的行业而遭到排挤。但是这并没有阻止他们起诉山脉公司，现在，他们正深陷在这桩有争议的诉讼案中。最终，为了能搬走，哈罗维希夫妇把房子卖给了山脉公司，并以750,000美元和公司达成和解。作为交换条件，哈罗维希夫妇签了一份禁言令，终身禁止父母和两个孩子对马塞勒斯页岩或压裂法发表评论。虽然双方已经和解，但是《匹兹堡邮报》向法院要求将协议的内容公开，并赢得了法庭的同意。协议公开后立即引发全国范围内对第一修正案中儿童权利的热议，最终，一位山脉公司的新律师撤回了之前禁言令也适用于孩子的声明。

在和睦镇，没人会说斯泰茜和她的两个孩子是赚了钱就走的外来者。他们不会走。他们要在这里熬着，就像和睦镇和繁荣镇的居民一直以来对待采掘业那样。他们让公司送水来，自己则稳稳地待在家里的农场上，等山脉公司滚蛋。从现在开始，她要留下来继续战斗，尽可能快地收集证据。

在贾斯塔布里兹，沃尔斯夫妇也有自己的麻烦要解决。贝丝和约翰住在废料池山下800英尺处。（黑尼家距废料池1,530英尺，几乎比沃尔斯家离废料池的距离远一倍。）沃尔斯家的饮用水也来自耶格尔井场流出的地下泉水。他们自己以及家里的马和狗都喝这些泉水。那年年初山脉公司开挖废料池之后，沃尔斯家的水量直线下降，后来只剩涓涓细流——"就跟洒水一样。"贝丝说。她给山脉公司打电话反映情况，山脉付钱让迪安氏送水过来，同时还出钱让贝丝和约翰打了一口新井。但贝丝不太相信这口新井的水质，他们自己做了检测后发现，井水里大肠杆菌严重超标。"水牛"送的水根本不够沃尔斯家的21匹马喝。因此，贝丝经常待在地下室里，看着地下室墙上挂着的约翰的马蹄铁艺术品——一个写着"信念"的十字架，以及阿什莉的奖杯。她不停地给买家和拍卖会打电话，直到为这 15 件纪念品找到买主。

那年秋天，贝丝的拳师犬斯莫克和普雷斯莉各生了一窝小狗。其中一只黑白相间的小狗天生腭裂，吃奶困难，奶汁总是流进肺里。小狗最终死了。贝丝做了七年饲养员，从未见过这类先天缺陷。她用一个塑料袋把小狗包起来，放在地下室的冷冻柜里。她希望对小狗进行尸检，找出他身体畸形的原因——可能是接触有害物质后导致的基因突变。但卡明斯的死让她了解到这类测试的结果尚无定论，而且还要花费 2,000 美元。现在，除了卡明斯，约迪和这只小狗仔的死促使贝丝再次给山脉公司打电话，告诉他们动物正陆续死亡，以及她担心它们是乙二醇中毒。山脉的员工劳拉·罗斯米塞尔随即打电话给贝丝的兽医，告诉他，山脉公司在压裂法开采中并未使用乙二醇，兽医把她的话记录下来。得知山脉公司未经她同意就给兽医打电话，贝丝大发雷霆。贝丝认为这是在暗中损害她的合法权利。而且，事实证明，罗斯米塞尔错了。

这件事让贝丝陷入深度怀疑。走投无路的贝丝只能不停地给处理这类投诉的政府部门环保部打电话。自 1995 年成立以来，环保部的主要职责就是执行宾夕法尼亚的环保法。十年来，这个部门一直处于人手不足和资金匮乏的状态。从 2008 年开始，情况变得更糟。环保部的缺陷预示着公共贫困这个更大的问题。受经济大衰退的影响，宾夕法尼亚州面临着 16 亿美元的预算缺口。州长埃德·伦德尔，一名民主党人，将环保部 217,515,000 美元的预算削减了 27%，为史上最大削幅之一。州长还把环境保护和自然资源部 113,369,000 美元的预算调低了 19 个百分点。该部门主要负责州立公园和森林的养护。为了填补预算缺口,他还出租公有土地的油气权。州政府在三笔交易中一共租出了138,866英亩土地,进账4.13亿美元。这标志着宾夕法尼亚近代史上最大规模公共资产抛售的开始。

环保部对居民投诉的处理也非常糟糕。沟通不力,一拖再拖,检测报告含糊不清——环保部未能履行保护公众这个最基本的职责。检察长在2014年的一份报告中写道:"这些问题无疑降低了公众的信任度。"由于当下的天然气热潮,环保部收到了无数的钻井申请。他们几乎从不回绝。从2005年起收到的7,019份钻探申请中,政府只拒绝了31份。

尽管贝丝一再敦促,斯泰茜还是很少给环保部打电话。上班时,偶尔会有30分钟的午餐时间,她赶紧用这段难得的空闲给医生回电话。她不想浪费时间给环保部的人打电话。因为即使打了,也不会收到任何答复。公平地说,健康问题超出了他们的职责范围,因此她只能靠自己。斯泰茜早上起来第一件事就是把取尿样的杯子发给孩子们,然后穿着睡衣去做没有说服力的水质检测。她跟新朋友斯蒂芬妮·哈罗维希说,自己需要更多帮助。哈罗维希建议斯泰茜报告联邦政府。如果环保部不能履行职责,那么也许国家环保局会介入。他们管的范围更宽,权力似乎也更大。1970年,尼克松总统和国会成立环保局的目的就是"联合治理"跨州界污染。从那时起,环保局的职责便无所不包——从制定大规模清理整顿的基本准则到调查严重的环境罪。

斯泰茜不确定是否想让或者需要联邦政府的官员在自己家里走来走去。她相信和山脉公司直接协商更有把握把事情处理好,因此她一直在等。至少他们现在已经有了干净的饮用水。她和孩子们喝的是餐厅门外"水牛"里的水,但需要更多的水来喂牲畜,因此老爹一直在帮她运水。但有时运水的速度跟不上需求，动物们就开始喝污水。

十一月底，布茨即将分娩，斯泰茜准备把小山羊送到山上的披屋去养。布茨开始宫缩了，但是生不出来，斯泰茜只好把手伸进去将小山羊拉出来。第一只断成了三截，第二只完好无损。平安夜那天，布茨开始抽搐。圣诞节当天拆完礼物之后，斯泰茜和孩子们去看布茨。布茨依然在抽搐，斯泰茜用一条毯子把她包起来抱到屋里。斯泰茜请来兽医，医生给布茨开了类固醇、止痛药和抗生素。但是这些药都不起作用。圣诞节后的那天，兽医来给布茨实施了安乐死。

布茨的离去让全家心痛。76.60 美元，斯泰茜在笔记本上记下。她开始记录这次的磨难所带来的每笔开支，有情感上的也有金钱上的。布茨的死是个转折点：斯泰茜同意和联邦政府合作。第二天，斯蒂芬妮·哈罗维希把环保局的刑事侦查员马丁·施瓦茨带到斯泰茜家。施瓦茨秃顶，是一名退役军人，当了 25 年警察。他解释说自己的工作和警探差不多，通过情报、采访、搜查令和传票搜集证据。和州政府的环境督察不一样，施瓦茨随身带着一把枪，这让斯泰茜感觉环保局办事严肃认真。施瓦茨坐在斯泰茜家的厨房里，他发现斯泰茜是个诚实可靠的人。"身为一名警察，你对人有一种直觉，"他后来说，"她不是江湖骗子，也不是那种环保狂人。"而且她还是一名护士。然而问题不在于斯泰茜说的是否属实。施瓦茨不太确定斯泰茜的话中有多少经得起验证。他对斯泰茜说，就拿动物生病来说，通常都有太多的环境因素，从而难以确定中毒和疾病之间有真正的联系。

12 月 27 日一早，斯泰茜用一张床单把布茨包起来，放进庞蒂亚克的后座，然后开车三个小时，来到宾夕法尼亚州立大学。虽然知道检查结果很难定论，但她还是想试一试。而且这次州立大学会付这笔钱。

结果显示，布茨的血液中寄生虫的数量极高，这可能意味着什么。动物感染寄生虫有很多途径，但斯泰茜知道，这种情况在金属中毒的动物身上很常见，因为动物骨骼中的钙被金属取代，致使免疫系统再也无法抵御感染。

拿到布茨的检查结果后，斯泰茜将它们放在越来越厚的活页夹里，作为提交给联邦政府的证据。由于哈罗维希夫妇再也无法公开谈论他们的遭遇，恐怕和睦镇发生的一切只能由斯泰茜来揭露了。也许她可以悄悄地进行：受到关注只会带来麻烦。哈罗维希一家的遭遇使她明白了这一点。一想到要暴露在公众面前并且发起抗争，斯泰茜就感到害怕。从现在开始，她将在那本圆点日记本的角落里记下兽医的账单和共付额。

第六章

哈皮佬

在和睦镇长大,意味着在贫困中长大,斯泰茜这样说。父亲所在的钢铁厂倒闭时,斯泰茜上三年级。她和谢莉的童年是在经济萧条时期度过的。她们自己种菜、腌菜,自己砍柴生火,自己打水。虽然宾夕法尼亚西南部位于阿勒格尼山脉阴面,这里河网纵横、雨量充沛,是世界上水资源最丰沛的地区之一,但这一地区的许多居民却没能用上市政供水,也就是自来水。

斯泰茜一家居住的地方地势低,房子附近是否有水源要看运气。有些人成功在后院挖出了井水。对另一些人来说,挖井的成本太高,或者蓄水层的位置太深,很难挖到那里。斯泰茜家靠收集的雨水洗衣服、洗澡,并用一个巨大的蓄水池储集雨水。蓄水池用混凝土筑成,坐落于他们家的棕色房子外面,房子上插着一面写着"战俘与失踪士兵"的黑白旗帜,现在她的父母依然住在那里。

由于老爹是志愿消防员,有时他可以用和睦镇的消防车把溪水抽上来,装进家里的蓄水池,用于洗澡和洗衣服。至于饮用水,则需要两个女孩轮流拿着八只空的塑料牛奶罐，穿过车道，到附近的户外水泵那里去打水。她们每次拖回两罐水，快跑着，这样罐子就不会从手上滑落。全世界的女孩都在干这种家务活。在许多地方，这可能是一项危险的差事：因为需要单独离家到很远的地方去。谢莉和斯泰茜只需要穿过车道而已，但这依然深深烙印在她们的记忆之中。谢莉开心地回忆起自己11岁时能够一次拿回四罐水的情形。她一直都没姐姐那么爱打扮，称自己是个"肮脏的假小子"。童年时的缺水让她感觉最难过的一点是，她们从未玩过水球、水枪，或者任何喷水器。

"水太珍贵了，不能用来玩。"她说。现在，谢莉38岁了。她喜欢戴金丝圆框眼镜，扎头巾，穿一件写着"当你的优等生坐在学校里，我的孩子射了一头鹿"的T恤。她酿私酒，并在屋后的一截空心木头中养了一窝野蜂。她的农舍是一座有着200年历史的老宅，是她花25,000美元买下的。尚未完工的客厅中间摆着一个她从旧货市场上淘来的按摩浴缸。浴缸像是一个满怀希望的玩笑，也许有一天她们能用上水。浴缸里装满了脏衣服，天一下雨，她和孩子们就洗衣服。

"我们不经常洗衣服。"她说。她把这个巨大的浴缸称作"时间胶囊"：她儿子三年前穿的球衣还塞在里面。

斯泰茜则相反，她洗头、刮腿毛，喜欢把自己拾掇得干干净净。这对于十几岁的她来说并非易事，因为洗澡超过90秒是被禁止的。"你最好在水泵打开之前就出来。"斯泰茜说。那个时候，水本身不是问题。水很便宜，50加仑水只要25美分，因此装满一只500加仑的"水牛"只需花费2.50美元。但是去一趟拉夫溪来回需要半个小时，再加上汽油钱，这对她们家来说是沉重的负担。

从1970年开始，迪安家族便做起了运水的生意。他们家族在和睦镇还拥有一家自助洗衣店和一家五金店，后来还开了一座加油站和一家便利店。但在压裂法到来之前——它使得人们对水的需求量激增——迪安一家并不是很有钱。他们住在自助洗衣店后面一个锡皮临时房里，他们的儿子理查德和镇上的其他男孩子一样，暗恋斯泰茜。当他们还都是少年时，为了表示友好，斯泰茜和他约会过一次，两人一起去了集市。

斯泰茜的父母虽然不富有，却受人尊敬。名誉比金钱重要得多。斯泰茜的父母和祖父母都因诚实正直而受到称赞。斯泰茜母亲家在华盛顿县的历史可以追溯到斯泰茜的外曾祖父奥利弗·曼基那里。他的祖父叫曼奇恩，是一个德国移民。1865 年，奥利弗·曼基出生在和睦镇十英里外的尼尼微镇附近，后来搬到繁荣镇经营农场。他住的地方曾被特拉华人称为"安纳瓦那"，意思是"水路"。现在那里建了一个童子军营地和一个安纳瓦那俱乐部，斯泰茜称之为"红脖乡村俱乐部"。虽说是俱乐部，其实只不过是一个养着鲶鱼的泥塘，外加一台装满了啤酒的饮料售卖机。俱乐部成员通过把黑白球放进盒子的方式，来决定是否接纳一名新成员。只要盒子里有一个黑球，就意味着你出局了。

斯泰茜父亲的家族也住在华盛顿县，祖上同为德国人的希尔贝里家族大部分住在西弗吉尼亚。这里是最早的哈皮佬社区。20 世纪时，山里人把树苗编成环，卖给山下的西弗吉尼亚瓷器工匠，工匠再把这些环加工成桶，用来运盘子和杯子。在西弗吉尼亚，人们仍然会开玩笑说，霍默劳克林瓷器公司的首字母 HLC 的意思是"哈皮佬最后的机会"。现在，"哈皮"这个词可以用来指任何与山区文化有关的事物。例如，"到哈皮去打猎"的意思是到西弗吉尼亚去。

2003年的一天,斯泰茜的妈妈到病房来,让斯泰茜打开监护室里的其中一台电视。从那以后,同事们开始开玩笑地把斯泰茜称为"哈皮佬"。护士们在电视上看到联邦探员们突袭了戴维·韦恩·赫尔的农场,他是三K党①之中最暴力的准军事派白衣骑士团的至尊巫师。赫尔是希尔贝里家族的一员,也是斯泰茜同曾祖父的堂兄弟。医院里一名非裔美国人护工说,赫尔是个魔鬼。斯泰茜告诉他赫尔是她的堂兄弟。这名护工向她道歉,说他从未想过这种人还会有亲戚。不,斯泰茜说,该道歉的是我。赫尔因为串通证人篡改证据,以及制造、运输和引爆简易炸弹而被判处有期徒刑12年,在联邦监狱服刑。斯泰茜对此一点也不感到惊讶。去赫尔的农场打猎时,斯泰茜曾看到练习射击用的人形靶子,和一堆等待被烧的木制十字架。

长大成人后,斯泰茜重拾了自己哈皮佬的身份,并为此感到自豪。但是她年轻的时候,日子可不好过。读中学时,同学们嘲笑她是和睦镇来的穷乡巴佬,而且她的姓氏"希尔贝里"是"乡巴佬"的同义词。斯泰茜在华盛顿市内的三一中学读书,从小她就把这所学校和有钱人联系在一起。老爹失业后,琳达去华盛顿给一座有着32个房间的豪宅打扫卫生时,经常会带上两个女儿。豪宅里有个游泳池,夏天母亲工作时,斯泰茜和谢莉可以在那里游泳。事实上,市区的萧条也反映出该县的实际情况:华盛顿正处于经济下滑时期,自从20世纪50年代以来,市区人口已经从最高峰的27,000人减少到目前的13,500人,少了整整一半。但在斯泰茜眼里,华盛顿依然是财富的象征。上中学时,城里的孩子(她这么称呼他们)有任天堂游戏机和约达西牛仔裤,斯

---

① 三K党:美国一个奉行白人至上的反动恐怖组织。

泰茜什么都没有，这让她感到羞愧。她坐在教室的最后一排，从不举手发言。她唯一参加的课外活动是步枪俱乐部。她是队里的神枪手，获得了"全场最佳"的称号。然而，即使是步枪俱乐部也令斯泰茜感到尴尬，因为老爹没钱给她买一把自己的枪，她只能向学校借。

斯泰茜上高中时知道了有上大学这回事，她告诉母亲自己想上大学。然而斯泰茜记得琳达告诉她，像和睦镇这种穷地方的孩子是不上大学的，让她最好忘了这件事。她们母女之间偶尔会发生这种事：琳达认为把真实情况告诉斯泰茜，以免她在未来感到失望，是为了她好；但斯泰茜则感到深深的挫败。于是她离家去上美容学校，和当时的男朋友拉里·黑尼住在了一起。斯泰茜就这样不告而别。当她回来取东西时，老爹跟她说，拉里喜欢他自己那辆卡车多过喜欢她。斯泰茜当时听了火冒三丈，但是现在想想，老爹说的没错。

对斯泰茜来说，拥有自己的房子是迈向中产阶级的一个台阶。拉里到附近一家塑料厂当仓库管理员，斯泰茜在医院当护士，这让他们有足够的钱买一座带优质水源的房子。当斯泰茜找到了麦克亚当斯路附近的这个农场，她高兴地得知农场曾属于她的曾祖父。这种事在和睦镇并不少见。由于房源稀少和资金问题，房子在各个家族之间频繁转手。位于麦克亚当斯路的这个农场，最大的亮点就是拥有优质的水源。斯泰茜非常珍爱这里的水井，它也是斯泰茜的父母和妹妹以及下十里长老会教堂的水源。这座售价 82,000 美元的房子需要进行全面翻修：换新屋顶和乙烯基壁板，同时还需要加固地基。他们在尽量抢救旧房子的同时——斯泰茜说这是"保存历史"——还增加了新的厨房、浴室和门廊。

斯泰茜用收集来的各种旧物填满房子，比如一台古董缝纫机以及她祖母的摇椅,并且打算在这里住上一辈子。拉里和她一样,对环境非常在意。两人把钱都花在房子上。他们花 2,000 美元在厨房安装了一个烧木材的陶瓷炉。他们买不起燃油炉,就用柴火炉为房子供暖。老爹用农场的一棵胡桃木做了一个木质的壁炉架,在炉底铺上石头。斯泰茜亲自动手,用灰泥小心翼翼地在客厅的天花板上勾勒出涡卷形花纹,用模板在楼梯上印上常春藤图案,在哈利的房间墙上印上动物脚印,给佩奇的房间画上兔子和一丛丛青草,在佩奇的窗户上挂上印有约翰迪尔拖拉机图案的粉红色帷幔。

然而在这质朴完美的表面下,拉里和斯泰茜却在挣扎。一开始,哈利腹痛时,拉里会陪他散步几个小时。但是当孩子们长大,开始捣乱——佩奇把她的口袋波莉娃娃扔得到处都是——他变得不耐烦了。佩奇不敢对他提任何要求,连一杯水都不敢要,怕他冲自己大吼大叫。拉里喜欢一切井井有条,喜欢在屋外洗他的卡车。2007 年拉里离开时,斯泰茜很高兴看到他走了。虽然斯泰茜心里认为他的离开是因为他对孩子们失去了兴趣,是他的错,但她自己也丧失了对婚姻的兴趣。她努力工作是为了让孩子们相信没有父亲他们能过得更好,而拉里也觉得自己是个被他们赶出家门的坏人。哈利和佩奇只是偶尔才见到他。拉里会带他们到附近的"老科珀水壶"酒馆吃一顿气氛尴尬的晚餐。这家酒馆百年前是国道上的一家驿站马车旅馆。

2009 年,斯泰茜在水壶酒馆遇到了克里斯·拉什。当时她为了赚外快临时到一个宴会上帮忙,完工之后难得来到水壶酒馆,准备喝上一杯。她知道自己身上有股浓浓的鸡肉味,白衬衫上也溅上了肉汁。克里斯经常来这里吃汉堡,从自动售卖机购买刮刮乐彩票。他见斯泰茜进来,于是上去跟她搭讪。他知道斯泰茜,而且已经迷上了她。他们谈论起孩子，克里斯提出可以带哈利去打火鸡。火鸡很难打，猎人必须模仿雌火鸡的叫声，但克里斯是这方面的高手。然而离打火鸡的季节还有好几个月，于是克里斯问她什么时候有空，可否一起共进晚餐。作为一名猎手，他被她身上的鸡肉味深深吸引，克里斯喜欢拿这件事开玩笑。

后来，斯泰茜跟我说："那是哈皮佬的求偶信号。"说完哈哈大笑。

和拉里相比，克里斯更接近斯泰茜理想中的伴侣。34岁的克里斯依然单身，在陌生人面前显得拘谨而小心，喝过半打百威轻啤后，才放松下来，变得风趣而活泼，像男孩子般喧闹。他唱着利尔·韦恩和史努比狗狗流利的饶舌歌，可外表却是个身材魁梧的哈皮佬。他们喜欢彼此身上强烈的乡村特征，包括两人之间一种老式的距离感。斯泰茜为自己的自立自强感到骄傲，不用每次车胎一爆就把克里斯叫来。

"和睦镇的女人和大多数女人的不同之处在于，"她说，"我们不是必须得有男人才能生活。"斯泰茜很高兴在家人的帮助下，能够自己劈完整个冬天用的柴火，或者说至少没有怨言。在她看来，这才是真正的边境妇女该做的事。斯泰茜为哈利和克里斯选的手机铃声——一首献给鲍和卢克·杜克[①]的赞歌——反映了她的品味。佩奇来电时，斯泰茜的手机就会响起马嘶声。克里斯在附近的"84"小镇有一座平房式单身公寓，但他会尽可能多地和斯泰茜一起待在和睦镇，做做家务，或观看海盗队和钢人队[②]的比赛。

虽然斯泰茜和克里斯认为，乡村生活并非社会的主流，然而事实上乡村的民粹主义非常流行。猎鸭人菲尔·罗伯逊的脾气非常暴躁，

[①] 鲍和卢克·杜克：电视剧《正义前锋》的主人公，是一对堂兄弟，他们为了保住叔叔的农场而与狡猾的投机商斗智斗勇，最终挫败了后者的阴谋。
[②] 海盗队和钢人队：匹兹堡的职业棒球队和职业橄榄球队。

由他主演的真人秀《鸭子王朝》曾是全美收视率第一的电视节目，直到他发表了一通种族主义言论而被停职。《鸭子王朝》《甜心波波》和《野外狂欢》等真人秀节目塑造了一个个粗鲁而令人震惊的人物形象，这类节目不仅美国的乡下人爱看，城里人也爱看。粗鄙的笑话和乡村生活的种种不幸看起来古怪而有趣，一种已经消失的生活再次回到人们面前。边缘化的生活并不总是意味着节俭——罗伯逊一家穿的是150美元一双的真树牌迷彩皮靴，他们的皮卡车可能比宝马还要贵——但它确实标志着奥巴马时代占据上风的有关种族和性别的进步价值观遭遇了强劲的政治阻力。不久之后，随着唐纳德·特朗普的上台，美国的城市居民将会意识到，这些节目中尖锐的幽默之所以受欢迎，不是因为它们奇特，而是因为它们非常普遍。

第七章

"同心同德，相亲相爱，和睦共处，如一家人"

每到星期天，斯泰茜就会把牛奶罐装满水，给下十里长老会教堂送去。她和谢莉的孩子们是家族里第五代在这个教堂受洗的人。教堂的井水被死去的教区居民尸体中渗出的福尔马林给污染了。墓园里，薄薄的花岗岩石板讲述着和睦镇十几代人的故事。在过去的250年里，和睦镇的居民曾经相依为命，他们一边抱怨家族或社区的义务，一边砍柴、割草，或屠宰当季的猪。这些故事打破了拓荒者独来独往的神话。在这里没人能独自生存。

撒迪厄斯·多德牧师也埋葬在这个墓园，墓碑上已长满苔藓。多德于1777年从普林斯顿来到这里，他的祖上是清教徒，他自己则是一名热情的长老会教徒。虽然身患风湿病，但是为了建教堂和帮助处境艰难的移民，他带着妻子和襁褓中的儿子，六次从新泽西艰难地翻越阿勒格尼山脉。这里的大部分移民是1773年来的，只比他早四年，当时有15到20个家庭从新泽西迁移到这里。他们和一些欧洲移民以及贝恩五兄弟住在十里溪定居点，这里就是后来的和睦镇和繁荣镇。

十里溪并非人迹罕至,这里有一条颇为繁忙的小路,与明戈路平行。明戈路是古代一条贯通东西的要道的一段,这条要道后来成了美国联邦公路(国道)。十里溪也是一个危险的地方。拓荒者正在和原住民打仗。肖尼人和特拉华人会在森林里猎熊、野牛、麋鹿、火鸡和鹿。多德的日记中记录,定居点以西大约半英里处有一个特拉华人的村子,叫作"安纳瓦那"。

1773年移民们差不多刚到这里,就遭到特拉华人的袭击,被赶了出去。移民们不久后返回,这一次他们建造了带有枪眼的木堡垒和有尖刺的木栅栏,以防御每年春天冰雪融化时美洲原住民的袭击。

这群困境中的人亟须精神上的指引。多德给婴儿施洗,并在堡垒中宣讲个人救赎的必要性。他呼吁人们摈弃罪恶,并用生动的色彩唤起人们对地狱烈火的恐惧。多德是大觉醒运动的热情支持者。大觉醒运动是一场始于18世纪40年代,席卷欧洲和众多殖民地的新教运动。那时人们对救赎的需要和对天堂的渴望极为迫切。死亡的阴影笼罩在人们心头。大觉醒运动在道德和精神上把移民对原住民土地的占有合理化。扩张成为上帝的旨意。

对土地的争夺还导致移民的分化。这也是威廉·佩恩的遗留问题。威廉·佩恩是贵格会信徒、和平主义者。1681年,英国国王查理二世把2,900万英亩的土地赐给了佩恩。佩恩把这个新世界视为建立一个和平王国的神圣试验。作为这一神圣契约的一部分,佩恩认为应该从美洲原住民手里购买,而不是窃取土地。对于美洲原住民而言,他们不必相信个人可以拥有土地。佩恩和科内斯托加人签署了一份土地条约,规定双方"今后将永远同心同德,相亲相爱,和睦共处,如一家人"。

费城的贵格会精英和急需土地的"边地居民"之间的关系日趋紧

张，后者为了获得土地不断向西挺进。1763年12月，一群名为"帕克斯顿小伙"的拓荒者屠杀了科内斯托加的男人、女人和小孩之后，向东来到费城，要求获得土地所有权和代表权，并要求严惩美洲原住民。帕克斯顿小伙抵达费城时，本杰明·富兰克林听取了他们的诉求，最终成功让他们返回边境，没有引发费城街头的暴力冲突。

然而，边境的暴力事件却在不断增加。边地居民不顾贵格会的反对，执意西进。他们把自己名字的缩写刻在树上，他们用"印第安战斧权"强占了强大的六族联盟①世代共同拥有的土地。此时的殖民地总督、威廉的孙子约翰·佩恩想努力控制移民。1768年2月，他公布了殖民地历史上"最可怕的法律"。佩恩宣布："未从印第安人手中购买土地所有权而在本省②定居的任何个人或群体，如果不遵守且拒绝搬走的话……将被判处死刑，神职人员也不例外。"

那年冬天，佩恩派殖民地官员到非法定居点去执行新法。但那些侵占土地的人无视死亡的威胁，拒绝离开。同年春天，移民们还在继续侵占更多的土地，六族联盟的酋长托合尼萨加拉瓦向佩恩抱怨说："兄弟，看到你的人未经知会或允许就在我们的地盘上住下来，我们深表遗憾。"

将近十年后多德来到十里溪时，法律已经变了，最终，移民们被允许在边境拥有自己的土地。随着越来越多的人涌向西部，小规模冲突愈演愈烈。独立战争使移民和美洲原住民之间的关系变得更糟。许多原住民本指望英国人会比那些残暴的殖民者好相处一些。英国国王乔治三世甚至向原住民承诺，英国会在战后保障他们的土地所有权，

---

① 六族联盟：由易洛魁五大部族和塔斯卡洛拉人结成的原住民联盟。
② 当时宾夕法尼亚是英国的殖民地，被称为宾夕法尼亚省。

因此许多原住民倒向了英国一方。西部边境是独立战争中最血腥的战场之一。一名原住民酋长说,假如他们的人有办法把移民们对妇女和儿童所做的事公之于众的话,那么被称为野蛮人的就不是美洲原住民,而是这些移民们。

独立战争过后,边境地区一片疮痍。许多拓荒者本来就穷,又因为整修房屋而债台高筑。他们在战争时当兵,又陷入宾夕法尼亚与弗吉尼亚之间持续不断的边界纠纷之中,这纠纷直到1780年才彻底解决。当这些负债累累的退伍老兵回到华盛顿县时,发现自己的房子已经被美洲原住民烧了。

作为回应,这些来自华盛顿县的人开始了一连串的报复性杀戮。1782年,不久将当选华盛顿县警长的戴维·威廉森带领一帮人越过俄亥俄河,在一个由摩拉维亚弟兄会传教士建立的村子里,把96名皈依基督教的原住民重击致死,其中包括39个孩子。一些民兵反对这种屠杀行为,而另一些像内森·罗林斯一样的人——他的父亲和叔叔死于美洲原住民之手——则成了袭击的领导者。用印第安战斧砍杀19个人之后,罗林斯"坐在地上号啕大哭起来",一名目击者这样写道。罗林斯"说即使这样也抵消不了父亲和叔叔的死"。

正是在如此血腥的背景下,撒迪厄斯·多德努力使十里溪的社区变得文明起来。他开办了"木屋学校",向男孩们传授拉丁语和古典文学。除了建学校和教堂,多德还建了一座漂亮的木屋。这座房子的独特之处在于它有两层楼和三个壁炉:一个用来做饭,一个用来取暖,还有一个在地下室。1785年,他们在木屋旁边挖了一口公共水井,现在那口井依然在那里,上面盖着一个圆形的木盖。水井为村民们提供了用水,也带来了安全,因为妇女和儿童不必再冒着受到袭击的风险单独到下面的小溪去打水。这口井除了满足实际需求之外，还有精神上的作用。那年的 9 月 7 日，撒迪厄斯·多德牧师在宣讲《以赛亚书》41:17 时念道："困苦穷乏人寻求水却没有，他们因口渴，舌头干燥，我耶和华必应允他们。"

边境的退伍老兵准备重建家园时才发现，他们当兵服役的工资要么还没结，要么收到的是代金券而不是钱。代金券很晚才发，等他们拿到时，已经变得几乎一文不值。边境居民陷入更深的经济危机之中。

威士忌反而成了最有用的货币。大多数农场都有小型蒸馏器，这种烈性酒可以用来支付房租或者工钱，还可以向东翻越阿勒格尼山脉，运往费城和纽约。在山区运谷物既费劲，成本又高，根本划不来。威士忌则没有这方面的麻烦，而且利润可观。

1791 年，在财政部长亚历山大·汉密尔顿的支持下，联邦政府开征威士忌税，旨在帮助年轻的美利坚合众国还债。汉密尔顿还希望借此机会帮助大型酒厂把小型的乡村酒厂挤出去。汉密尔顿的这个想法不太高明，遭到华盛顿县居民的激烈反对。当联邦政府的税官来收税时，"威士忌暴民"往他们身上涂焦油，沾上羽毛，还捣毁了那些与税官合作者的酒厂，最后华盛顿总统不得不亲自召集一支将近 13,000 人的队伍，前往西部。

因为生病再加上对冬季的严寒天气准备不足，华盛顿不得不中途折返。大部分士兵则继续向前，去华盛顿市内捉拿"威士忌暴动"的首领戴维·布拉德福德。但是布拉德福德早就逃跑了，他迅速沿着密西西比河顺流而下。华盛顿的士兵确实抓住了几个暴动首领，并把他们送至费城，但这些人最终都获得赦免。这是美国历史上唯一一次现任总统率军镇压自己的民众。

每年春天，这股反联邦主义的精神就会洋溢在华盛顿市内，届时，人们将扮演"威士忌暴民"，在乔治·华盛顿的雕塑下举行游行。这座雕塑现在依旧矗立在县法院的房顶上，带着忧虑的目光。游行队伍会经过闲置的临街店面、一家名为"爆米花威利"的小餐馆、停车场旁为纪念"威士忌暴民"而立的几个不修边幅的男子的塑像，以及舒倍生诊所对面、他们的首领戴维·布拉德福德的故居。活动的高潮是美格威士忌在乔治·华盛顿酒店举办的宴会，主办方会在酒店大堂摆上一个巨大的充气的威士忌酒瓶。现在宴会的举办地改在希尔顿花园酒店。

庆典以一种欢快的方式重新讲述叛乱。过去几年里，有几家手工酒厂在华盛顿重新开业。其中一家叫作"明戈溪工艺酒厂"，他们生产的"自由之杆烈酒"，就是以那根自罗马帝国时代起便被作为摆脱暴政争取自由的象征的木杆而命名的。当年华盛顿的军队进城时，家家户户窗口都挂出这种木杆。现在，这家酒厂品酒室的墙上，倒挂着一幅亚历山大·汉密尔顿的画像。

第八章

怀疑者

和睦镇地处阿巴拉契亚山脉边缘，在镇上，开发商批量建造的伪豪宅就挨着著名艺术家的农场。但斯泰茜在意的世界没么么大：她在乎的，只是几户人家与土地的紧密联系及其历史。和睦镇和繁荣镇的历史都围绕着古老的乡村教堂展开。每逢感恩节，下十里长老会的教徒，会和和睦联合卫理公会以及自由联合卫理公会的信徒一起，共享火鸡大餐。一般由斯泰茜的母亲琳达来烤火鸡。那通常是一个欢乐时刻，令人回忆起过去邻居们互相帮忙打小麦和大麦的情景。

然而在2010年，哈利新近确诊的消息传遍和睦镇的时候，斯泰茜走过志愿消防站时却感到了尴尬。当她说起哈利的近况时，有些人沉默了。她怀疑那些一直以来支持自己的人——包括表亲哈特利兄弟——都在回避她。虽然没人直接向她提出质疑，但以前的和睦镇可不是这样。无须公开遭到反驳，斯泰茜已经感受到被孤立。随着她的遭遇为人所知，有些人认为斯泰茜的反应有些歇斯底里，还有些人则怀疑她是为了博取赔偿。

关于哈利的健康，邻居们谈论更多的不是孩子是否安康，而是他们对压裂法的态度。几乎没人对收益提出质疑。和睦镇人第一次可以从自家玉米地和小麦地下面蕴藏的矿产中获利。虽然煤和石油带来的大部分财富填满了大公司的金库，只留下了代价，然而压裂法终于让人们得到了奖金和土地使用费，这些本属于他们的好处。这种从地底下新冒出来的油气财富也展现出美国人的天性——与个人主义是成功的基石这一自由论精神相吻合。美国是世界上仅有的几个将地表和地下产权分开的国家之一。美国人还可以拥有头顶的空气权。哈皮佬社区有句谚语："在美国，你拥有从天上到地下的一切。"

差别体现在星期天的募捐盘上。那些更有钱的大农场主们大多属于卫理公会，而不是斯泰茜所属的长老会。天然气公司给的钱让他们多年来第一次有机会向教堂捐更多的钱，但斯泰茜所属的教会的信徒们大多住在城镇或者小农场，还在应对生活的困难。一名山脉公司的前雇员这样向我描述近期引起的分化："我们将给你一条新的路，但会毁掉你们 45 年的友谊，而你只能二选一。"

在许多大农场主看来，哈利砷中毒的事令人难以置信。里克·贝克不知道如何理解这些检测。砷在自然界中的确存在。饮用水中如果含有这种毒物可能会很危险，但它在土壤中本就存在。而且在钻井过程中也没有用到砷。怎么能断定哈利的砷中毒就是钻井引起的呢？贝克家附近没有废料池，但是距离他家几千英尺的地方却有一个压缩机站。压缩机站同样给附近居民带来了种种健康问题。起初是工地施工产生的含有柴油碳微粒的尘土。在压缩机站建好开始运行后，宾夕法尼亚的一项研究结果表明，那些住在距离压缩机站 1,500 到 4,000 英尺范围内的居民中，有 27% 的人感到喉咙受了刺激。

其他症状包括头晕、恶心、慢性支气管炎和抑郁。晚上，压缩机站发出的噪声的确有些扰民——比公司向他承诺的要吵——但上述症状贝克一样也没有。他既不头疼，也没有流鼻血；黑尼一家的症状也没有出现在他身上，而且黑尼家离压缩机站的距离比贝克家还要远半英里。

"那些没能从中获益的人，没别的办法，只会起来闹事，"承租人托尼·贝拉尔迪说，"斯泰茜的反常举动是因为她确实擦破了点皮。如果她拥有 50,000 英亩土地，每月收入 10,000 美元的话，我相信她的感觉会完全不同。"哈利的病也是一种道德威胁。如果哈利实际上是一只工业实验的小白鼠，而同时土地所有者们正在兑现改变命运的支票，那便意味着他们正在牺牲某个人的健康，赚自己的钱。而这个人不是随便某个陌生人，而是哈利·黑尼——奥利弗·曼基的玄孙，同时也是历史协会、志愿消防队和圣坛协会成员琳达和拉里·希尔贝里的外孙。这个实验不是发生在资源开采的灰暗时代，那时候没人知道有什么更好的办法。哈利身上发生的一切是工业化进程的一部分。这一进程刚刚开始，大片大片的绿色山坡会因此消失。

除了教会矛盾，双方在链锯修理店也遇到分歧，这家修理店是斯泰茜的表兄弟威拉德·曼基在家族老店的基础上开的，位于当地人称之为"19 号"的和睦岭路。这条路曾经是一条主干道，距离国道不远。"曼基兄弟"曾经是和睦镇唯一一家汽车经销商。在 1967 年以前，曼基兄弟一直主持着镇上最令人期待的活动之———每年福特和雪佛兰的新款汽车发布会。在新车揭幕之前，曼基兄弟会在平板玻璃橱窗上挂上金色帘子，还给孩子们发可口可乐和尺子。后来州际公路绕开了和睦镇。他们卖出的最后一辆车是一辆 1967 年款雪佛兰。之后，威拉德就靠修理旧链锯为生。新事物在和睦镇并没有多少市场。

接着一切都变了：2007年至2012年，天然气热潮给宾夕法尼亚带来了15,000个与该行业相关的工作岗位。除了从得克萨斯州和阿肯色州来的拥有专业技术的机修工和焊工，油气公司还带来了大量的空缺岗位。从汽车旅馆到自助洗衣店到餐馆，产业的传递效应帮助了那些在困境中挣扎的企业，其中就包括威拉德的修理店。在天然气热潮中，威拉德除了修理链锯，还卖起了东西。威拉德进了一些大男孩喜欢的玩具，和睦镇的农民之前根本买不起。近来他卖得最好的商品是一款售价5,000美元的便携式锯木机。有了这款锯木机，那些喜欢在自家农场上小修小补的农民就可以自己伐木做篱笆了。

威拉德在见证了天然气热潮带来的第一拨经济繁荣之后，又见证了第二拨。上一次，土地所有者们通过租地获利；这一次他们出售铺设地下管道网所需的路权。建造气井的钻工走了，一大批新的管道工来了。铺设管道是一项大工程，同时也是大众争论的焦点。仅宾夕法尼亚一地，就埋着77,000英里的管道，足够绕地球三圈。根据总部设在费城的"在线咨询"2015年的一项研究表明，太阳石油物流的项目预计将给宾夕法尼亚创造约42亿美元的经济产值，提供多达30,000个建造业职位，并给州政府带来将近6,200万美元的新增税收。为了铺设这些能把原气运到城市去的管道，油气公司需要在农民的地里挖沟。农民们由此再一次获得补偿。流入镇上的钱越多，获利多的人和没有从中获利的人之间的分歧也就越深。有趣的是，威拉德又不卖链锯了。因为农民们有了足够的钱可以调高温控器，开始烧石油了。

威拉德亲眼见过哈利的病情有多严重，他丝毫也不怀疑哈利生病的事，但他也不想失去从大农场主那里赚钱的机会。斯泰茜的邻居雷·戴和她的表兄弟比尔·哈特利，都是在和睦镇上受人尊敬的人，现在他们突然有钱到他的店里来消费了。哈特利在他曾祖母的农场上开了一个用拖车改造的理发店，他对斯泰茜的故事表示怀疑。哈特利的儿子在山脉公司上班，和他认识的许多人一样，他认为斯泰茜的说法似乎有点极端。哈特利坚持他的保守主义政治立场。他始终遵循像他这样的土地所有者坚信且一再重复的基本论点：几百年来，和睦镇和繁荣镇为城里人的能源消费付出了巨大代价。现在，那些没有土地、无法从压裂法开采中获利的城里人感到嫉妒了。哈特利认为，斯泰茜的故事为那些反对压裂法的外人提供了现成的素材。那些为自认为有权对素不相识的人的生活说三道四的外人提供的任何素材都让哈特利感到恶心。

威拉德努力置身事外。"我保持中立。"他跟我说。"我从那些挣到钱的农民身上挣钱，因此我无所谓，"他说，"但是斯泰茜不一样，她的遭遇太惨了。"没人当面说过哈利的不是，一次也没有——"没人想装聪明人。"他说。威拉德认为，自己的首要任务是养活全家人。他的女朋友带着两个十几岁的女儿从华盛顿搬到了和睦岭路，和他一起住。他每周至少得去拉夫溪运三次水把蓄水池装满，供她们洗澡。城里的女孩不懂水的珍贵，威拉德宁可多去运水，也不愿和她们吵架。他的新生活让他越来越忙，他见斯泰茜和孩子们的次数也越来越少。威拉德不来，最难过的要数佩奇了。自从她的亲生父亲离去后，她就把这位表亲视作父亲。

这些家庭小冲突背后是斯泰茜深深的不安。她觉得自己正在失去在这个世界上的位置。长久以来,她为自己是这片土地的女儿而深感自豪。现在她担心,这片土地正与自己背离。

这种感觉在那些有钱的邻居身上尤为突出,其中包括雷和乔恩·戴兄弟和他们的姐妹们。这家人住在距离斯泰茜家不到两英里的地方,拥有一座面积达 300 英亩的养牛场,上面种满了鸭茅。戴家拥有这座农场已经超过 100 年了。这家人在气井出现以前就很有钱,他们是当地的精英家族之一。这些家族在和睦镇和繁荣镇悄悄存在着。一些人和戴家的人一样,除了经营农场,还轻松拿着做其他全职工作得到的退休金。自从 1980 年他们的父亲去世之后,戴家每年夏天都会举办 350 人的烤牛肉大会,邀请朋友和邻居们参加。斯泰茜和戴家不熟,因此没有在受邀之列。

雷和乔恩·戴还致力于保存当地历史。这些历史令人回想起以前那个更加繁荣的时代。兄弟俩收集 19 世纪华盛顿生产的邓肯米勒玻璃器皿。这家玻璃厂后来因机械化时代到来而倒闭。戴氏兄弟还和斯泰茜的父亲以及其他和睦镇居民一起,修复了那座曾经属于撒迪厄斯·多德的木屋。在四年半的时间里,几乎每个星期四上午,人们把木屋的木头一根根拆下来,然后重新建好。后来山脉资源捐了 2,000 美元给历史协会,雷认为是这家公司想要做个好邻居的表示。

然而雷却拿不准斯泰茜。虽然他的姐妹也在斯泰茜工作的医院当护士,他也认识历史协会的琳达和拉里,但他对斯泰茜并不是很了解。他觉得,如果斯泰茜真的是和睦镇的女儿,那么在和睦镇一年一度的历史巡游等活动上应该经常能看到她和父母在一起。但是他没看到。斯泰茜也意识到自己很少参加社区活动,为此她有些过意不去;自己没能积极参加教堂的活动,也使她感到烦恼。但是,她一周要工作七天,又怎么去参加这些活动呢?

"有时候,我忙得分身乏术,哪怕再增加一件事我都做不了,"她跟我说,"我得去洗衣服。我得去买全家人吃的东西。我没法参加历史巡游。老妈不太能理解。过去我可是样样都应付得来——把每件事都处理好,然后去参加历史巡游,星期天还去教堂做礼拜。"

在关系疏远的戴看来,斯泰茜作为单身母亲,要全职工作,还要带两个孩子,并不能成为缺席的借口。在和睦镇,忠诚就是要无条件地出现在社区活动上。他对沃尔斯一家更加怀疑。"他们不是农民。"他说。他们养马,但啥也不种。更重要的是,他们没有加入农业保护者协会。这是一个成立于1867年的全国性组织,旨在推广农业新技术和保护农民权益。戴也听说了沃尔斯夫妇好打官司的传闻。伤感的故事在和睦镇不太有市场,许多人的处境都很艰难。气井开发之前,雷·戴——今年63岁,由于常年在户外艰苦劳作,致使眼睛斜视——做两份全职工作。我第一次见到他时,他带我参观他的农场,其间他轻轻地责备了我一句。"你还没问我的职业呢。"他说。这里的人没有一个能全职务农。他在三一中学教了34年的科学,直至退休。他站在黑板前,看着孩子们一张张认真的脸,他很熟悉他们的父母,几十年来,许多和睦镇居民都曾是他的学生。他掌握了一样本事,能留意到那些没有父亲或者可能吃不饱饭的孩子。他雇这些无人照料的孩子帮农场堆干草或者干些零活,这让他有能力用一句慷慨的话、一顿饭和足够的钱,帮助一家人渡过难关。然而近来,戴却雇不起这些需要帮助的当地男孩了。按照法规,州政府要求戴氏兄弟必须承担农场上所有工人的补偿金,而他们根本付不起这笔保险费。

因此,戴氏兄弟改用机器来干农活。这使他们感到痛苦:他们知道当地人需要工作。这种强制购买高额保险的规定正在把像他们这样的小农场挤垮。与此同时，当地农民的平均年龄也攀升到了 56 岁。多年来他当教师时亲眼所见的政府监管和工会的过分行为，促使戴变成了一名思想保守的共和党人。

和其他农民一样，戴对联邦政府和法规的不信任体现在对环保局的厌恶上。在和睦镇的居民看来，环保局根本没有解决任何问题，他们反而搞出问题，要求居民们花大钱整改，否则将面临政府处罚。这也就解释了为什么环保局会如此不受欢迎。这是一个典型的案例，戴跟我说。钻机开始在他的农场作业时，进出工地的路上尘土漫天，有个邻居一直向他抱怨。最简单的解决方法是铺路，但是环保局却不让山脉公司这么做。"如果他们铺上柏油路面，一切问题都解决了。"戴说。那个邻居最后实在受不了，只好搬走了。这件事充分说明，那些在千里之外为华盛顿县做决定的办公室文员有多愚蠢。

在戴看来，最近天然气热潮的回归是件好事。他们的牲口棚屋顶早就"该换了"（用当地的话来说），阻止牛群去溪流边的那道栅栏（法律要求的）也快塌了。现在只要签了采矿租约就能拿到钱，修补这些地方，还能干点别的事。虽然雷和他的兄弟乔恩在和山脉资源签约时，并没有抱太高期待，但收到第一笔钱时还是吃了一惊。

"这笔钱比我教书头 20 年的工资加起来还要多。"雷告诉我。他不愿说出具体数字，因为那样非常愚蠢。他不顾一切地把这笔钱都花在了产业上：换了两个屋顶，买了一台新的牧草压捆机，在一楼给 94 岁的母亲建了间浴室，这样她就不用爬楼梯而且可以一直待在家里。像他这样的农民是不会用意外之财去买跑车的，他们买健康保险。

"我们不去佛罗里达。"他跟我说。这使我想起他的邻居里克·贝克也说过同样的话。雷依旧在每个寒冷的早晨，和贾森·克拉克一起清洗牛栏。克拉克以前是雷的学生，30多岁，在戴家帮忙。作为交换，他可以把自己的猪寄养在戴家的牲口棚里。克拉克也是这次天然气热潮的受益者。他出租了自己的两英亩地。山脉公司支付的几千美元改变了他的生活，他说，他可以买更好的种猪，把猪养得更壮。

问题不在天然气，而在于过度监管。每次克拉克不得不给猪注射抗生素时，法律都要求他必须要有兽医开具的处方。每次打电话叫兽医来都要花费50美元，医药费另计。然而，真正让克拉克恼火的还不仅仅是付给兽医的这些钱，而是当他想要奥施康定或者其他阿片类药物时，他只能花十分钟开车上公路到华盛顿去，快速走进"特快药房"，说他的肩膀疼痛难忍。

克拉克见过许多朋友吃止痛药上瘾。病好了之后或者为了省钱，他们就去吸海洛因。海洛因比医生开的过量止痛药还便宜。他觉得他的猪受到的监管比人还严格，克拉克认为这是不对的。可是当外人来到他们这里，却总是对压裂法指指点点。真的吗？宾夕法尼亚的阿片类药物致死率居全美第三位。平均每天有八九个人死亡。除了药片易得，煤矿和农场等地繁重的体力劳动对身体造成的伤害，再加上经济压力，使得滥用药物的情况在和睦镇和繁荣镇这类小镇蔓延。

克拉克仍然对那些环保主义者和记者感到愤怒，因为他们自以为了解企业是如何利用美国乡下人的。有人认为，住在压裂开采前线的居民不知为何，都被一股邪恶的工业力量给愚弄了，这种观点让他觉得既好气又好笑。华盛顿县在白白贡献完自己的煤炭、石油和天然气之后，压裂法终于让他可以扳回一局。问题并不仅仅在于沿海的精英阶层，它和所有的城市居民都有关。"那些住在匹兹堡或费城的人都是人渣，他们根本不想知道自己吃的肉或者用的能源是从哪里来的。"他跟我说。他们可以任和睦镇和繁荣镇的人自生自灭。

第九章

吊人索

从沼泽地泛滥的洪水

到山脉的断层

这片土地下面是一个很大的喷泉

……如果你弄脏了我的水,我将和你没完

——上升的阿巴拉契亚[①]《污秽不堪的南方》

并非每个人都愿意自生自灭。到了2010年秋天,十几个华盛顿县的农民定期和几位匹兹堡的活动家以及大学教授举行会面。他们每月见一次,地点在梅多斯赛马场附近的一座空置的银行大楼内。会议取名"吊人索"[②],是由艾萨克·沃尔顿联盟的当地分会组织的。艾萨克·沃尔顿联盟是美国的一个自然资源保护协会,以一名热情的英国钓客的名字命名,他是《钓客清话》的作者,该书出版于1653年。

---

① 上升的阿巴拉契亚:美国的一个乐队,下文的《污秽不堪的南方》是她们创作的一首歌曲。
② 吊人索:本身为一部电影的名字,讲述了一个受人诬陷的人复仇的故事。

该协会的成员并不认为自己是环保主义者——这是对推进各种议程的政治自由派的称呼——他们认为自己是支持谨慎使用资源的自然资源保护者。其中许多人是猎人和渔民。他们和斯泰茜的爸爸一样，也是越南回来的退伍老兵，也曾经是钢铁工人和煤矿工人。在那些不了解他们过去的人看来，这些人似乎并不适合领导当地抵制压裂法的运动，但事实并非如此。

斯泰茜不喜欢参加闹哄哄的大型集会。她之所以愿意参加这个会议，仅仅是因为她相信这些越战老兵。他们和她的父亲一样，只因为怀着为国而战的坚定信念参战，然后带着满身伤疤回家，结果面对的却是钢铁厂和煤矿的倒闭，自己则陷入失业。许多人仍是工会成员，他们的血液里深深地流淌着对企业的不信任。

即便如此，"吊人索"依然让斯泰茜感到不自在：她不想在那里被人看见。一直以来，她坚信如果自己不抛头露面，不公开批评公司，山脉将会明白她只是一个忧心忡忡的母亲，她的孩子因接触工业废料而病倒。她认为自己是个理智的人。她要做的就是别让公司难堪，最终山脉会负起所有的责任。可是，从她把哈利的检查报告递送给山脉公司办公室已经过去好几个星期了，虽然公司一直送水来，但她一直没收到任何别的消息。她感觉到自己的幻想正逐渐破灭，同时对集体伤害的恐惧也与日俱增。每日忙于应付工作、照料农场的动物和去见医生，斯泰茜感到身心俱疲，是愤慨和责任感在支撑着她。

在2010年底的一个寒冷的夜晚，她爬进那辆冷冰冰的庞蒂亚克，沿着华盛顿路驱车向北开了30分钟，来到了以前的"高分"银行大楼。她是去旁听，不是去发言的。有将近50个她不认识的人互相交换着从互联网上得来的各种信息。斯泰茜不知道他们的信息来源是否可靠。这些人都被吓坏了,却对情况几乎一无所知。有几次会议弥漫着一股歇斯底里的气息:人们蜂拥而至,纵身跃入反对压裂法的浪潮。斯泰茜理解这些人的行为,但她不愿参与。另外,她还担心在这些陌生人中可能混有油气行业的间谍。她不希望有人听到她的抱怨后汇报给山脉公司。

斯泰茜在黑暗中悄悄溜进"吊人索"会场,找了个位置坐下。她前面的墙上是一幅放大的废料池投影照片。斯泰茜的目光转向了废料池旁的小农场。她注意到马场周围的平房和木栅栏,沿着蜿蜒的公路往下一点,有一座白色农舍,连着一个带锡皮屋顶的披屋。

那正是她的农场,斯泰茜在黑暗中低声对坐在她后方的一名护士同事说。屏幕上的这个废料池就是她在谷歌地图上看到的那个池塘。她可以更清楚地看到周围的树冠,它们的颜色和西兰花一样,是深绿色的。除了池塘西南角的几棵不合时令地变成了红色和黄色,它们好像快死了。现在画面放大后,她能够看清深灰色废料中那些白色的东西,也就是她在谷歌地图上看到的那些白色圆点:曝气机。

这些曝气机吓到她了。这些涌起的白色旋涡好像在往外喷出什么东西。如果水中的化学物质进入空气,那么她和孩子们将面临比水污染更加严重的问题。如果他们呼吸的空气是有毒的,那么更换水源将起不到任何作用。她已经怀疑这一点了。他们在流鼻血。还有,那年冬天,附近的井场进行到气体燃烧环节(又称废气燃烧)时,斯泰茜、哈利和佩奇的头痛加重了。斯泰茜和邻居们无法对空气进行检测,斯泰茜意识到她不得不对身体进行检查,才能解开所有的疑问。

那天晚上,在"吊人索"会上,她提出了自己长久以来竭力回避的问题。她为自己的发现感到害怕:如果检查出他们的身体内含有可在空气中传播的有毒物质,那么他们将不得不搬离农场。斯泰茜在拥挤的会场中来回走动,询问是否有人知道如何检测吸入物。

但是能够提供这些建议的专家通常不会参与"吊人索"这种集会。而参加会议的人往往只是笼统地发表对现状的不满。"我们为了人民的利益去越南打仗,回来却发现他们正夺走人民的采矿权。"退休煤矿工和越战老兵肯·盖曼抱怨道。在斯泰茜听来,这些都是真的。她的父亲也经常这么说,为政府去打仗结果到头来政府却把你出卖了。"我们不是要停止开采。我们只是想以正确的方式,以美国的方式进行开采。"他说。

"吊人索"这个名字也体现出他们复杂又互相矛盾的过去。肯·盖曼之所以选择这个名字,是因为他认为这意味着揪住了公司谋利的小辫子。他没有意识到这个词明显使人联想到私刑。

这些退休人员在某些方面简直像是和泰迪·罗斯福[①]一个模子刻出来的:他们努力继续推进他保护公有土地的工作,不是为了保留其原始野生状态,而是为了子孙后代的福祉。宾夕法尼亚保护自然资源的传统比美国大多数地方都要长。19 世纪的运动是由伐木业对自然风景造成的严重破坏引起的。在木材大亨之孙吉福德·平肖等慈善家的号召下,民众亲手补种了几百万棵树。平肖成为美国林业局的第一任局长和宾夕法尼亚州州长。他还创造了"保育伦理"这个词,旨在提倡对自然资源的实际需求和保护之间的平衡。

然而从一开始,保育伦理就被煤炭行业大打折扣。从南北战争一直到二战,煤炭行业在宾夕法尼亚的主导地位不可动摇。煤炭行业不

[①] 泰迪·罗斯福:即西奥多·罗斯福,美国第 26 任总统,任期内致力于建立美国的资源保护政策。

受大部分联邦法规的监管,包括1972年的《净水法案》和1974年的《安全饮用水法案》。(在2005年的《能源法案》中,副总统迪克·切尼成功游说政府,允许压裂法中使用的液体不受联邦法规的监管。这就是"哈里伯顿漏洞",它将煤炭行业早就享有的豁免权授予了油气行业。)各跨国煤炭公司在抬高私人收益的同时,还把企业成本推给社会,将其引发的健康问题和环境问题转嫁给当地居民,而当这些公司破产或是撤出小城镇时,当地居民还将面临失业。在煤炭业和钢铁业的鼎盛时期,铁锈带的河水毒性极高,甚至可以点燃。根据美国陆军工程兵团的报告,莫农格希拉河的河水曾一度比柠檬汁还酸。河里一条鱼也没有。在宾夕法尼亚西部,那些热爱钓鱼的自然资源保护者只好被迫放弃了这项消遣。污染的规模令他们震惊,尽管他们无力与这个强大的行业对抗。

"只有自杀者、无知的儿童和有智力障碍的人才会自愿跳进莫农格希拉河下游、阿勒格尼河下游或者俄亥俄河上游。"宾夕法尼亚的自然资源保护者小威廉·舒尔茨在1953年出版的《自然资源保护法》一书中这样写道。

著名的环保主义者蕾切尔·卡森正是在这种环境遭到严重破坏的背景下长大。卡森童年时住在匹兹堡北面的一个河边小镇斯普林代尔,从窗口可以看到一匹匹马爬上斜坡,走进阿勒格尼河边的一个胶水厂。长大后,卡森成为美国鱼类和野生动物管理局的一名生物学家,代表着从早期的保育伦理向现代环保运动的转变。和其他自然资源保护者一样,卡森接受人类对自然资源的使用。她认为人类和自然世界是相互影响的,她在1962年出版的《寂静的春天》一书中详细阐述了这一原则。在书中,她第一次向公众解释了污染物是如何在食物链中传播的：如果一只蜉蝣吃了一种有害的化学物质，例如 DDT，然后一条鱼吃了这只蜉蝣，而人类又吃了这条鱼，那么 DDT 就可能对人类构成危害。

这不是一个激进的想法，它合乎情理，而且有着深远的影响。肯尼迪总统要求他的科学顾问委员会对"卡森女士的书"的影响进行调查，八年后，尼克松总统在"必须把环境看成一个互相影响的整体"这一理念的基础上成立了环保局。化工行业强烈地反对《寂静的春天》，质疑内容的准确性和卡森的个人偏见。卡森在应战的同时，还默默忍受着乳腺癌的折磨。她死于 1964 年。

七年后，宾夕法尼亚迈出了高瞻远瞩的一步，对《权利法案》进行修正，以保证居民"有权享有洁净的空气和纯净的水"。修正案得到了两党的热烈支持。然而，除了高大上的措辞，这份《环境权利修正案》只不过是个摆设。20 世纪 70 年代，宾夕法尼亚西部的钢铁业和煤炭业正如日中天，对这些事不屑一顾。

随着 20 世纪 80 年代钢铁厂的关闭，匹兹堡兴起了一场绿色运动，围绕治理河流展开。铁锈带的河流终于变得越来越干净了。然而还有一些持续存在的问题没有解决。酸性的矿井废水污染了 15,000 英里的大小河流。而且不仅仅是工业企业在排污。尽管联邦政府强制要求在 2026 年要减少一半排入河流的污水，但是每年仍有大约 90 亿加仑的污水未经任何处理便直接排入河里。玉米很能说明人类的排污问题。由于难以被人体消化，玉米经常可以完好无损地通过整个消化系统。匹兹堡的溪流上就漂浮着黄色的玉米粒。

压裂法产生的污染更难察觉，也更难清理。要是压裂法开采中使用的化学物质——防冻剂和燃油、古老的放射性物质、人工合成材料和数量巨大的盐——融合在一起产生人们前所未知的危险物质怎么办？从一开始，压裂法带来的两大问题都和水有关：压裂所需的几百万加仑水从哪里来，以及如何处理污水。

在宾夕法尼亚，起初人们把废水拉到当地的污水处理厂去处理，然而当地的污水处理厂根本没有处理这些污水的能力，他们只是把里面的固形物捞出来，然后把废水排入河里。最终，环保部在压力下，禁止了这种做法。后来他们改为在液体废料中加入锯末，然后洒在农场上，这种做法被称为"受益使用"，并且受到法律的保护。或者把它们运往宾夕法尼亚和俄亥俄州，填入那里的深井。在2014年之前，这种做法已被证实会导致地震。

在"吊人索"会场上，艾萨克·沃尔顿联盟的退休矿工和钢铁工人正在学习如何检测旧煤矿流出的废水。这些废弃煤矿的排放物并不是普通的矿井废水，其中含有高浓度溴盐，当这种盐和饮用水中的氯混合时，就会形成致癌物。

垂钓者所钟爱的那些河流，里面的鱼不是死于这种致癌物就是死于那种致癌物。那些上了年纪的老居民当起了侦探，常常开车跟踪运废料的卡车。特别引起他们注意的是当地的一个废品运输者：罗伯特·艾伦·希普曼。他是和睦镇前消防队长，家里经营移动厕所。希普曼还在夜里倾倒工业废料挣钱。在和睦镇和繁荣镇周边，希普曼的行为并不是什么秘密。有一天中午，贝丝·沃尔斯看到希普曼正把废水倒进兽医诊所旁的小溪里。

这件事惹恼了"吊人索"的人，他们交换着关于希普曼恶劣行径的情报，甚至向地方当局举报。有风声说希普曼将因环境罪受到起诉。斯泰茜认识希普曼。她家里的大部分男性成员都曾和他一起当过和睦镇的志愿消防员。当斯泰茜在"吊人索"会场走来走去,希望找人聊聊吸入物的事时,她听到那些老居民们在抱怨希普曼,希望他快点进监狱。

第十章

血与尿

斯泰茜和孩子们即将在 2011 年年初进行的检查需要抽大量的血。和大多数处于同一境况的人不同，斯泰茜至少明白检查的内容。她通过不断接触全国各地致力于科学研究压裂法的活动家，找到了卡尔文·蒂尔曼。蒂尔曼是得克萨斯州迪许镇的前镇长，他告诉斯泰茜吸入物是怎么回事。蒂尔曼的镇民并非倾向于对工业不信任：为了可以免费看卫星电视，他们采纳了迪许这个镇名。[①]然而油气公司的利益是另外一回事。蒂尔曼近来开始反对这些利益集团，试图证明他们的公司正在危害他的孩子们和整座城镇，但他失败了。蒂尔曼发现，几乎不可能在接触和患病之间建立因果联系。

但是蒂尔曼知道应该检查哪些项目。他给了斯泰茜一张清单，让她交给华盛顿医院实验室的负责人。他告诉斯泰茜，对这类有害物质进行评估需要掌握毒理学基础知识，这是医学的一个分支，专门研究

---

① 迪许是美国的一家卫星电视公司，迪许镇以城镇的冠名权换来了免费看卫星电视的权利。

化学物质对活的有机体造成的伤害。斯泰茜、哈利和佩奇就是这种有机体。

斯泰茜还在研究吸入物检测时，突然接到山脉公司的电话要她去一趟公司。她的水质检测结果出来了。公司安排了两个女人和斯泰茜会面，来讨论这份检测报告。这两个人分别是劳拉·罗斯米塞尔，及其上司——法规和环境事务主管卡拉·萨茨科夫斯基。她们经常一起评估斯泰茜和贝丝这类业主对水质的投诉。那天，贝丝也接到了一个类似的电话。两家人都将在2011年1月14日那天去山脉公司。贝丝和斯泰茜想要一起面对山脉公司，一来有个精神上的依靠，二来可以给彼此做个见证。但是卡拉·萨茨科夫斯基希望和每家人单独会面。贝丝和约翰·沃尔斯排在第一场。贝丝气得差点在打电话时发起火来，但还是尽力保持了礼貌。她猜想，如果罗斯米塞尔愿意面谈，那说明山脉公司已经准备承认错误了。她还问是否可以给员工带些自己家里做的食物，例如肉酱三明治或者烤火腿三明治。

斯泰茜也怀着同样的希望：如果山脉公司不打算为哈利的砷中毒负责，那为什么要叫她来呢？但她不想一个人去，于是她带上了谢莉的丈夫，大个子吉姆·佩朗。佩朗是一名志愿消防员，体重超过300磅，最近正在家养伤。他身材高大，眉头紧锁，给人一种不友好的感觉，实际上一开口就露馅了。斯泰茜和孩子们叫他"北极熊"，只要不开口说话，他虎视眈眈的样子还是挺吓人的。

在隆冬的一个冰冷的早晨，斯泰茜和吉姆把哈利抱上车，朝南波尔特开去。79号州际公路旁立着一块油气行业的广告牌，上面写着："尽管能源争议不断，我们仍将持续为美国提供能源。"到2011年，关于压裂法是否安全的争论，迫使该行业不得不去证明钻井开采不会对水和空气造成损害。但斯泰茜和贝丝这样的人是个威胁,她们的遭遇是对该行业声明的质疑。作为反击,天然气公司大力宣传自己给当地带来的好处:工作岗位。79号州际公路沿线的另一块广告牌上是一张白净的婴儿照片,黑色背景上写着:"机修工?电焊工?"

在斯泰茜看来,这些广告牌在操纵人们的判断:因为人们需要稳定的工作。她认识的一些年轻人甚至为了健康保险,而去油气公司工作。世道就是这样,她想,人们如此急于得到健康保险,甚至不惜从事损害别人健康的工作。她下了州际公路,从出口处左转,然后把车驶进一座有着绿色玻璃窗的红砖楼房的停车场。在大厅里,他们见到了山脉公司的资深承租人鲍勃·萨夫林。他问哈利吉他弹得怎么样了。哈利猜想萨夫林是从里克·贝克老师那里听说自己在学吉他的。虽然萨夫林极力表现得友好,但是这个问题却让这个男孩感到紧张。哈利认为这是一种威胁:是想让这个14岁的男孩知道,他们已经调查过他了。

去会议室的路上,斯泰茜、哈利和吉姆碰到了刚从会议室出来的贝丝和约翰·沃尔斯。从贝丝愤怒的眼神和紧咬的下颚,斯泰茜看出她正在气头上。他们要夺走我们的水,她小声对斯泰茜说了句,然后继续往前走。斯泰茜和家人被领进会议室。劳拉·罗斯米塞尔和卡拉·萨茨科夫斯基正在那里等他们。斯泰茜注意到罗斯米塞尔怀有身孕,萨茨科夫斯基则把一头精灵式的短发染成了消防车的红色。

她们告诉斯泰茜,山脉委托独立水质检测公司于2010年11月10日和19日做的两组检测均表明,她家的水没有受到压裂法作业的影响。罗斯米塞尔把检测报告递给斯泰茜,以证实她家的水绝对没有问题。

但斯泰茜认为,她给自家井水做的快速砷检测,得出的结论恰恰相反。根据她的检测结果,她们家的水中的确含有砷,只是含量不高。哈利询问了自己砷中毒的事。难道他的病不足以证明污染的存在吗?山脉的员工告诉哈利,他的生活环境中到处都有这种物质,说不定他是在木工房接触到的。

在木工房只待了一个学期而已,哈利回答说,而且他生病后就没再去上学。哈利盯着房间另一边的一名雇员,这个男人把靴子高高地翘到会议桌上,一直不停地在看手机。哈利把这视为特权和无礼的表现。在他看来,这种行为表明,自己是多么无足轻重。

斯泰茜匆匆浏览了一遍检测结果,她曾明确向山脉公司提出要检查乙二醇,几个月来,她和贝丝都在担心这种防冻剂。根据她熬夜从网上查来的资料,斯泰茜知道这种化学物质存在于压裂液中。她从疾病控制中心的网站了解到,二醇类会渗入地下水中。它们会对眼睛、皮肤、肝脏、肾脏、呼吸系统,以及中枢神经系统造成伤害。她从调查中得知,其他动物比人类对二醇类更加敏感。几滴二醇类杀不死人,但却可以杀死一只山羊。然而摆在斯泰茜面前的这份检测报告中,并没有二醇类这一项。她问这两个女人为什么没有检测二醇类,她们告诉她说,因为检测中没有发现这类物质,所以报告上没有显示。

既然检测结果显示他们的水源没有受到污染,那么山脉公司也就没有责任为他们提供用水了。山脉公司要撤走"水牛"。劳拉·罗斯米塞尔交给贝丝的信,说的也是相同的内容。

斯泰茜向这两个女人恳求,允许她家继续使用那只"水牛"。会议结束时,这两个女人没有答应她,但是也没有拒绝她。两个星期后的

2011年1月21日那天,迪安氏的人把隔壁贾斯塔布里兹的"水牛"收走了。黑尼家的"水牛"则没动。

斯泰茜注意到,在和公司交涉时,应该尽量保持理性并且在公共场合闭上嘴。她推测自己是因为在山脉南波尔特总部的会面中表现得比贝丝好,所以他们才没有拿走"水牛"。然而,斯泰茜并没有停止私下里对水质的检测。她请鲍勃·法戈,这名她聘请的水文学家,二月初再来做一遍检测。这一次,她要求他测一测二醇类。

2011年2月23日,法戈打电话告诉斯泰茜,在她家的井水中检测出了二甘醇和三甘醇。她马上从日记本上扯下一张活页,记下他所说的话:*剧毒,可导致严重的腹痛。砷也许只是冰山一角。防冻剂可能也与哈利身体中毒有关。*忧心忡忡的鲍勃·法戈把自己发现二醇类的事向环保部报告。环保部通知了山脉公司。在随后的内部邮件中,罗斯米塞尔列了一份压裂法中使用的化学物质清单,准备提交给环保部。她向上司萨茨科夫斯基询问,有没有什么遗漏。萨茨科夫斯基对于把这类信息提交给政府部门表示担忧:"是文斯在要这些资料吗?他的要求让我有些担心。我们可以仔细研究一下。我们必须确保这些化学物质中没有砷或乙二醇,因为他们正在找的,很可能就是这两样东西。"

2011年的冬天过得非常艰难。斯泰茜只是明确了一件事,就是法戈的检测结果和山脉的不一致。她期待吸入物检测可以给她带来希望,可以知道他们接触的空气中是否含有致癌物。

2011年2月2日,检测日,她记录下:*三个人,每人抽了五管血……让人不忍卒视。*保留24小时的尿液更麻烦:他们要求把一天一夜的尿全都尿进一个橘黄色的塑料罐里。一些污染物的半衰期非常短，她必须在接触之后立刻去撒尿，否则有毒物质将不会出现在检测报告中。

斯泰茜相信自己和孩子的真实情况很快就能得到证实，这使她感到振奋。现在，一队环保局的特别探员和各种调查人员会定期到她家来。民事和刑事侦查员向斯泰茜和孩子们详细询问了相关情况。不久之后，从费城来了一名公共卫生稽查员。

为疾病控制中心评估化学品致病风险的洛拉·沃纳，从政府部门的同事那里听说了斯泰茜和贝丝的事。沃纳在疾病控制中心的毒物与疾病登记处工作。从20世纪80年代开始，该机构的评估对象从斯泰茜和贝丝这类个人，扩展到整个社区。然而，该机构对油气行业的评估工作遇到了阻力。在"哈里伯顿漏洞"免除压裂法钻探受大部分联邦法规制约的之前几十年，化石燃料行业已经不受超级基金法案①的监管了。而该法案正是毒物与疾病登记处运作的基础。沃纳和她的同事只能在非常有限的范围内对井场带来的健康危害进行调查。沃纳是区域主管，她同样来自费城，因此也是一名外人。但是沃纳有环境科学的背景，她的敬业和务实也给斯泰茜留下了特别深刻的印象。也许是因为同为女人，也同为母亲，她的关心比那些在斯泰茜家转来转去的人更加深沉真挚。沃纳和斯泰茜一样，很少化妆，喜欢户外运动，她经常带两个孩子去国家公园宿营。沃纳的小团队中有一名成员也是在华盛顿县长大的，这些都让斯泰茜对他们的到来感到舒服。他们围坐在斯泰茜家的旧餐桌周围，一谈就是好几个小时。

---

① 超级基金法案：美国国会于1980年通过的一项法案，用于解决危险物质泄漏的治理及其费用的承担等问题。

由于斯泰茜和环保局的接触，一个名叫理查德·威尔金的科学家找到了她。威尔金在环保局的科研部门研究和发展办公室工作。他在电话里告诉斯泰茜，作为一名环境地球化学专家，他的研究涵盖了从煤矿开采到烟花爆竹的所有领域，现在他正领导一项为期两年的全国性研究——调查压裂法开采对饮用水的影响。国会在2010年授权了这项研究，名为"油气开采中使用的水力压裂法：水力压裂法中的水循环对饮用水资源的影响"。它将是同类研究中规模最大的。威尔金问斯泰茜是否愿意和邻居们一起参与这次研究，成为全美仅有的五个测试点中的一个。

对斯泰茜来说，被研究人员选中增加了她的期待。也许他们遭遇的一切并非毫无意义。也许山上的混乱状况很快将会改变，她和孩子们不用再忍耐太长时间。但她不知道的是，环保局已经在得克萨斯水污染问题上和山脉资源交过手——结果输了。2010年，环保局发现有燃油渗透进沃思堡附近的两口水井里。那正是山脉公司的工地。联邦政府迅速做出反应，罕见地首次（也是唯一一次）对天然气公司启用"非常时期的权力"，命令山脉停止此类威胁人类健康的行为。（环保局后来在密歇根州的弗林特动用过另一次"非常时期的权力"。）

山脉公司质疑环保局行为的合法性，并反驳称污染物是天然存在的。环保局律师的一封内部邮件表明，宾夕法尼亚的前州长埃德·伦德尔插手了这个案子。他和环保局的管理人员莉萨·杰克逊见过面，商讨可能的和解方案。伦德尔的前办公室副主任斯科特·罗伊是一名登记在册的说客，曾被聘为政府关系部门的副主席。

环保局撤销了指控，声称是为了避免打一场代价高昂的官司。作为交换，山脉同意参与环保局为期两年的饮用水研究。然而山脉的参与只是一句空话。

就在斯泰茜和贝丝去山脉公司开会后的一个月，2011年2月的一天早上，一辆满载着液体废料的油罐卡车翻倒在冰面上，并顺着山势滑向那辆看守耶格尔井场的活动保安亭。在保安亭内，两名保安正在换岗。卡尔·沃科年近五十，身材瘦长结实，刚刚上完从午夜至早上八点的大夜班。工地上唯一一名女性布里安娜·巴特莫尔刚刚赶来交接白班。沃科向窗外看了一眼，发现那辆40吨重的油罐车正朝他们滑过来。他一把抓住布里安娜，纵身跳出保安亭，此时卡车刚好滑了过去，差几英尺就撞上他们了。

这辆卡车属于"高地环境解决方案有限责任公司"。当危险品紧急处理小组赶来清理泄漏的柴油和压裂液时，布里安娜飞奔下山，到贝丝家使劲敲门。她告诉贝丝，沃科刚刚救了她一命。

沃科认识贝丝的女儿阿什莉，在周末，他们经常会和一大帮人一起，骑着哈雷摩托车出去玩。每天早上下班之后，沃科都会在阿什莉经过的路边等她。他知道阿什莉开车去梅多斯赛马场上班时会路过这里，她在梅多斯赛马场为赛马做药物测试，提取它们的血样和尿样。约迪死后，阿什莉已经很少参加绕桶比赛了。她在努力做一份稳定的工作。她做完药物测试，就去华盛顿的伯克马厩刷洗马匹，然后再回来。她说话不多。但有时在路上见到沃科，会停下来和他聊几句。

沃科尽量用轻松的语气一再叮嘱她不要让家人或者动物喝家里的水。他没有告诉她原因。天刚亮周围还没有人的时候，他沿着废料池周围走了一圈，亲眼见到液体从池边渗出来。无论这液体是什么，它释放出一种化学蒸气，沃科看到这种蒸气正从地面升起。沃尔斯和黑尼两家的农场就在山下。沃科不认识黑尼一家，但他非常担心沃尔斯一家人和牲口喝的水。他也不想失去这份工作，因此他总是保持低调，给出的警告也含糊不清。

这次事故发生后几个星期，有一天贝丝开车回家，在拐弯处她发现另一辆"高地"的卡车正从石子路往下开。车后的阀门处正不断涌出液体。贝丝停下车，向司机示意。老兄，你的车后面阀门开了，她记得自己是这么说的。那只是一丁点废水，司机回答。"去你妈的一丁点。"贝丝后来说。她一到家便给监督部门打电话。那些泄漏的废水从未得到清理，后来的检测结果显示，耶格尔井场地区检测出燃油、苯、甲苯和丙酮。贝丝开始用鹰一般的眼光看待那座山丘。

情人节那天，哈利得了流感，斯泰茜于是开车送他去华盛顿市中心福克斯医生的诊所，同时去取吸入物的检测结果。福克斯医生不知道如何理解这些报告。斯泰茜也不知道。她回到家后，给华盛顿医院实验室的负责人打电话，请他们帮忙评估两种酸性物质的水平：苯酚和马尿酸。

这两种物质在人体内并不罕见，但它们大多出现在卡车司机和城市居民身上，而不是农民或者住在乡下的人身上。检测出苯酚说明接触过苯。苯是一种化合物，存在于二手烟、原油和汽油之中。长期接触可能会患上血源性癌症，白血病即是其中的一种。他们体内的马尿酸说明他们接触过甲苯。这是另外一种与汽油有关的致癌化合物。苯和甲苯是挥发性的有机化合物，易从水里挥发，进入空气中。一些化合物比空气重，就会顺着风势往山下走。

斯泰茜担心这类有害物质会对家人的未来造成什么影响。其中一些可能造成基因突变，而大多数会给儿童带来更加严重的问题，因为他们的身躯较小，肺的尺寸和身体的其他部位相比占的比例较大，而且他们的神经系统仍在发育。斯泰茜一边在家里走来走去，一边吸着鼻子闻来闻去，克里斯则在为情人节晚餐准备他的招牌千层面。为了省钱，他们待在家里，送了对方贺卡。斯泰茜喜欢他送的卡片。卡片外面印着白色的心形图案。里面写着：*如果人生可以重来，下一次我要早一点找到你，这样就可以爱你久一点*。下面是克里斯潦草的笔迹：*你使我再次变得快乐起来，我希望这快乐永不停歇*。对克里斯来说，把自己的感情写在纸上比让他大声说出来更容易。

那天晚上，斯泰茜有些心烦意乱。他们不仅毁了我们的水，她想，还污染了我们的空气。空气污染和水污染不同。水源还可以用门口的"水牛"替换，但是空气却没法替换。他们只能搬走。他们能去哪里？她父母家有一间空房，克里斯在"84"小镇还有一间平房。"84"小镇和木材公司同名，但是没有人知道这个名字的来源——也许是巴尔的摩与俄亥俄铁路上的一块里程碑，也可能是一家1884年开业的邮局。

谁家都没有足够的地方可以收留一头驴、一匹马、两只山羊、两只猫、一只狗和六只兔子。一想到要把孩子们分开，还要把他们和动物们分开，斯泰茜就感到于心不忍。不管怎么说，现在还是冬天。风会把化学污染物吹走，也许他们会没事的。她会让孩子们待在家里，并且把窗户关紧。她写道：*觉得我们被困在燃烧的废气和尾矿坝之间，连窗户都不能打开*。

三月中旬的一个星期六晚上，斯泰茜来到"吊人索"会场，想听听他们说些什么。这时一个属于艾萨克·沃尔顿联盟的退休矿工走过来，问她是否愿意公开讲讲自己的故事。在接下来几个星期，西弗吉尼亚的摩根敦机场将有一次大型集会，届时会有许多人过来了解住在压裂法井场附近的生活是什么样。斯泰茜说自己会考虑一下，其实就是在拒绝。除了担心山脉公司会报复，在公众场合发言也让斯泰茜感到不自在。她从小就不爱出风头，自从小学三年级扮演过贝齐·罗斯①之后，就从未在一大群人面前讲过话。另外斯泰茜还担心，一旦公开讲起自己的遭遇，她可能会哭个不停。那位退休煤矿工鼓励她说，听众都是和她有相同想法的当地人，不会有油气行业的人混在里面。但斯泰茜还是担心人群中会有山脉资源的间谍，不值得她冒这么大风险。

尽管如此，在那天晚上的"吊人索"大会上，斯泰茜更加深入地了解到她家水中的防冻剂可能对健康造成的危害。和 DDT 等农药一样，二醇类会干扰内分泌系统：它们可能会影响生育能力和激素分泌，尤其是儿童。哈利和佩奇以后将要面对这些问题，以及其他一些问题。如果她的孩子以后无法生育怎么办？要是他们二十年后得了癌症怎么办？谁来付二十年后的医疗费？

那天晚上，她觉得自己别无选择，必须把真相说出来。假如山脉为了惩罚她而把"水牛"收走，那么这就算是她为了警告其他人而不得不付出的代价吧。她要把压裂法对孩子们的潜在危害告诉大家。

2011 年 3 月 13 日，星期天。斯泰茜还在因前一天晚上听到的有关二醇类的消息而心烦意乱，她决定拖着哈利和佩奇到教堂去。由

---

① 贝齐·罗斯：美国裁缝师，也是美国独立战争期间的爱国志士，相传是她设计并缝制了美国的第一面国旗。

于离婚、哈利生病、割草、驱虫、劈柴等事，斯泰茜忙得脚不沾地。自从哈利生病以来，她就没给教堂送过水了，一次也没进过教堂。斯泰茜知道，她和妹妹没去教堂的时候，教友们经常会为她们祈祷。老爹和琳达总是坐在教堂长椅自己的座位上。早上10点的礼拜结束后，斯泰茜跟着父母回到他们在和睦岭路半英里外的住处。老爹在房子外面搭建了野鸟喂食器，偶尔给它们通电。老爹不喜欢椋鸟。它们会把他放的食物全吃光，还把漂亮的鸣禽吓跑，于是他在喂食器上鸟落脚的地方安装了一根电线和一个遥控引爆装置。他一按按钮，就能把那些讨厌的椋鸟炸到天上去。鸟类简易爆炸装置。老爹在屋子里砌了个石头壁炉，给门廊装上了纱窗，还用回收的木材给大部分房间都镶上了木板。琳达用锡皮给厨房的碗柜做了门，还在上面印上心形图案。她做了早餐。哈利和佩奇吃完早饭后，斯泰茜让他们到外面去玩。

她要告诉父母一些事，不是什么好消息。她雇的水文学家鲍勃·法戈在她家的饮用水中发现了二醇类。主要是防冻剂，它能改变孩子们的基因，影响他们今后的生育。

斯泰茜的妈妈静静地站在灶台前，想着老爹的事。从越南回来后，她一直怀疑是"橙剂"①影响了他的身体健康，导致他行为反常。事实上，拉里·希尔贝里不久将从退伍军人事务部拿到每月3,300美元的补偿金。越战改变了老爹，接触橙剂只是其中的一种方式。他会在睡梦中对着头顶盘旋的黑色直升机大呼小叫，而他的女儿们知道不要叫醒他。这可能会很危险，斯泰茜一直很怕他。但老爹现在已经不一样了。

---

① 橙剂：美军在越南战争中使用的一种高效落叶剂，对人体有危害。

他愿意为两个女儿和她们的孩子做任何事。他咆哮着说要把通往废料池的大门堵上。斯泰茜知道他没能力做这种事,但她仍为他渴望保护女儿的心思所感动。她小时候很少体会到这种感动。她在日记中写道:*疯狂的越战老兵。*

第十一章

机场

2011年3月22日晚,就在斯泰茜要去摩根敦机场演讲的前夜,佩奇开始呕吐。斯泰茜心想,也许得取消行程。先睡觉吧,也许佩奇早上起来能感觉好点,可以去上学。佩奇早上醒来之后依旧感到恶心。斯泰茜匆匆让她穿上格子睡衣,然后开车带她赶往南面的拉夫溪杂货店。最近由于气井工人和煤矿工人的到来,这家一度生意萧条的小店,现在经营起了外卖比萨和玉米煎饼。每个劳累的工人都想吃点热饭。之前由于钢铁厂和煤矿倒闭,从拉夫溪到繁荣镇一带杂货店的生意一直不好,现在正变得好起来。斯泰茜和佩奇把车停在拉夫溪停车场,等一名艾萨克·沃尔顿联盟的会员为她带路,以确保在这最后30英里不会迷路。

斯泰茜和佩奇跟着这名老前辈的车,沿着79号州际公路一路向南,越过州界,进入西弗吉尼亚。汽车飞驰,驶过一片不高的山脉。白雪覆盖的山坡如此平坦。山顶已被削平。

斯泰茜和佩奇到达摩根敦机场时,机场的休息室已经挤满了农民、政客和当地的自然资源保护者——大多数人有一头剪得很短的银发。斯泰茜认出了几名艾萨克·沃尔顿联盟的会员,但她太紧张了,没跟他们打招呼。她和女儿悄悄走到靠前排的两个空位子上坐下。佩奇穿着睡衣,外面套了一件大大的运动衫。她把头靠在妈妈的肩膀上。

"我饿。"佩奇低声说。斯泰茜"嘘"了一下要她别出声。出门之前,她曾努力让佩奇吃点东西,但是这个11岁的女孩说她不舒服,吃不下。斯泰茜扫了一眼日程表,她的目光停在第三项上:

《宾夕法尼亚州华盛顿县使用蒸气化(雾化)技术的马塞勒斯废料坑对附近居民生活的影响》,斯泰茜·黑尼,护士。

上面有她的名字。她只好硬着头皮去讲。

佩奇感到无聊,她把妈妈放在腿上的日程表拿过来,开始在空白处涂涂画画:小鸡查克、驴子鲍勃、小猪波克。

当主持人叫斯泰茜的名字时,斯泰茜走上去,两手紧紧地抓住讲台。

"我带了纸巾,希望不会哭出来,"她开始说道,"我们家周围有五个井场。头顶的山上有一个四英亩大的化学尾矿坝,距离我们家1,500英尺。

"我的儿子从2009年9月开始生病,但我们一直不清楚他生的是什么病。他有严重的口腔溃疡,严重的腹痛,淋巴结肿大,恶心呕吐,行动困难。

"2010年的8月、9月和10月,我们养的牲畜相继死去。我儿子那只获得过总冠军的山羊生的两只小山羊都夭折了。我们的邻居家也死了一匹马和几只小狗。我们根据所见所闻推断,我们喝的井水可能有问题。我们请来家庭医生做了金属测试。我联系了环保部。环保部对压裂液中的几种成分进行取样测试，但却没有检测二甘醇和三甘醇，因为他们不认为水里会含有这两种物质。然而这两种物质却出现在我们自己的检测报告上。山脉资源一直在为我们提供饮用水，但他们不承认这是他们的责任。

"在我儿子生病期间，我怎么也想不到饮用水会有问题。没有人怀疑他是砷中毒或者接触过有毒化学物质。医生们从未见过这种病。我为自己的糊涂深感懊恼，但是医生也没有看出来。

"我和我的邻居们都在三年前签了租地协议。我们不知道将要面对这些问题。如果我当时就知道现在我所知道的情况，我会尽一切努力阻止邻居们签约。他们来到你家，给你看一些漂亮的风景和小井盖的照片。我们详细询问了情况，但他们撒了谎，现在我们不得不面对这样的处境。

"化学物质是否流进了我们家周围的泉水里？有没有渗透到地下蓄水层？山顶上的废料池是否发生了泄漏？我们不知道。这是个谜团，我们正在努力一点一点地把它解开。

"上个月，在我们体内检出了苯和甲苯。我们花了两个月时间才弄清楚必须进行哪些吸入物的检测。虽然检测费很高，但是到目前为止保险可以承担。苯和甲苯都是汽油中的成分，都是公认的致癌物，会导致先天缺陷。尾矿坝散发出难闻的气味。有人跑来往里面撒了点什么东西。现在天气这么好，我的两个孩子又非常喜欢户外活动，我们的生活会照常吗？我们一直在流鼻血、头疼。我昨天在外面忙活了一整天把旧牲口棚拆掉，晚上便感到喉咙和眼睛火辣辣的疼。

"他们基本上已经毁了我们的生活。他们毁了我们的家。我们不能喝自己家的井水。我的房子已经毫无价值。有人想知道，我们为什么不干脆搬走。但搬走并不是一件容易的事。我租不起一个足够牲口们和孩子们住的地方。我们陷入了经济困境。还好他们为我们提供了饮用水，但我们才是先来的。我不想离开自己的房子。"

"你做得很好，妈妈。你只哭了两次。"斯泰茜坐下时，佩奇对她说。

摩根敦会议的目的，实际上是为了讨论华盛顿县的南部边界——当卡溪的命运。当卡溪曾是重要的钓鱼地，这里的鱼数量之多证明了当地溪流的水质已经从被煤矿污染的几十年里慢慢恢复过来。但是在2009年，不知什么东西污染了溪水，杀死了溪里几乎所有的生物：大约43,000条鱼、15,000只河蚌和6,500只蝾螈。一开始，没有人知道为什么狗鱼和泥狗发胀的尸体像得了瘟疫似的浮在水面上。后来证实是溪里的金藻过度繁殖所致，然而金藻属于咸水藻类，几乎不在淡水中生存。金藻释放出的毒素会导致鱼类的鳃流血，最终窒息而死。但是水中的盐是从哪来的——没有人知道确切的答案。艾萨克·沃尔顿联盟的人认为自己已经知道了答案：是和睦镇前消防队长罗伯特·艾伦·希普曼不断在半夜倾倒废料造成的。五天前，希普曼最终被指控犯有98项环境罪。几年来，希普曼一直在为康索尔能源运输废料，把废料倒入同为这家公司所有的废弃煤矿中，其中许多废料流进了当卡溪。州检察长同意这种观点。"你不能说是他杀死了无数条鱼，"州检察长的发言人说，"但他的行为是否危害了当卡溪与当地其他河流的水质？这是毋庸置疑的。"

在那天的会议上，环保局准备宣布与康索尔能源就当卡溪死亡一事达成的赔偿协议。环保局的发言人杰茜卡·格雷特豪斯走上台宣布，康索尔能源同意支付550万美元，作为违反《净水法案》的罚款。康索尔还同意花2亿美元在西弗吉尼亚建一座污水处理厂。但是这家公司不承认对当卡溪的死亡负有责任。格雷特豪斯也没有提及罗伯特·艾伦·希普曼和最近对他的起诉。

站在后面的一群穿工装裤的人发出了愤怒的叫声。他们知道当卡溪发生了什么。他们就住在那里。550万美元的罚款与希普曼清洁公司每年倾倒废料挣的700万美元相比，只是个小数目，这是州政府估计的数字。而康索尔甚至不愿承认自己的责任？愤怒的指责接二连三地向她袭来，这名环保局的发言人匆匆回到自己的座位上坐下。（从那以后，她便离开联邦政府，到油气行业工作。）但是下面的人依然怒不可遏。这是联邦政府和企业串通，出卖阿巴拉契亚的又一例证。一名头发花白的艾萨克·沃尔顿联盟会员说道。

"我们是全国矿产最丰富的地区之一，但是所有的钱都去了别的地方！"他说。

会议不欢而散。我向斯泰茜和佩奇做了自我介绍，并询问是否可以到她们家拜访一下。第二天，我朝匹兹堡西南方开了一个小时，第一次来到和睦镇。车子缓慢地行驶在狭窄的山谷中，我看到一个个被削平的白色山顶和下面鲜绿色的谷底。山坡的高处颜色较浅，意味着那里的水分比较少，我看到了一卷卷巨大的卫生纸一样的东西。

当我来到斯泰茜的农舍时，她告诉我，这些就是"水牛"。这里的农民在没有自来水，或者是土地遭煤矿破坏、泉水受到污染的情况下，会使用这种储水设备。我们钻进她那辆庞蒂亚克，开了不到一英里的车程，就路过了五个井场和两个压缩机站。我们穿过和睦镇驶往繁荣镇。除了她指给我的井场，屋后那条七英里长的路两侧，还有一道道已经挖好的等着埋管道的土沟。从推土机到天然气钻机再到水车,油气行业无处不在。问题并不仅仅是一个个孤立的井场,油气行业需要一个与之配套的庞大的基础设施体系。

"他们给你看了一幅美丽的图片,然后撒了个谎。"斯泰茜说。回到农舍后,她带我进去见了哈利。哈利坐在躺椅上,向我举手问候。他骨瘦如柴,脸色灰白。他已经不再梦想成为一名兽医了:看到动物们生病让他感到非常痛苦。他想成为一名建筑师:建造他在《名人豪宅秀》上看到的那种金色浴室。

第二部

举证责任

我们脚下的马塞勒斯页岩可以为美国提供未来 30 年所需的燃料。我国对能源的渴求还将继续，但是我们该如何保护自己的资源（即水资源）呢？这可是每个人的生活必需品。

——沃纳·勒莱因，

又名"海神王"，

美国陆军工程兵团匹兹堡地区水管理处主任

我们的行为是在和魔鬼签订协议。事实就是这样。

——凯瑟琳·泰根·德马斯特和斯蒂芬妮·A. 马林，《魔鬼的交易：宾夕法尼亚农场的乡村环境不公事件和水力压裂钻探》（《农村研究杂志》，2015）

第十二章

"阿提克斯·芬奇夫妇"

约翰·史密斯 40 岁出头，是华盛顿县一名成功的律师，是个非常友好的、功成名就的当地人。史密斯喜欢法律和法律史，正把自己塑造成一个现代版的以公正著称的老派乡村律师。有时，他也可以是个语速很快、自作聪明的家伙。史密斯出生在匹兹堡市郊的一个中产阶级家庭，是家里四个孩子中的一个。史密斯职业生涯的头十年在匹兹堡的几家"白鞋公司"①做诉讼律师，后来成为合伙人。现在，他在塞西尔镇区居住和工作，这是一个拥有 11,000 人口的富裕郊区，位于和睦镇和匹兹堡之间。塞西尔是石油与天然气热潮的企业中心，史密斯则是镇上的律师。随着化石燃料行业的卷土重来，史密斯和他的史密斯－巴茨律师事务所的生意可能会越来越好。这家小小的律师事务所利润可观，每天新谈成的租约多达十宗。

史密斯－巴茨律师事务所距离山脉资源的总部一英里。山脉资源

---

① 白鞋公司：指美国社会中那些历史悠久、信誉卓著、专做大生意的专业服务机构。

总部位于南波尔特工业园，这个工业园的部分用地从前是一个精神病院。南波尔特非常繁华，这里有高尔夫球场、健身房、"猪爸爸"烧烤、中餐和墨西哥餐外卖店，以及"斯莫克"，一家雪茄专卖店，同时也是一处休息室，为从得克萨斯、路易斯安那和阿肯色来的油气公司高管们提供服务。史密斯-巴茨律师事务所位于科技大道，贝利中心的二楼。这栋砖楼以附近的一个煤矿命名，主要出租给碳采掘业相关公司：科萨煤炭公司、柔性钢管道技术股份有限公司、ROC 服务公司和盖威工程股份有限公司。

约翰·史密斯在密歇根州兰辛托马斯·M.库利法学院上学时，曾经是班上的第一名，在那里他遇到了他的妻子肯德拉。肯德拉刚刚加入律师事务所，成为第二位姓史密斯的具名合伙人。托马斯·库利法学院在法学院中的排名不是很高，但没有人质疑史密斯灵活的头脑，以及他在研究产权相关的法律奥秘和为自己所代表的华盛顿县各小镇进行用地分区规划时做出的努力。

史密斯还创建了塞西尔镇历史协会。他非常重视华盛顿县的历史，尤其是乔治·华盛顿早年的英勇事迹。1753 年，华盛顿第一次来到宾夕法尼亚州西南部，是代表英国抗议法国对这一地区土地及河流的企图。华盛顿 22 岁时本想大赚一笔，但是正如他在日记中所写，他的西行探险以屈辱告终。1754 年，他在与法国人和美洲原住民的战斗中失败，最后在现在的华盛顿城以东 58 英里处的尼塞西蒂堡投降。乔治·华盛顿得到了位于塞西尔的史密斯家附近的一块地，作为服兵役的报酬。但是当华盛顿提出这块地为自己所有时，那些擅自侵占的人却拒绝搬走。华盛顿进退两难：是把这些拓荒者强行赶走，还是向刚成立的华盛顿民事诉讼法庭提起诉讼。

"这家伙是有史以来最大的英雄,而那些家伙却叫他滚,"史密斯说,"更重要的是,他没有动用武力,而是遵照华盛顿县的法律,对他们提起诉讼。"这个故事也有不同的版本,有的说华盛顿放火烧了定居点,把那些人赶跑了。但史密斯更喜欢这个华盛顿打官司的故事。在这个故事中,华盛顿聘请了一名叫托马斯·史密斯的律师。

"他本可以请杰斐逊的,"约翰·史密斯说,"但是他没有,他雇了一个本地人。"约翰喜欢想象自己和托马斯·史密斯之间是亲戚,但他的三个孩子却经常提醒他不是。史密斯的祖上是德国和意大利移民,是20世纪初才来到这里的。他家族中的大部分人都在钢铁厂工作。史密斯是家族中第一个白领。

史密斯比大部分本地律师更了解天然气钻探的基本情况。几年来,他和肯德拉从一个说话粗鲁、嗜酒如命的西弗吉尼亚客户那里了解到不少关于传统钻井的事。这个人拥有几十口浅井。

业内人士称石油为"我发现了!"生意。而天然气只是小买卖,这意思是说不是突然之间就能获得暴利。天然气的利润缓慢而稳定,需要尽量控制成本。这导致一些公司为了节约成本而选择更便宜的安全措施,或者把工程外包给最便宜的承包商。史密斯夫妇已经了解这一行业的基本情况,因此,在2001年,当那些在车后座上放着电话簿的承租人开始在华盛顿县法院前排队等候签署土地租约时,史密斯夫妇已经准备好了。

作为塞西尔镇的法务,史密斯亲眼见证了当地各小镇与油气行业的斗争。油气行业带来的交通、噪声、灰尘和路面开裂等问题已经让当地镇政府官员应接不暇。目前还没人提到塞西尔镇当地的钻探。但是,塞西尔镇和附近的鲁宾逊镇还有南费耶特镇已经在起草法令,以便在卡车和噪声到来之前加强管控。

史密斯注意了一下以得克萨斯的沃思堡为典范的城镇是如何与钻井公司共处的。他相信压裂法是好的，希望可以控制它的使用，而不是完全禁止。匹兹堡最近就已经立法禁止使用该方法。匹兹堡于2010年宣布暂缓使用压裂法，实际是在尚未开始前就禁止了压裂法。大力促成此事的是民主党市议员、做过钢铁工人的道格·希尔兹以及他的妻子布里奇特，她是一名严厉而坚定的反压裂人士，因抵制钻井而为人所熟知。当天主教堂这个该市最大的土地所有者之一，把15块墓地的天然气开采权租出去的事曝光之后，公众一片哗然，开始支持希尔兹夫妇。当约翰和肯德拉·史密斯开始冒险反抗油气行业时，是希尔兹夫妇率先称呼他们为"阿提克斯·芬奇夫妇"①。

然而，在2011年春天，约翰·史密斯依然认为油气行业对华盛顿县有利，自从煤炭业和钢铁业萧条之后，这里人们的生活每况愈下。史密斯还相信法律可以保护宾夕法尼亚；环保部这样的机构完全可以监督钻井公司；如果各小镇有效地制定规则，也可以保护当地社区。可是，当他代表土地所有者商谈租约时，也看到人们无力保护自己的地表权。施工企业希望尽量缩短工业基础设施和住户以及溪流之间的距离，从而使自己的钻探能力最大化。华盛顿县的居民一个世纪以来一直在签署采矿租约，已经熟知如何应对建筑物置后规定和路权。"土地所有者希望最大限度地从天然气企业那里获得利润，但他们更想保护自己的不动产。"史密斯说。史密斯用自己为土地所有者商谈租约提供咨询的经验，协助起草了第一部对钻井公司进行限制的地方性法规。

---

① 阿提克斯·芬奇是哈珀·李小说《杀死一只知更鸟》中的人物，被认为是正直律师的典范。

在钻井公司看来，这些地方性法规轻则令人不快，重则令人烦恼。宾夕法尼亚由超过 2,500 个地方自治体组成，地方政府有明显的影响力。小镇有能力给钻井公司找麻烦。小镇的议会有权自行设立居民区、商业区和工业区，从而决定钻井公司的作业区域。他们对噪声和卡车做出规定，对油气行业在自己镇区的行为进行监督。这些地方性法规不仅约束了企业的活动，还给他们的经营模式带来风险。山脉资源及其竞争者们不遗余力签署租约，结果却因几个小镇的抵制而无法自由开采。仅华盛顿县一地，就有 66 个地方自治体，每个地方自治体都有自己的政府。

芒特普莱森特镇是这场地方争论的中心，斯泰茜的新朋友哈罗维希夫妇就住在那里，山脉资源也成功租到了当地95%的土地。2011年春天，镇政府和山脉之间的斗争变得异常激烈，史密斯则夹在中间左右为难。芒特普莱森特镇聘请史密斯为特别顾问，帮助起草法规，以对抗油气行业企图限制地方法规的努力。山脉则发动了一场不同寻常的写信运动，企图打动那些有望从中赚到钱的当地居民。群发邮件寄给了虚构的"缺钱巷10号张三先生和太太"。信中呼吁居民对当地官员施加压力，让天然气公司更自由地在需要的地方开采，否则将不会有天然气，而"没有天然气就意味着没有土地使用费"。

虽然史密斯原则上支持钻井，他的事务所也可以从代理土地所有者的租约中获利，但山脉资源咄咄逼人的行为让他感到不安。在史密斯看来，这种强硬手段即使不违法，也是反民主的——它违背了每年华盛顿中央大街的游行队伍所展示的拓荒精神。

就在斯泰茜在摩根敦机场演讲后不久的 2011 年春的一天早上，同在监护室工作的护士德布·威尔克森到史密斯－巴茨律师事务所来为一桩租约进行咨询。威尔克森想签约，但她亲眼看到了哈利身上发生的事，她想保护自己的孩子们。不签约的话也有风险：如果所有的邻居都同意钻探，她那块地就成了孤岛，而且在得不到任何酬劳和保护的情况下，可能依然不得不去应对噪声和健康损害。正是斯泰茜建议她请个律师，她听说史密斯－巴茨律师事务所的口碑不错，于是找上门来。

那天，威尔克森坐在律所的簇绒皮沙发上等待会面，沙发上披着匹兹堡企鹅队的应援毛巾。律所大厅里总是按照不同的赛季，摆上企鹅队、海盗队或者钢人队的装备，律所的员工们也经常会穿上相应的队服，这是当地的惯例。

和律师一起审阅完租约后，威尔克森问他可否帮一帮她医院的护士同事斯泰茜。她的孩子生病了，家里的牲口正在一只只死去，威尔克森说。这名年轻的律师让她等一等，然后走出了会议室。她透过玻璃窗看着他的身影消失在走廊尽头。几分钟后，律师回来了，并把威尔克森带到了约翰·史密斯的办公室。威尔克森环顾四周，只见窗台上摆着一排史密斯孩子们十年来踢足球的照片；灰蓝色的墙壁上挂着他岳母的一幅水彩画，上面写着：*不经历风雨，怎么见彩虹*。史密斯坐在办公桌后，静静地听威尔克森讲述和睦镇附近的两个农场里动物离奇死亡、一名少年砷中毒，以及最近在这家人体内检测出苯和甲苯等事。

如果这些都是真的，那就太可怕了，但这不是史密斯和他的律师事务所通常接手的那类案子。他从业以来还从未接过人身伤害诉讼，他也并不急于接手此类诉讼。这类官司耗费巨大，起诉时间可能长达数年。像他们这样的小律所按小时计费，收入稳定。但人身伤害案，律师通常只有在打赢官司，被告付清赔偿金或和解之后，才能拿到报酬。虽然他们最终可能拿到斯泰茜所得赔偿金的40%和两个孩子赔偿金的25%，但他们必须得熬上几年时间，同时还得拿出一大笔钱用于科学检测，他们要自己承担这些费用。这可能会把公司拖垮。但史密斯知道看着孩子生病的滋味。他三个孩子中最小的女儿安斯莉也得过一种奇怪的病。她3岁时曾经一吃东西就吐。经历了一次危险的误诊之后，她做了肠扭转的紧急手术。她当时差点就没命了。那是史密斯一生中最黑暗的日子。不管这个叫斯泰茜·黑尼的女人是谁，他都想向她表达善意。因此，他给了威尔克森一张名片，让她转交给她的朋友。

第二天，斯泰茜在医院仔细研究了这张名片。她在机场演讲后的几个星期里，已经开始找律师了。也有律师给她打电话。自从斯泰茜把自己的事公开之后，已经不断有记者、原告律师，以及纽约和得克萨斯的反压裂人士给她打电话。她站在紫红色的厨房操作台前，做了大量详尽的笔记，但她只跟对方讲自己可以证实的事。斯泰茜喜欢自己的小圈子，只向中学朋友杰米，以及凯莉、谢莉和克里斯说说心里话。她跟妈妈也说一些，但是斯泰茜的妈妈和天底下的妈妈一样，总是不太会说话，不能给她安慰，反而常常惹她生气。

斯泰茜正在考虑埃琳·布罗克维奇的律师事务所。布罗克维奇原本是一名失业的单身母亲，后来成了著名的环保斗士。[1] 她接下了

---

[1] 埃琳·布罗克维奇的经历曾被拍成电影《永不妥协》，在影片中饰演埃琳的是茱莉娅·罗伯茨。

太平洋煤气与电力公司的案子，该公司在天然气压缩机站使用的六价铬被证明对附近的居民有害。布罗克维奇不是律师，但是她在加利福尼亚有自己的律师事务所。斯泰茜最终决定就近找个律师，这样他就能开车到农场来看看哈利的病情，以及周围遍布的钻井和管道。她和贝丝·沃尔斯还约好，无论发生什么事，两人都要请同一个律师。

哈利的病情不见好转，斯泰茜在担心儿子的同时，也在考虑下一步行动。两周后，她给约翰·史密斯的办公室打电话，是史密斯接的。他开了免提，和另一位高级合伙人一起听斯泰茜讲述布茨两个宝宝的夭折和哈利已经一年半没去上学的事。

不管是否有科学依据或者足够的证据证明斯泰茜所说的话，约翰都相信她说的是真的。他问是否可以见上一面，斯泰茜同意了。他挂了电话，到隔壁找妻子肯德拉。肯德拉办公室墙上贴着她十年来收到的情人节卡片。他复述了一遍自己听到的事，问肯德拉怎么看：生病的孩子、黑色的井水、显示他们体内有苯和甲苯的检测报告。

肯德拉问约翰，这家人住的地方离井场有多远。

约翰不太肯定，但是斯泰茜告诉他大约有 1,500 英尺。

如果说接触的话，这个距离也太远了，肯德拉说。

肯德拉·史密斯不是本地人。她的家距离普林斯顿大约 20 分钟车程。她参加过新泽西小姐的竞选，并进了决赛。肯德拉今年 41 岁，身高五英尺多一点，体重 100 磅。她喜欢可口可乐和小包的蔬菜干，虽然中学和大学时期曾是一名足球明星，但她并不因大脑居住在这样的身体里而感到烦恼。她参加新泽西小姐的竞选是为了获得奖学金，而不是因为在意自己的容貌。她的聪明头脑显然来源于父母双方：她的父亲是工程师，母亲是一位拥有哥伦比亚大学数学硕士学位的艺术家。肯德拉妈妈的教育理念是"不要在经济上依赖男人"。在成为律师之前，她的志向是当一名监狱看守。

当律师的头几年里，在她搬去西部和约翰·史密斯结婚以前，肯德拉在新泽西为涉嫌有组织犯罪的人做刑事辩护。现在她在帮《财富》500强企业应对自称受到化学品危害的工人的索赔。她的工作是破坏上诉案。

"为了生计把别人打败，并不总是感觉很好。"她说。虽然她在匹兹堡另一家律师事务所得到了合伙人的职位，但是那家律所的待遇令人失望，于是她来到丈夫的律所工作。肯德拉和丈夫观点一致，对人身伤害案没有什么兴趣。她不是担心打输官司，而是知道这群公司辩护律师有多冷酷。而且她和约翰两人都是全职，奔波于教堂、学校和足球训练之间已经够他们忙活了，她不想让自己这个五口之家的生活变得更加复杂。但她也想到安斯莉生病时自己感到多么无力，所以她愿意协助调查。

接下来那个星期，就在他们准备和斯泰茜见面的那天，约翰刚好有别的事缠身。因此午饭后，肯德拉自己开车去了和睦镇。这种情况实在非常罕见。去和潜在客户见面的，往往是魅力四射、几乎可以算是当地人的约翰。而外表强硬的肯德拉是那个为打赢官司而熬夜收集证据直到凌晨的人。他们俩从未在一件案子中合作过。

肯德拉决定带上年轻的男律师克里斯·罗杰斯。她知道和睦镇和繁荣镇周边都是贫穷的乡下，是阿巴拉契亚山脉起始的地方，又是边境，她不知道会发生什么事。

肯德拉开着她的白色凯迪拉克凯雷德轿车，沿着79号州际公路向南。她告诉罗杰斯走访工地现场应该注意看什么。肯德拉经常探访铁路公司，因为她帮企业打过许多宗工伤索赔案。在工地上，违规行为像明火一样明显。但在人家家里，倒是更难发现问题。肯德拉在隆派恩镇下了高速。他们经过一个卡车停靠点，看到一群年轻的钻井工人正坐在停车场崭新的野餐桌前，一边吸烟一边吃赛百味三明治。肯德拉把车子开上陡峭的麦克亚当斯路，随即经过了写着"井区车辆限速15英里/小时"的标志。当看到左侧一块白底黑字的路牌时，肯德拉惊呆了。这是一座有着轮胎秋千和蹦床的漂亮房子。斯泰茜正站在门廊等他们。

肯德拉·史密斯和年轻律师走过院子里的三轮车，走上门廊的台阶，上面缠绕的凌霄花一直伸到了厨房门口。肯德拉一路上认真记下看到的细节，这是她的习惯。斯泰茜·黑尼看起来很疲倦，皮肤惨白，有着深深的黑眼圈。在同为职业母亲的肯德拉看来，这也不算是太不正常。

斯泰茜带他们经过洗衣间来到厨房，厨房的餐桌上堆着她的文件。她给客人拿了两瓶水，是她从沃尔玛买的。透过敞开的房门，肯德拉看到一个脸色苍白、穿睡衣的男孩弯着身子坐在沙发上。她觉得走进别人看电视的房间有点不太礼貌，于是就从餐桌这里向他打招呼。她看着男孩小心翼翼地从沙发上站起来，动作缓慢得就像一个80岁的老人。无须妈妈督促，男孩便拖着步子走进厨房和肯德拉握手。

他被教育得很好，肯德拉想。她希望自己的大儿子、比哈利小1岁的达科塔也能做到这样。离近了看，哈利看上去非常消瘦：眼窝深陷，脸色和母亲的一样灰白。她不知道出了什么问题，不可能仅仅因为住在井场附近就这样。她还没有看到马路对面那道很高的绿色围墙，但从她的了解来看，这么远的距离不太可能让这屋里的任何人生病。

斯泰茜打开一本绿色的三孔活页夹，向肯德拉介绍了过去18个月里哈利病情的发展，他尿液中偏高的砷含量，以及她与医院实验室的负责人花了两个月时间做的吸入物检测报告。斯泰茜已经学会了看这些报告，她指出：苯酚和马尿酸的水平表明他们三个人都接触了苯和甲苯。

斯泰茜的聪明令肯德拉感到惊讶。这名护士自学了很多专业知识。即便哈利的情况有些不对劲，肯德拉还是怀疑这是否和附近的井场有关。她快速翻看了一下水质检测报告，发现除了锰的浓度有些高，其他的指标基本正常。有些检测报告上没有正常值。非常熟悉这类材料的肯德拉想知道公司是否只提供了这些不完整的检测报告。

肯德拉问斯泰茜是否还有其他的检测报告。没有。应该有吗？斯泰茜问。肯德拉深深吸了一口气，试试能否闻到斯泰茜在电话里说的那种臭鸡蛋味——斯泰茜还说了头疼、急惰、健忘、恶心、流鼻血、腹泻，以及嘴里一股奇怪的金属味。肯德拉坦率地告诉斯泰茜，自己什么也没闻到。

她解释说，自己的工作就是从另一面考虑这类化学品伤害案。如果她没有发现任何证据证明出现了问题，她会直截了当地告诉斯泰茜。斯泰茜很看重肯德拉的坦率。她喜欢这个身材小巧的直爽女人，无论斯泰茜说什么，给她看什么，她都不会焦虑不安。

贝丝·沃尔斯来了，怒气冲冲地穿过厨房门。斯泰茜想先单独和律师谈一谈。她知道贝丝会接受不了，但她担心贝丝嘴快，她如果提到中毒和"坤"的事，可能会破坏她们的案子的可信度。

贝丝喘着粗气，满脸通红。肯德拉纳闷现在还是早春，她怎么会晒得这么厉害。贝丝在餐桌前坐下，她把自己的文件夹也带来了。她向肯德拉讲述了类似的问题，并向她解释家里的饮用水如何出了问题。沃尔斯家地下室里有个装置，可以在泉水和井水之间切换水源。泉水源自山下。相比井水，沃尔斯一家更喜欢喝泉水。

对于一直喝自来水的东海岸居民肯德拉来说，泉水和井水的区别闻所未闻。泉水的味道更加清新，流速也更快，贝丝说。自从井水逐渐干涸，泉水也只剩下"涓涓细流"，山脉给他们提供了一个和隔壁黑尼家一样的5,100加仑的"水牛"，贝丝说。山脉给贝丝寄了一封信，承认附近废料池的施工可能导致流向他们家的泉水减少，但他们坚持说水质不会受到影响。即便如此，山脉还是花钱给沃尔斯家挖了一口新井。但那口井也不行，贝丝说，检测报告说水里面都是大肠杆菌。接着，在一月份，贝丝夫妇和劳拉·罗斯米塞尔以及卡拉·萨茨科夫斯基见了面。被告知没什么好担心的，并且将撤走她家的"水牛"之后，贝丝不再担心了，她觉得自己上当了。

贝丝给山脉、环保部、渔船委员会、美国鱼类和野生动物管理局、国家应急中心、环保局24小时热线、华盛顿的当地报社，以及她贴在黑色冰箱上的任何其他号码都打过电话。一旦闻到可疑的气味，或者路面开裂，她会立刻拿起电话，也因此给自己赢得了"不好相处"的名声。贝丝打了如此之多的投诉电话，以至于一名山脉员工在公司内部称呼她为"反工业分子"。

肯德拉听两个女人讲了四个小时。她和同事起身离开时，已经是傍晚时分。斯泰茜把他们送到门口，看着他们的车从长满草的车道上倒出去。然后，她和贝丝回到厨房餐桌旁，商量是否让史密斯夫妇接手她们的案子。斯泰茜对此非常肯定。

"我觉得他们是上帝派来的。"她说。

贝丝还有一个疑问。"那些家伙一个个都很务实,"她说,"如果他们这么务实,能做个好律师吗?"

肯德拉想在回办公室的路上经过井场看一下。SUV爬坡经过贝丝家的房屋时,肯德拉突然看到马路对面山顶上围着的高高的绿色围墙。围墙四周发白的草在绿色山坡的衬托下显得发黄,但枯死的草并不能说明什么。除了石子路和用作保安亭的白色拖车之外,没什么可看的。肯德拉加大油门向前开去,她注意到麦克亚当斯路比她想象得要陡。也许她低估了接触到危险品的可能性。她的脑海中常常出现这类场景。现在她要重新思考一下。如果山势很陡,那么地表径流就可能比她估计的流得更远,流速也更快。

他们开车经过耶格尔的农场,那里立着一块黄色蓝边的牌子,上面写着"宾夕法尼亚牛肉质量保证项目认证生产商"。车子经过隆派恩镇的卡车停靠点后,驶入79号州际公路,继续向北开去。驶离了曲曲折折的公路后,肯德拉问年轻的同事是否觉得嘴里有股怪味。他说没有,但肯德拉觉得有。在接下来两天里,这股金属味像薄膜一样粘在她的舌头上。无论她和约翰是否会接这个案子,肯德拉都决定不把这件事告诉斯泰茜和贝丝。这么做对她们不利。肯德拉更喜欢在掌握确切事实的基础上和客户打交道。然而这次出访一直在她脑海中挥之不去,正在改变她对于是否接下斯泰茜和贝丝案子的想法。如果真的是工业生产导致哈利患病,肯德拉认为,她和约翰很有可能查出原因。

肯德拉来访之后又过了几日，是 2011 年的母亲节，这天斯泰茜带着孩子们到附近华盛顿的克雷巴洛餐馆，和母亲以及妹妹一起共进午餐。回家途中，翻过耶格尔农场附近的山脊时，从废料池飘来一股恶臭。臭味之浓，仿佛直接冲到了他们的脸上。斯泰茜在笔记本里记下这件事，并在旁边加了星号：*尾矿坝发出的气味太难闻了，前所未有。*

第二天是星期一，孩子们从学校回到家时，臭味依旧很浓。到了傍晚，三人都感到头痛，佩奇开始流鼻血。然而星期二醒来时，斯泰茜认为臭味已经消散了。当天下午，斯泰茜让凯莉过来帮她整理要提交给约翰和肯德拉·史密斯的文件。虽然斯泰茜心里已经认定了这对律师夫妇，但尚未正式聘请他们，而且她想把所有情况都告诉她的密友凯莉。下午三点，斯泰茜和凯莉正在翻阅活页夹，哈利从公交车站回来了。他的眼睛、鼻子和喉咙都火辣辣的疼。他躺在客厅的地毯上，睡着了。

一个小时后，斯泰茜想叫醒他去上里克·贝克的吉他课，但哈利还是昏昏欲睡。斯泰茜总算把他哄上楼到床上去睡。不到几分钟，哈利又睡着了。那天下午，斯泰茜开车带凯莉四处转了转。凯莉已经听了很多关于他们生活的环境，还有呼吸的空气的事——但却从未亲眼见过。她们驶往繁荣镇和安纳瓦那渔猎俱乐部，经过曲折而偏僻的小路，来到一个可以俯瞰周围乡村的小山顶。在这里，斯泰茜发现除了已知的五个井场，她们家周围又多了三个新井场。

斯泰茜和凯莉回来时，哈利还在睡。她们把佩奇带到贾斯塔布里兹，去贝丝和约翰家骑马。在牧场平房后面的驯马场，佩奇啧啧赞叹着自己最喜欢的那匹骟马"拿钱就跑"。她从 2 岁起就骑"钱"。现在佩奇差不多12岁了,已经可以自己给"钱"套上马鞍,绕着驯马场转了。斯泰茜喜欢看佩奇骑马,她一直都很喜欢马。让佩奇有机会骑马是她努力成为一个好母亲的一种方式。她想为佩奇把"钱"买下来,贝丝也在考虑这件事。但是她不知道斯泰茜如何负担养马的钱。贝丝、斯泰茜和凯莉靠在木栅栏上,看着佩奇骑马,直到太阳从橡树林后面落下去。暮色中,春天的大地很快变凉,凯莉和斯泰茜喊佩奇进屋,她们准备下山回家了。

离开贝丝的牧场后,凯莉问斯泰茜那股难闻的气味是什么。但斯泰茜什么也没闻到。环保局的调查员特洛伊·乔丹曾经对斯泰茜解释说,接触硫化氢等有毒物质之后情况恶化的一个征兆,就是再也无法感觉到它们的存在。能够闻出硫化氢的气味,说明身体的第一道防线在起作用。而当身体无法发挥这个作用时,表明人已经不知不觉地进入了嗅觉疲劳。这种现象本身无须担忧,但是在吸入物有毒的情况下,嗅觉疲劳使他们面临更大的危险,因为斯泰茜和孩子们将无法判断什么时候必须离开。回到家后,斯泰茜发现哈利还在睡。凯莉想带斯泰茜和孩子们到她家去,但斯泰茜不想吵醒哈利。这夜她又无法入睡,努力想着他们一家可以搬去哪里。

第二天早上,斯泰茜把已经睡了15个半小时的哈利晃醒,让他去上学。哈利已经无心读书,但她必须让他离开这个笼罩着浓重化学气味的农场。在医院里,斯泰茜找到胸腔科的专家科林纳医生,他曾帮斯泰茜解读全家人检测结果中的各项危险指标。现在每当有类似症状的病人来到急诊室时,医院工作人员都会让他们填写调查问卷,了解病人住的地方离油气井有多远。斯泰茜告诉科林纳医生凯莉到她家去的事。她们两人都是科林纳医生认识和信任的人。凯莉闻到了一股令人窒息的恶臭味,但是自己和孩子们却一点也闻不出来,斯泰茜说。那天晚上回到家后,斯泰茜觉得头痛欲裂。她担心这就是她和贝丝都知道的细菌性腐败的产物——硫化氢。

离开那座房子,科林纳医生告诉她。闻不出硫化氢,说明斯泰茜已经出现环保局警告过的嗅觉疲劳,科林纳医生解释说。你必须接上孩子,立刻离开那里。

当天晚上,斯泰茜带着两个孩子回到父母家,准备暂住几天,考虑接下来怎么办。哈利睡在谢莉原来住的那个房间的屋檐下,佩奇睡在一张窄窄的折叠床上,斯泰茜则睡在自己儿时的床上。41岁了,还得回到那张她17岁时便想永远逃离的床,这让她感到郁闷。第二天是5月12日,她给史密斯夫妇打电话,正式聘请了他们。斯泰茜在笔记本上匆匆记下他们的收费:*或有事项33%,开庭审理40%*。

山上井场的气味依然令人窒息。5月13日,山脉的员工开始互发邮件,试图弄清问题的根源。耶格尔农场上的大池塘是尾矿坝,华盛顿县其他井场的压裂液都由卡车运到那里。工人们怀疑问题出在其中某个井场排放的有毒液体。

"脏东西绝对来自卡罗尔·贝克①。"一名工人写道,他把这些液体称为"恶魔之水"。由于不知如何处理,他建议直接把它们用作压裂液,注入地下。

5月16日,在老妈和老爹家住了四个晚上之后,哈利的情况依然没有好转。那天早上,斯泰茜带他去看福克斯医生。这是六个星期以来第三次在哈利体内检测出链球菌。这名儿科医生告诉斯泰茜,哈利

---

① 卡罗尔·贝克:山脉资源在华盛顿县的一个井场的名字。

再接触污染物将会很危险。带他离开房子30天,医生跟斯泰茜说。甚至不要让他乘车经过尾矿坝,也不要让他在井场半径10英里的范围内逗留。和睦镇还是太近了。

斯泰茜把哈利送到"84"小镇克里斯那里,自己和佩奇则继续住在和睦镇的父母家里。斯泰茜奔波于男朋友家、父母家、医生诊所、学校和农场之间,她每天开车的时间多了四个小时,平均每月要花200美元的汽油费。她几乎每晚都把哈利送到"84"小镇的克里斯家,然后开车回和睦镇的父母家,和佩奇一起睡。他们觉得自己像难民似的。*我把自己搞得非常狼狈*,斯泰茜在日记中写道,*但是如果能让孩子们恢复健康,那么这一切就是值得的。*然而,哈利的身体依然没有好转。

"我们家已经变成了一个价值28万美元的猫舍。"斯泰茜告诉我。她只有在喂动物和洗衣服时才回到自己的农场,这样做是为了节省父母家本就少得可怜的水。她已经摸索出一套程序。她把车开上私家车道停好,然后抓起后座上的塑料洗衣篮,快速跨上门廊的台阶,从后门进入屋里,穿过厨房来到洗衣间,把一堆衣服塞进洗衣机。三只饿得嗷嗷叫的猫不停地纠缠她,她一手赶猫,一手倒猫粮,再把瓶装水倒进它们的盘子里。接着穿上胶靴,跑到牲口棚那里,打开连接在"水牛"上的软管的水龙头,给用作山羊饮水槽的婴儿游泳池注满水,把饲料舀进饲料桶,再到兔棚那里喂兔子,到马场那里喂马,最后是驴子鲍勃,然后飞奔回屋,把湿衣服放进烘干机,再跑回车上。在开车途中,她给朋友和认识的几个专家打电话,希望弄明白最新出现的症状,同时努力保障每天的后勤补给。

"人们问我为什么不干脆搬走,但是我能去哪呢?"一天晚上,她一边开车一边在电话里对我说。那些不住在和睦镇的人会提到这个关键问题。他们通常更为富有，不能理解无法承担额外房租的困难，也感受不到我们对自己土地的感情。"我负担不起另一套房子的按揭贷款，如果我拖欠了这套房子的贷款，我们就会失去它。"她说。

斯泰茜知道他们不可能永远生活在这种进退两难之中，但她现在也不知道该怎么办。一天，斯泰茜下班后直接回到家里，快速把好几个月用的生活用品装到车上，然后开车回到父母家。

和睦镇出了件可怕的事：那个犯下多项环境罪的前消防队队长罗伯特·艾伦·希普曼遭受了巨大的损失。他17岁的继女萨万娜·亨嫩在几天前自杀了。金发的萨万娜·亨嫩是西格林中学一名很受欢迎的初中生。西格林中学就在华盛顿县的隔壁。萨万娜是个虔诚的女孩，曾经在儿童圣经事工的本地分会工作。一年后，当希普曼最终受审时，法官法利·图斯曼判他缓刑，罚款了事。环保部以前从未强制实行过这类法律。继女的自杀对他来说已经是惩罚了。

那样一个女孩怎么可能会开枪自杀？斯泰茜一边收拾行李一边想。然而这些日子，和睦镇周围的自杀事件越来越多。随着天然气热潮的到来，滥用阿片类药物的现象在华盛顿县也越来越严重。有人说是外来的天然气工人把毒品带到了这里。虽然这么说可能没错，但斯泰茜知道，在气井工人到来之前，处方类止痛药的滥用已经变得越来越严重。她担心和睦镇孩子们的未来。成长于钢铁厂倒闭的阴影中已经够艰难了，但是这个新的时代似乎更加糟糕。至少钢铁厂的倒闭是大家一同承受的，而这次的天然气热潮却要把他们分开：一些像萨万娜这样的孩子一夜暴富，而像哈利这样的孩子却在受苦。

虽然斯泰茜希望不用离开太久，但她还是带走了尽可能多的东西。那些柔软的东西则被全部留下——沙发、靠垫、哈利的躺椅，以及所有洗不了的东西——她担心海绵和织物会锁住有害气体。她最后不得不承认风倍清一点用处也没有。它只是掩盖了臭味，让他们闻不着而已。

第十三章

互相猜疑

为来访的客人提供肉酱三明治的日子已经过去了。2011年5月的一天,一名环保部的新水质检测员把车停在贝丝·沃尔斯家的车道上,贝丝穿着T恤和裙裤从家里冲出来。她连客套话也不说,直接询问对方飘过她家的那股臭味是怎么回事。虽然斯泰茜几天前就搬走了,但贝丝没打算离开。有这么多马和狗要照顾,他们无法带全部的两足动物和四足动物搬家。她认为自己唯一的办法,就是不断地给环保部打电话,直到他们采取行动。

约翰·卡森在环保部只做了几个月的水质鉴定,但他已经在宾夕法尼亚东部监测了16年的空气质量。卡森喜欢这份新工作,因为有机会回家。卡森在和睦镇附近长大,1976年毕业于华盛顿三一中学。1981年,他去宾夕法尼亚州立大学攻读植物学学位,然后在睿侠电子零售工作了几年,直到买下一家草坪护理公司。后来公司经营不善,卡森于1994年来到环保部工作。

卡森自称是"环保部的眼睛和耳朵",他认真地履行着保护人们的职责。但压裂法对他来说是个全新的事物。他站在贝丝面前，静静地听着她愤怒的质问。他没有告诉贝丝，自己昨天去过井场，并且闻到了一股"油腻而咸腥"的气味。相反，他站在贝丝家的车道上吸起了鼻子。贝丝很生气，认为他不干正事。（另一次，贝丝投诉后，卡森来了，但是拒绝下车。他摇下车窗，贝丝正站在那里发火，他告诉贝丝，只有接到三个不同的人投诉时，他们才会受理。）

几天后的 2011 年 5 月 26 日，约翰·卡森发现了一个更大的问题：压裂废料池好像在泄漏。有一次卡森走在废料池和石子路之间的人造山坡上，"突然发现"（用他的话说）一名山脉资源的员工正在一个卡森从未见过的检查井里检测水质。橡胶盖已经朝一边打开。山脉的员工向卡森解释说，这个检查井是一个泄漏监测系统。井内放置了一截多孔管，如果这个管子在滴水，说明废料池很可能泄漏了。

这个设计似乎有缺陷。这名员工认为，虽然废料池衬有两层防泄漏的薄膜，但是监测装置却埋在两层薄膜之下的土层。发现泄漏时，废液可能已经到达土层，甚至很可能已经渗入地下水。卡森看着那些从管道往下滴的浑浊液体，他觉得自己碰上麻烦事了。

想想看，卡森在笔记中写道，*两层薄膜下方的泄漏监测系统*。卡森拍了照片，并读取了 GPS 数据——北纬 40 度 5 分 24.4 秒，西经 80 度 13 分 41.7 秒。接下来几个月的水质检测结果显示出高度污染：其中来自远古海底的无机盐是饮用水标准的 50 倍。这些无机盐通常被用作与压裂法有关的水污染的指标。

由于与卡森之间的冲突不断升级，贝丝感到非常沮丧。她第一次给自己的新律师打电话。在电话里她向约翰·史密斯讲述了卡森有一次跟她说要有三个不同的投诉人才能受理投诉的事。史密斯夫妇知道根本就没有这种规定。在他们看来，这是环保部的渎职行为。

如果事实确实如此，有什么法律依据吗？肯德拉问约翰。作为一名地方自治体的律师，他在质询政府法律机制上比她更有经验。他认为最好的方法是提交一份执行职务令，由法院命令政府部门履行其职责。提交执行职务令，意味着贝丝将起诉环保部。

2011年5月23日，史密斯夫妇向法院提交了诉讼。这类诉讼案需要时间，而且他们很可能什么也得不到。用法律术语说，沃尔斯起诉环保部这个案子无利可图。如果调查发现环保部确实有错，政府也不会付给沃尔斯家一分钱。但是环保部以后可能会更加用心工作，因为他们就住在那里。没过多久，环保部就有了回应。不到几天，山脉资源也要求参加辩护。2011年6月1日当事各方将在州首府哈里斯堡的联邦法院见面。

为了对环保部立案，并证明环保部是如何渎职的，肯德拉需要把井场发生的事整理出来。一旦列出时间线索，肯德拉就可以评估斯泰茜和贝丝是否可以作为原告起诉。在这类民事诉讼案中，史密斯夫妇的举证工作要比刑事诉讼案中少一些。他们不必证明山脉的行为污染了水体，并导致他们的当事人生病。他们只须提供有力的证据——他们的证据要比对方的更有说服力。

为了收集必要的证据，肯德拉的第一个任务就是向山脉要一份他们在井场使用的化学品清单。山脉资源是第一家宣称将压裂法中所使用的所有化学品全部公开的企业。"这么做无论从道德上还是伦理上来说都是正确的，"一年前的2010年，山脉当时的首席执行官约翰·平克顿说，"对我们的股东来说也合情合理。"肯德拉一开始认为，这些信息的公开会有助于了解山脉使用了什么化学品。而且，根据法律，山脉必须向环保部提供井场的地图，于是史密斯夫妇请求环保部提供所有与耶格尔井场有关的资料——许可证、来往信件、设计图，以及图表。

肯德拉习惯把自己埋在一大堆文件里，然后认真细致地挖掘证据。她一直都是个擅于和数字打交道的人，她经手的案子涉及我们几乎从未听说过的疾病和状况，譬如因接触航空航天工程原料铍而导致的铍中毒，以及由鸟粪引起的不同类型的组织胞浆菌病。

对于一名原告律师来说，这样的背景是很有用的。在为铁路公司工作时，肯德拉从工业卫生学家和医生那里学会了如何读懂空气、水、血液、尿液等各种实验室检测图表，这对她的工作至关重要。她从一名顶级的脑癌专家那里学会了看CT扫描图，还曾向一名毒理学家学习，据说就是这名毒理学家发现接触苯会导致急性骨髓性白血病。从这些专家身上，肯德拉学会了以下三句箴言："不要急于下结论。收集尽可能多的信息。永远不要想当然。"

从一开始，约翰和肯德拉就认为他们得证明上面的井场发生了泄漏或者类似问题，并已经污染了当事人的水源。他们认为，确切的证据存在于一个简单的事实之中——工业废料中的化学物质现在出现在了他们当事人的井水和泉水中。环保部和山脉将会反驳说这个检测过于简单。法院还必须考虑其他一些相互矛盾的因素：地下水的流向，以及不同地点所含化学物质比例的不同。

环保部发来的第一份图纸，是山脉及其承包商为了获得许可证而提交的施工图。肯德拉研究了一下废料池的草图。她想知道如果废料池泄漏了会有什么后果。从图纸上看不到任何泄漏监测系统，但肯德拉知道，这是法律规定一定要有的。拿到更多的施工资料后，肯德拉终于发现，卡拉·萨茨科夫斯基批准了一个似乎有着严重缺陷的泄漏监测系统。肯德拉开始产生和约翰·卡森一样的对废料池的疑虑。废料池底铺了两层塑料膜，如果第一层没起作用，那么第二层应该接住那些潜在的有毒液体，避免其污染地下水。泄漏探测器会警示山脉的员工薄膜发生了破损。但问题是泄漏探测器装在了两层薄膜的下面。而且由于废料池是一个 15 英尺的深坑，在发现问题以前，污染物已经渗透到泥土里，并接触地下水了。

　　史密斯夫妇接手这个案子的消息传出后，律所收到各种与压裂法有关的匿名信息。这里有农民怒气冲冲的抱怨和各种阴谋论。但偶尔也会有一些有用的信息。一天，肯德拉打开邮箱看到一位摄影师给她发了几张井场的航拍图。北边是长方形的井场，西南方是一个装压裂液的巨大的红色池塘，相比之下，隔壁贝丝家的牧场平房房顶显得又矮又小。但是这次，肯德拉还看到了一个小的钻屑坑，她此前不知道这个坑的存在。肯德拉一看到这个钻屑坑就更担心了。因为按照规定，钻屑坑是无须安装任何泄漏监测系统的。

　　肯德拉开始在环保部的网站上寻找违规通知单。如果废料池发生过泄漏，应该会有现场故障记录。虽然环保部的网站"环境设施应用合规性跟踪系统"上信息很多，但查找信息却非常困难。肯德拉一边浏览着用数字编号的法规中列出的违规行为，一边想这个系统也许是故意设计来混淆视听的。但她知道，种种不便之处都是环保部囊中羞涩的缘故。在接手这个案子以前，肯德拉想当然地认为，那些为了保护人民健康而设立的政府部门都是有用的。然而在为斯泰茜和贝丝的案子查找公开信息的过程中，她意识到事实并非如此，首先便是环境设施应用合规性跟踪系统不好用。2014年，检察长对环保部问题的评估报告中特别指出了这个系统非常失败。

肯德拉趴在电脑前，在环保部那庞大的令人摸不着头脑的数据库中不停寻找，终于发现一张2010年3月25日耶格尔井场的违规通知单。通知单的内容是什么她看不到，因此她派一名律师到匹兹堡的环保部办公室去把所有的公开资料都复印下来。她在里面找到了一份检验报告，报告显示，这个装满了返排液的钻屑坑，曾经因"薄膜撕裂"发生泄漏。

见鬼，肯德拉想，钻屑坑一年多前就泄漏了，而且，就这张违规通知单来看，环保部已经知道此事。

2011年6月1日，约翰和肯德拉开车去接沃尔斯夫妇，然后开车四个小时向东去哈里斯堡参加起诉环保部案件的第一次听证会。虽然还没到夏天，但天气异常温暖。史密斯夫妇开着那辆白色的凯雷德转了个弯，朝山上的贾斯塔布里兹开去，这时山谷吹来一阵热风。他们开车经过斯泰茜刚刚搬离的那座农场。斯泰茜和孩子们只不过离开了两个星期，无人修剪的草坪已经长得很高，绿油油的。斯泰茜和孩子们那天没去。斯泰茜不喜欢也不相信环保部，但她从未像贝丝那样和他们发生激烈冲突，而且她也不想插手这件事。肯德拉和约翰刚把车开进沃尔斯家的车道，七只拳师犬立刻蹦蹦跳跳跑向史密斯夫妇的SUV。

一个强壮的身影从"拳师犬天堂"牌子后面的牧场平房走出来。约翰·史密斯坐在车里，半开玩笑地问下车是否安全。肯德拉向约翰介绍贝丝时注意到，贝丝的脸颊依然遍布红斑，呼吸也有些吃力。但那天天气温暖，贝丝在屋外干活，因此肯德拉没有多想。贝丝把拳师犬赶到地下室的洗衣间去,那只天生腭裂的小狗还放在冷冻柜里。她把丈夫约翰叫来,两个人坐上 SUV 的后座。

贝丝精神饱满、非常激动,准备在法庭上慷慨陈词。环保部和山脉资源的人将不得不坐在那里听她说。但是,当贝丝和丈夫以及史密斯夫妇走进法庭时,却发现环保部的律师正和山脉的律师以及雇员有说有笑。在贝丝看来,他们已经彼此认识,这就像是看到警察在和疑犯嬉闹一样。她还发现环保部的一名高官在和卡拉·萨茨科夫斯基拥抱,她认出了后者那头红色短发。

联邦法院距离环保部的总部只有几个街区,后者办公楼的石头门楣上刻着蕾切尔·卡森的名字。那天,在听证会进行的过程中,史密斯夫妇感觉到,卡森的精神遗产在某种程度上已经丧失殆尽。环保部似乎和油气行业站在一起,他们就坐在法庭一侧的一张桌子前,甚至都不掩饰。史密斯夫妇听说过一些用于形容官商勾结的贬义绰号,例如"能源生产部"和"别指望保护部"。他们知道环保部的工作很难做,他们被迫去监督一个远比自己强大且见多识广的行业,但是那又如何。

史密斯夫妇原本期待着在那天的听证会上提交证据。这也是贝丝和约翰到场的原因:出庭作证。但是法官不想听沃尔斯夫妇的陈述。他也不想听山脉资源的陈述。肯德拉没能提交她整理好的证据,法官只是让她简要地叙述一下沃尔斯一家的事,以及为什么起诉环保部渎职。正当法律程序的缺失让肯德拉感到震惊。她想,这可是个危险信号,我们要完蛋了。

接着,环保部西南分部的助理顾问迈克尔·海尔曼辩解称,环保部"对每一起投诉都进行了调查"。5 月 17、18、19、20、24、26、27

和 31 日这几天，一名环保部官员去过井场和沃尔斯家。根据环保部的记录，他"去的这几次"，均未闻到任何异味。

史密斯夫妇简直不能相信，尤其是肯德拉。她已经亲眼见过泄漏的证据，环保部怎么能说耶格尔井场没有问题呢？听证会结束后，环保部的一名律师盖尔·迈尔斯走到原告席。她递给肯德拉一个漆黑发亮的活页夹。迈尔斯说，里面是山脉提交给环保部的对斯泰茜·黑尼和贝丝·沃尔斯两家做的水质检测的完整报告。虽然以这种方式递交文件有点不太寻常，但当时尚处于诉讼初期，双方的气氛还是相当友好和随意的。

肯德拉开始翻阅这份文件。她立刻发现页码有缺失，于是她翻到活页夹的最后，每次检测都应该在最后附一份官方文件，证明该检测报告的准确性和完整性，然而证明页也不见了。她不想草率地下结论说缺失的那几页意味着什么。这可能是个疏忽。或者缺失的那几页意味着某些人试图隐瞒证据。在从哈里斯堡回家的路上，她更仔细地查看文件，并做了记录，以便打电话向环保部索要缺失的那几页。还有另外一个方法可以核实这些检测结果。她看到检测报告上方有检测实验室的名字——麦可贝实验室，一家位于匹兹堡、从 20 世纪 60 年代开始为牛奶做检测的公司。她可以直接传唤麦可贝实验室的人出庭，以寻找缺失的那几页。

第十四章

巴兹

从哈里斯堡沿宾夕法尼亚收费公路向西开的时候,一个面目邪恶的小丑朝过往的司机狰狞地笑着。他下面的广告牌上写着:"我依然认为地球在变暖。你呢?"接着是另一块广告牌:"风停了。太阳下山了。你需要可靠、经济、清洁的燃煤发电。"还有一块广告牌展示了一幅小野洋子①的照片,写着:"你会听这个拆散披头士的女人提出的能源建议吗?"一块又一块的广告牌昭示了能源公司和环保主义者之间的对立。这些广告牌是一个名叫里克·伯曼的公司说客亲手绘制的。他发起了一个名为 Biggreenradicals.com 的活动,为能源公司进行游说。他把反压裂人士看成一群富有的局外人。他认为,像罗伯特·雷德福这种乘坐私人飞机的伪善者,和小野洋子这样的怪人,不明白在阿巴拉契亚地区,社区与其赖以为生的采掘业之间已经建立起一种长期的互惠关系。

---

① 小野洋子:披头士乐队主唱约翰·列侬的妻子。

贝丝正坐在史密斯家 SUV 的后座上，这时她的手机响了，是邻居洛伦·"巴兹"·基斯卡登打来的。他住在山谷低处，距离贝丝家和耶格尔井场大约半英里。邻居们管那个地方叫"谷底"，或者"狗补丁"。基斯卡登一家在一块 26 英亩的土地上经营一个废品场，废品场于 2006 年关闭。巴兹曾偷过车，现在正在戒毒，是街坊眼中的坏小子。"我总是开着车到处转悠，寻找下手的目标。"他后来对我说。

巴兹现在洗手不干了，但抽烟抽得很凶，一根接一根。

"我试着戒烟但是还没戒成，"他说，"我过去抽万宝路，现在抽的是个便宜一点的牌子。金字塔。"他们弟兄几个开着废品场的拖吊车在华盛顿市中心转来转去，把停在路边的故障车拖走。他们不是去修理这些车，而是把它们拆解了。

在巴兹的所有斗殴事件中，最"著名"的一桩发生在 1995 年，他和六七名警察在乡村公路上上演了一场高速追车的好戏，最后他把车又开回了"狗补丁"。巴兹停车时，一名警察试图把他从车里拽出来，但是巴兹逃脱了，那名警察和巴兹的车一起冲出了路堤。警察并无大碍，官司打了五年，直到 2000 年，巴兹在华盛顿县监狱服刑六个月。那个时代似乎已经一去不复返。偷窃是年轻人的游戏，最重要的是，时间让巴兹和他的几个弟兄变得无害。

十年前巴兹出狱后便加入了赫尔曼山浸信会。他相信是上帝拯救了他。"我一直在祈祷，"他后来对我说，"所以肯定是上帝。"现年 54 岁的他，依旧住在"狗补丁"的一辆拖车里。那辆拖车是他从妈妈格雷丝那里买下的。格雷丝就住在隔壁的一栋小房子里，她一生的大部分时间都住在离现在的家不到一英里的地方。她出生在一个种植小麦和玉米的农户之家，家里有十三个孩子，但只有三间房。20 世纪 50 年代，父亲在当地的玻璃厂黑兹尔·阿特拉斯2号工厂工作，直到玻璃厂因机械化时代来临而破产。

格雷丝21岁时结了婚，买下了她和孩子们现在住的那块地。在过去47年里，格雷丝的三个儿子和四个女儿一直在帮她经营这家汽车修理厂兼地下拆车厂。他们把旧校车、汽车和卡车上的散热器、电池和废金属拆下来。格雷丝说，有些车在他们那里已经50年了，而且短时间内不会有人把它们开走。家族生意已经跌到了谷底。除了一辆面包店送货卡车、几辆已经变成"僵尸车"的皮卡和正在贝恩溪边生锈的校车，还有一辆很少用到的推土机、高举升机和反铲挖土机。

"汽车业和采矿业、钢铁业没啥区别，"格雷丝说，"都在走下坡路。"

贝丝很了解基斯卡登一家，他们是邻居也是亲戚。贝丝的一个同父异母的妹妹嫁给了巴兹的兄弟，但是夫妻俩关系不好，贝丝站在基斯卡登家这一边。巴兹和贝丝·沃尔斯的关系依旧很好。"我们是一辈子的朋友。"巴兹说。

巴兹在电话里对贝丝说，他家的水质已经变坏。他本想给孩子的儿童游泳池注水，结果水管流出的是灰色的黏液。他说的孩子叫塞思，是巴兹的女朋友洛蕾塔·洛格斯登5岁的孙子，巴兹很喜欢这个小孩。塞思和姐姐杰德以及母亲萨默·鲁尼恩时不时会和洛蕾塔一起，到巴兹的拖车里来玩。水的气味真是太恐怖了：一股臭鸡蛋和下水道的味道。如果水质有问题，那巴兹的菜园怎么办？每年夏天，巴兹和邻居格雷先生都会吃他种的珍贵番茄。现在他不敢确定那些番茄是否可以安全食用。

贝丝让巴兹给环保部和山脉公司打电话，让他们过来检测水质。巴兹很苦恼。他已经在这辆拖车里住了五年，大部分时间都在沙发上度过，开着空调，抽着烟，把电视机开得震天响。

"我以前从来不用担心水质有问题。"他说。

巴兹没有办法证明水质是否有问题。他和斯泰茜以及贝丝一样，从未在钻井之前检测过自家的水质。如果没有钻前检测作为基准，公司可以宣称水中的化学物质是原来就有的。所以，钻前检测对于证明是油气开采污染了水源而言至关重要。过去开采煤矿留下了甲烷污染的问题，当地的水质已经受到影响。即使没有受到甲烷污染，油气行业也可以提出种种质疑来推翻案件。

宾夕法尼亚州不要求对私人水井进行监管，也就没有关于巴兹家的井水水质的记录——尽管这口井就位于溪边的河漫滩上，溪水偶尔会漫过溪堤。溪岸边散落着锈迹斑斑的汽车残骸，地上还满是废旧的轮胎，格雷丝·基斯卡登正在努力处理这些轮胎。"我不想要它们了。我正努力扔掉它们。这些东西真是碍眼。"她后来说道。

没有水，巴兹将无法继续住在这里。他和斯泰茜以及贝丝不一样，他无力购买哪怕一丁点东西。巴兹丢了原来在迪纳梅特工厂做炊具的工作，他的身体也不好，不到 40 岁就得了糖尿病。现在他每天早上都要吃止痛药，外加六七片治疗膝盖和肩背关节炎的药，另外还要吃一片治疗心脏病的药，再加一片胃药。

和巴兹通话结束后，贝丝把巴兹讲的话向史密斯夫妇复述了一遍。当贝丝介绍巴兹的过去时，史密斯夫妇认为，巴兹是那种最糟糕的原告。他的健康问题，再加上他的吸毒史和犯罪前科，都会削弱他在法庭上的可信度。但是，巴兹有合法的申诉理由，而且他的检测结果或许可以帮助他们更清楚地了解当事人所受的伤害。于是他们同意和他见面谈一谈。

第二天，2011年6月2日，巴兹·基斯卡登分别给环保部和山脉公司打电话，然后搬到了几百码之外贝恩敦路他母亲家地下室的一间煤渣砌的房间里。格雷丝也开始担心自己的水和空气有问题。虽然她说自己一生从未头痛过，但是去年夏天她就晕倒过一次。格雷丝和儿子长得很像，同样苍白的皮肤、冰蓝的眼睛和稀疏的白发，但两个人行事却完全不同。格雷丝从不吃药，连阿司匹林也不吃。她用醋、蜂蜜和蒲公英茶治疗感冒等小病。不久之后的检测结果将显示，她尿液中苯的浓度也超标了。

2011年6月6日，环保部的水质检测员来到"狗补丁"检测水质。他在巴兹家的井边一站，就发现了问题。井口密封不符合规范，又位于河漫滩，因而每次贝恩溪的溪水泛滥，都会淹没井口，任何东西都可能进到井里。

第十五章

缺失的那几页

从哈里斯堡回来后,肯德拉开始寻找环保部黑色活页夹中缺失的那几页。她打电话要求环保部跟进,一边等候麦可贝实验室对传票的反应。慢慢地,在阅读申请许可的公司名单和总设计图的过程中,肯德拉和约翰发现为井场干活的还有其他企业,需要发出更多的传票。一箱箱的资料开始涌进他们的办公室。他们收集的资料越多,越清楚耶格尔(他们对耶格尔井场的简称)正在发生什么,以及对他们的当事人有怎样的影响。

2011年夏天,环保部发来几份整改报告。从其零碎的描述中可以大致了解到耶格尔井场正在进行大规模清理。山脉花钱请承包商把那片山坡 4,250,000 磅重的泥土挖出来运走。肯德拉知道,政府只有在问题很严重的情况下才会要求做出如此大规模的整改。报告后面附的土壤检测结果显示,土地依然被苯系物和砷污染了。肯德拉确信自己可以打一场大官司,她的身份将在职业生涯中第一次从公司辩护律师转变为原告律师。史密斯夫妇问斯泰茜是否愿意当本案的具名原告。如果愿意的话，黑尼起诉山脉一案将使斯泰茜、贝丝、巴兹和他们的家人与山脉公司等方面对立起来。他们将指控公司以不同的方式伤害了自己。但具体是什么方式，史密斯夫妇还不知道。鉴于此案规模之大，将花费几千个小时进行法律和环境调查，花费一年的时间向法庭提交法律文件。与此同时，史密斯夫妇将和环保部打两场官司：第一是代表贝丝要求政府部门履行职责；第二是如果巴兹家的井水确实受到污染的话，让巴兹用上干净的水。

除了按时间顺序列出井场可能发生的失误，肯德拉还详细列出了几名当事人出现健康问题的时间表。那些水质检测报告非常关键：她需要知道他们的饮用水和洗澡水的水质。肯德拉和约翰开始发出传票。一旦开始起诉山脉公司，这些信息将成为证据开示的一部分。在证据开示这道审前程序中，双方会从对方那里收集证据。肯德拉从她认为对此案所知不多的承包商入手。从外围入手是业内的惯常做法，因为他们不知道哪些该说哪些不该说，提供的信息反而可能更多。送来的一箱箱资料中有大量打印出来的电子邮件，包括废料清单和现场工人做的井场维修记录。追踪这些账单是梳理发生了什么事情的可靠方法。几乎每个收了维修费或垃圾运输费的承包商都提交了清单，上面详细列明了所做的工作。

肯德拉坐在大大的办公室的地板上整理资料。从窗户望出去，是一家公司的停车场。纸堆形成了一条迷你的天际线，从她的办公桌一直延伸到柜子，柜子上面放着几盏红色缎面灯罩的灯。棕色的真皮扶手椅和桌子上都堆满了文件夹，桌子上还放着一件荧光黄的背心和一副琥珀色的护目镜，这是去井场要用到的。她先把文件分成两类：一类看上去无关紧要，另一类可能包含对起诉环保部和山脉资源有用的线索。肯德拉在整理整改报告时发现，时间顺序不对。她知道钻屑坑在 2010 年就泄漏过一次，但清理工作在一年后才开始。她回到环保部的网站上去查，发现这个坑在 2011 年春天再次发生了泄漏。最后她发现压裂池也发生过几次泄漏。肯德拉意识到，耶格尔井场废料池的问题既不是秘密也不是孤立事件。她怀疑自己正在揭开山脉公司的一个系统性问题：尾矿坝发生了泄漏，连接尾矿坝之间的白色临时管道也发生了泄漏。

"我们都知道它们发生了泄漏。"红橡树水务公司的一名管道工在给另一名管道工的邮件中写道。但耶格尔井场的问题似乎特别严重。一名管道工在另一封邮件中问自己的同事，在遇到"你所能想象的最糟糕的返排坑"时，应该怎么处理。他的同事回答他："不是山脉的卡罗尔·贝克就是耶格尔。我要到隆派恩镇的耶格尔井场去一趟。"

肯德拉从越来越厚的资料中找到了承包商无数次修补薄膜漏洞的记录。动物掉进尾矿坝和钻屑坑的事时有发生。他们从尾矿坝捞出来两头鹿，从钻屑坑捞出了一只狐狸。从来往邮件可知，动物们在挣扎时把薄膜扯破了，污染物有可能会从这些破损处泄漏出去。

还发生过好几次液体泄漏事故，其中包括 2011 年 2 月 8 日那次，一辆油罐卡车在冰面上发生侧翻，两名保安险些丧命，废液洒落一地。肯德拉还从内部邮件得知，山脉的法规事务主管卡拉·萨茨科夫斯基对山脉的员工直接打电话向环保部报告泄漏一事感到非常愤怒。

那年冬天，临时管道不断被冻裂。山脉资源的皮特·米勒对红橡树水务没能发现三个泄漏点的事显然非常恼火。"米勒先生对我们很失望。"红橡树的安全与合规事务主管理查德·霍夫曼在给手下的邮件中写道。他们必须保证不再有返排液从冻住的管道中渗到土地里。"我们必须定时巡查这些管线，我们的现场员工不会判断是否发生了泄漏，但一滴也是泄漏。"

肯德拉从运输清单中发现，本该运到俄亥俄州一个垃圾填埋场的污泥，却被运到耶格尔农场的废料池，和其他的废料混在了一起。她在每次装货的收据上看到，目的地一栏，俄亥俄州的填埋场被划掉了，有人潦草地写上了耶格尔。耶格尔的废料池之所以如此繁忙，是因为其他井场的几千加仑的压裂液和泥浆都被送到这里，而据她所知，官方并不允许这么做。

整个2011年，史密斯夫妇列出的事故时间表越来越长，一个活页夹又一个活页夹的资料，把事务所那间没有窗户的复印室也占用了。约翰把它命名为"黑尼资料室"。那年初秋，肯德拉仍在等环保部把缺失的那几页送来，却收到了麦可贝寄来的一份完整的水质检测报告。她发现缺失的那几页报告足以定罪。其中就包括对检查井井盖下面的泄漏监测区域所做的检测。一旦将这些检测与山上发生的其他事情联系起来，肯德拉相信，通过追踪化学物质向山下的流向，就能够证明井场和当事人的水源之间的联系。

肯德拉在分析报告方面有一个优势，她可以直接看懂原始数据，而不必完全依赖当事人拿到的那份总结报告。两者之间的区别是，原始数据中包含了水中发现的所有物质，不会像检测报告那样被操纵。列出的一连串化合物令人头晕目眩，肯德拉可以轻松地将其中许多归为一类，然后继续往下看。但她追求的是精确度，而精确则需要细致的分类。肯德拉在研究原始数据时发现，贝丝和斯泰茜两家的水质检测报告中只显示了少量的氯仿、炔丙醇、甲醇、乙二醇、丙二醇，以及油和油脂。另外，斯泰茜家的水里还含有苯酚，这种物质也出现在她的吸入物检测报告中。所有这些化学物质的含量都很低,低于报告的检出限,但肯德拉清楚地知道,水中是不应该出现这些化学物质的。

肯德拉在堆积如山的文件中发现了一件更麻烦的事:同样一份检测报告却有多个不同的副本。有些副本上有二醇类,有些没有。斯泰茜和环保部收到的检测报告上都没有二醇类。肯德拉怀疑有人篡改了这些报告。

为了回应肯德拉的举证请求,山脉还给她寄来了罗恩·耶格尔及其牛群的饮用水检测报告。肯德拉发现,早在2010年,耶格尔家饮用水中的含盐量已经高到足以说明水质受到了污染。但是没有证据显示山脉告知耶格尔此事。据她所知,耶格尔和他的牛群依然在喝这些水。肯德拉再次发现同一样本的测试报告有多个不同的副本,显示了不同的检测结果。肯德拉在其中一个版本上看到,实验室测得耶格尔家泉水里乙二醇的含量是10.2毫克/升,但是在接下来的那个版本中,则完全没有二醇类。肯德拉研究了一下检测方式,以弄清事情的真相。她发现,实验室把检出限从10毫克/升提高到了20毫克/升。因此乙二醇的含量比新的检出限低,报告上就没有把它列出来。这把戏看起来多么高明啊!在肯德拉看来,这意味着更改报告隐瞒水污染的实验室也存在过错。

山脉资源的劳拉·罗斯米塞尔把这些报告寄给了罗恩·耶格尔,同时附上一封信,解释说水中的含盐量较高,可能是镇区为了防止路面结冰而撒盐造成的:"氯化钙是一种很常见的路面融雪剂,而今天取样的泉水又都位于公路附近。"于是肯德拉和约翰给和睦镇所属的安维尔镇区官员写信,询问是否使用了路盐。安维尔镇区官员回信说,他们没有使用路盐。他们用的是煤渣,没有很高的含盐量。劳拉·罗斯米塞尔在有意无意之间，凭自己的想象，生生造出了一个污染源。

肯德拉回想起开车经过耶格尔农场时，那块立在牲口棚中写着"宾夕法尼亚牛肉质量保证项目认证生产商"的黄蓝两色的牌子。这个项目的本意是确保牧场以"对消费者安全而有益健康"的方式饲养肉牛和奶牛，从而提高消费者对宾夕法尼亚牛肉和奶制品的信心。然而项目组却没有对新的油气施工的潜在危害进行监督。肯德拉担心，耶格尔可能在不知情的情况下，在出售之前已经给自己的牛喝了至少六个月的污染水。而且没有办法追踪它们已经到了食物链的哪个位置。

第十六章

彩虹水

2011年夏末,斯泰茜从环保局的一位友好的督察那里听说,山脉公司准备关闭那个巨大的废料池至少一段时间。对斯泰茜来说,这意味着她和孩子们可能不久就能回家了。七月的一个夜晚,斯泰茜决定举办一次烤鹿大餐来庆祝,她邀请了妹妹和几个朋友到农场来。他们围坐在篝火旁,把克里斯去年冬天宰杀的那头鹿烤了吃。吃完饭,孩子们把柴堆点燃,火苗蹿到50英尺高的夜空中。火苗这么高,以至于谢莉的丈夫,身为和睦镇消防队员的吉姆还给邻居打电话,让他们放心。谢莉坐在院子里,跟大家讲她戒烟的故事:她喝了半加仑棉花糖口味的伏特加,又抽了两包烟,之后就在椅子上昏过去了。她说,从那以后她就没再抽过烟。

此时,隔壁贾斯塔布里兹的阿什莉正在做噩梦。她梦到了死马。约迪死后,阿什莉已经不再想和动物建立亲密关系。但是参加绕桶比赛是她的职业,因此她开始训练新马欧基。欧基是一匹登记在册的夸特马,有着无可挑剔的完美血统。欧基和阿什莉在绕桶巡回赛中配合得不错，他们开始在比赛中获得名次，并有了收入。阿什莉夜里睡不着时，会到牲口棚去找欧基和高大的花骟马杜德，一边给它们梳毛，一边给它们讲约迪的故事。当两匹马嘶鸣时，阿什莉相信它们听懂了自己的话。

七月的一天傍晚，阿什莉把杜德牵出来，进行每日一次的遛马。她骑着这匹高头大马穿过麦克亚当斯路，然后经过邻居加勒特家。废料池位于加勒特家那块地的角落里，但他们却没说自己的水有什么问题。加勒特先生告诉贝丝，如果他们家的水不能喝，那他就喝啤酒好了。阿什莉用脚跟夹了夹马的侧腹，引导他爬上陡坡，绕着废料池的围墙走了一圈。

杜德对于阿什莉是个安慰。他耐心而又可靠，把阿什莉照顾得很好，阿什莉也很爱护他。那天，杜德在溪边低头喝水，突然后腿直立起来。阿什莉想强迫他过溪，但他怎么也不肯。杜德还处于训练期，还在学习听从主人的指令。但他就是不肯移动半步。阿什莉跳下马，想仔细看看是怎么回事，结果她听到了咕噜噜的冒泡声。阿什莉看到水里面有七色光。她立刻回到马上，马不停蹄地跑回家。一些像油污一样的东西正流过牧场。"彩虹水。"阿什莉一回到家就告诉妈妈。贝丝则和往常一样，给斯泰茜打了电话。

那天晚上，斯泰茜来到贾斯塔布里兹，并坐上了沃尔斯家的那辆四轮摩托车。她和贝丝把车开上山脊，来到阿什莉发现溪水里有油污的地点。贝丝用手机拍下了冒泡的溪水，水中充满了油性物质以及肥皂泡似的东西。斯泰茜注意到，有油污溢出的地方不止一处，地上有几十处小渗漏点。有人往溪里扔了几捆干草，以阻止油污扩散。

第二天早上，贝丝给鱼类和野生动物管理局以及环保部打电话，报告了山上发现彩虹水渗出的事。环保部派了一名水质检测员过来检测。检测结果显示,水里含有油、油脂和亚甲蓝活性物质,后者是钻井过程中使用的一种清洁剂。

环保部的检测员还发现了一些不正常的事。井场的钻屑坑边上,停着几辆迪安氏水务的水车。这些水车在这里做什么,他感到纳闷,于是拍了照片。扬特科一看这些照片,就知道是怎么回事了,并为此感到很不高兴。不久前,卡拉·萨茨科夫斯基给他打电话,耶格尔井场被污染的泉水无法自我修复,因此她想往发生泄漏的废料坑中灌入30,000加仑的水,冲洗废料坑,使泉水变得干净,这样才有可能在两个星期后环保局派人来检查耶格尔家的水质时蒙混过关。这次检查是环保局主持的全国饮用水研究的一部分。扬特科回复萨茨科夫斯基说,把水倒进受污染的坑中只会使污染物更加深入地下。他要求对方先获得书面许可再说。

萨茨科夫斯基没有申请书面许可就下令往坑里灌水。扬特科看到迪安氏水务的水车在给已经发生泄漏的钻屑坑注水的照片后,知道了卡拉没有听自己的话。"这是有意为之且胆大妄为的举动,可能已经造成额外的污染物进入水源——耶格尔家的泉水水源。"他在给上级的邮件中写道。这种给钻屑坑注水的做法违反了1937年通过的《清洁溪流法》。这部法律和其他四部法律一起,共同守护着联邦水域。联邦水域属于公共所有:州政府代表全体宾夕法尼亚公民代管。

两个星期后,里克·威尔金[①]带领他的环保局团队如期来到耶格尔井场时,他和他的检查员都不知道山脉已经把水注入了泄漏的钻屑坑

---

① 里克·威尔金:即前文的理查德·威尔金,里克为理查德的昵称。

并污染了泉水。威尔金一行人穿着风衣和斜纹布裤子，在加勒特家附近的山坡上走来走去。从远处看，他们就像一个法医小组，在枯草中寻找什么恶心的东西。对环保局来说，事实证明为了全国饮用水研究而进行的必要测试是非常困难的。政府努力说服油气公司参与此事。没有这些公司的允许，环保局无法进入他们的工地。一个月前，环保局曾打算参观耶格尔井场，但是卡拉·萨茨科夫斯基不允许他们进去。她在给一名山脉员工的邮件中写道："休，保安有什么理由允许环保局的人进入井场？他们不是监管部门，因此没有权力进入我们的井场。我们不应该放他们进去。"

现在，一个月过去了，调查人员依然被拒之门外。采访那天，我坐在约翰·沃尔斯的四轮摩托车后座上，他开车沿着废料池下方那道泥泞的堤岸往山上开，我们要去看彩虹水有什么变化。这时我看到周围的山坡上散布着环保局的调查人员。土地非常泥泞，几十条小溪流从泥土里涌出。水面升起一团浓浓的水汽，像烟雾一样，空气中充斥着漂白剂的味道。

四个月后的十一月，萨茨科夫斯基把事情通知了自己的上司。"我们用大约30,000加仑的水冲洗了废料坑，但是考虑到废料坑泄漏的时间已经很长，我担心这些水远远不够。"她写道。她建议山脉主动为耶格尔家挖一口新井。"我认为这样做可以避免环保部下令让我们提供替代水源。"一旦环保部发布指令，污染的事将会被公开。即便环保部隐瞒了污染，她也担心更换水源会产生一系列复杂而难以预料的后果："我怀疑，如果我们同意更换水源，这一地区的其他人将会听到风声，我们面临的诉讼将会越来越多。"即便如此，她依然认为，为了使"支持我们的土地所有者感到满意"，即使接到环保部的指令，也是值得的，她写道。她的上司雷·沃克回复她说："我同意。我们应该为他们更换水源……老天保佑，下几场暴雨吧！"

那年夏末，斯泰茜听说巴兹和他的孙辈身体都不太好，于是决定去看看他们。一天早上，她沿着公路开车来到"谷底"，看自己是否能帮上什么忙。斯泰茜和和睦镇以及繁荣镇的其他人一样，已经很多年不来这座废品场了。巴兹和州警之间的追车大战以及其他这类故事，早已在这个小地方传开了。

斯泰茜把车停在那辆生锈的面包店送货卡车和一间烧焦的外屋附近，然后登上充当门廊的混凝土块，敲了敲铝门。巴兹正坐在沙发上。斯泰茜问他情况怎么样，巴兹告诉她，自己和孩子们呼吸困难，而且胃老反酸。拖车里满是难闻的烟味，电视桌上放着一大堆琥珀色的处方药瓶。一个氧气筒斜倚着沙发。仅仅在这个房间里，就存在许多可能让巴兹及其家人生病的因素。斯泰茜清楚这一点，但她同时也清楚自己和孩子们都经历了什么，她已经不再怀疑。这里有水：和她家的一样呈灰色，而且有很多沉淀物。但当巴兹不在妈妈家地下室住的时候，还得用这种水做饭、洗东西。

巴兹的医生克里斯琴森和谢莉在同一家骨科医院上班，一直为巴兹治疗受伤的肩膀。当巴兹的术前检查报告出来时，克里斯琴森医生吓了一跳。"他的血液检测结果非常离谱——砷、苯，还有许多我们在其他人血液中从未见过的化学物质，我需要好好查一下资料。"他后来告诉我。克里斯琴森医生了解到巴兹买不起水，于是尝试让山脉资源给他们提供一个"水牛"，但是没有成功。最后，他劝巴兹去健身房。后来山脉的律师在一次盘问中把这件事当作证据，他们认为如果巴兹去了健身房，那说明他的身体没什么毛病。克里斯琴森医生纠正了他们的看法。他这么做是想让巴兹有干净的水洗澡。"我以前也劝病人去健身房，"他跟我说，"但从没劝人离开家。"

从那年夏天剩下的日子一直到早秋，巴兹一边节省用水，一边等待水质检测报告。终于，在九月份，环保部来了一封信。他家的水中含有高浓度的无机盐和甲烷，这两种物质可能和钻井有关，但也不能肯定。"我们强烈建议你给水井留一个通风口。"环保部在给基斯卡登的信中写道。虽然巴兹家的水有问题，信上说，但这些问题却"不是山脉在耶格尔井场钻探所致，也和其他气井相关作业无关"。污染物可能是废品场堆放的旧巴士、船和汽车产生的。

按照这封信的说法，山脉和环保部什么都不欠他。（政府的一名水质检测员让他至少一个月一次，往井里倒半加仑漂白剂，来消除臭鸡蛋味。）巴兹·基斯卡登知道自己不会得到"水牛"了。自家的井水不好，他得花钱从沃尔玛买水，否则就没水喝。信上还有一些地方他不是很明白，于是他给史密斯夫妇打电话，后者现在是他的代理律师。

肯德拉看了环保部的那封信之后发现，除了甲烷和无机盐类，巴兹家的水还有其他问题。里面含有几种已知的压裂液成分。环保部在信中也承认——"环保部的样本中出现了几种低浓度的有机化合物：丁醇、氯仿和丙酮。"但令肯德拉感到费解的是，环保部却认为这三种物质实际并不存在，是实验室失误才导致它们出现在报告上的。在肯德拉看来，这个解释过于取巧了。她阅读了原始数据，实在想不通环保部怎么可以把这些化学物质当成检测失误一笔勾销。（直到后来盘问环保部实验室的负责人，肯德拉才发现自己是对的：根本不存在什么检测失误。）而环保部认为是废品场污染了井水的说法，肯德拉也找不出任何科学依据。

肯德拉告诉约翰,她准备质疑环保部的结论,这意味着他们将再次起诉州政府。这次他们将代表贝丝起诉环保部渎职,这一次史密斯夫妇不得不自掏腰包,而且即使胜诉也不会挣到钱。然而这将成为宾夕法尼亚历史上首宗质疑环保部结论错误且石油和天然气确实污染了水源的案子。跟环保部打这样的官司,无异于给自己招惹麻烦,更不要说打赢了,她对约翰说。

第十七章

"亲爱的总统先生"

在有毒的废料池排空之前,斯泰茜不准备和孩子们搬回家去。因此 2011 年夏天,在等待环保局的答复期间,斯泰茜一直让哈利住在克里斯的"84"小镇。她和佩奇则住在和睦镇的老妈以及老爹家。离开农场后,哈利体内的砷含量降低了,但斯泰茜体内的砷含量却升高了。她经常要回去喂动物,给它们水喝。她们的新生活过得紧张兮兮的。佩奇和外婆由于长时间待在一起而起了冲突,而且父母家的用水问题也越来越严重。斯泰茜、老妈和老爹每天洗一次澡,12 岁的佩奇也是如此,一家人一个星期要去拉夫溪水站三四趟,把家里的蓄水池灌满。斯泰茜很少在父母家,佩奇夏天大部分时间都在那张折叠床上生闷气,他们管那张床叫佩奇的窝。

人们无从知晓哈利身上的病什么时候能够痊愈,他的心理症结又是从什么时候开始的。那些不熟悉黑尼一家,并且不相信他们正遭受化学污染的和睦镇居民,把这一切都归咎于斯泰茜的离婚。那些近距离见过哈利受苦的人则相信,他的病是和化学污染有关。这些人同时也是黑尼家的朋友、邻居和亲戚。六月份15岁生日那天夜晚，哈利是在眼泪汪汪中度过的。他想念自己的家、自己的动物、老妈和老爹，还有和睦镇，他想在农场办一场生日会。但是考虑到污染问题，斯泰茜没有答应。在确保一切安全以前，她不想让其他孩子到农场去。

最后，他们在镇上的公园举办了两个孩子的12岁和15岁联合生日会。斯泰茜叫了比萨外卖，但她自己很晚才到。那天早上七点，她接到一通来自匹兹堡反压裂人士的电话，要她给奥巴马总统写一封私人信件。电影《天然气之地》的导演乔希·福克斯将和总统见面，并把斯泰茜的信交给他。斯泰茜心里依然相信，如果她能以一个母亲的身份直接和奥巴马用平实的语言对话，她就能说服他来保护自己的孩子，以及其他住在乡村边远地区，为天然气热潮付出代价的家庭。

"亲爱的总统先生"，斯泰茜提笔写道。她讲述了一遍自己的遭遇，以及一家人现在的状况："35天前，我们从尾矿坝吸入的化学物质的数量已经到了无法忍受的地步。在医生的建议下，我们离开了家……我知道压裂法开采带来的经济效益，也知道我们国家需要有自己的天然气，但是因此致人生病就是犯罪！……农民甚至［不被允许］驾驶拖拉机穿过宾夕法尼亚的溪流，但成千上万的致癌化学物却可以倒在我家隔壁，致使我的孩子们每天吸入……我觉得我们陷在了一个噩梦里。求求你，求求你帮帮我们。"

六月变得非常漫长。一天晚上，斯泰茜上完12个小时的班匆匆回家换上黑色正装长裤和白衬衫。鉴于全国对压裂法的关注，奥巴马总统已下令能源部长朱棣文成立一个天然气小组委员会，就如何更安全地开采天然气向联邦政府提出建议。那天晚上，该小组正在华盛顿与杰斐逊学院召开公开会议，听取华盛顿县居民的意见。

油气公司用大巴车把支持者送到会场。一个星期前,"深度能源"(一个支持天然气开采的博客)的咨询师汤姆·谢普斯通发邮件称,愿意为前去观看匹兹堡海盗队比赛的人提供免费的巴士接送、旅馆房间、餐饮和门票。邮件曝光后,棒球门票一项被删去了,但"深度能源"的发言人克里斯·塔克辩护说:"在整个中大西洋地区,无论何时何地举行地方乡镇会议,我们的对手都会这么做的。"他又补充说:"区别在于,我们并不是把大家送去参加地方乡镇会议。这次是国家能源部主办的一个公共论坛。我们的乡亲们有权去参加,如果我们在这件事上有发言权的话,那么他们同样也有。"

小小的礼堂挤满了将近500个人,其中大部分是油气公司的支持者。晚上7:05,斯泰茜到达时,向小组发言两分钟的机会已经被支持者占去。斯泰茜根本就没有说话的机会。后来她认识的一个教授把自己讲话的机会让给了她。斯泰茜默默地等了四个小时,她发现只要有人拿过话筒讲压裂法带来的问题,礼堂后面就会有人举着一张一美元的钞票起哄。斯泰茜走过去用手指着他的脸。

是这样的,老兄,她说,我的孩子病了,而人家正在努力说话。他停止了讥讽。晚上11点左右,斯泰茜作为最后几个拥有两分钟发言机会的发言者之一,从礼堂的过道走下来。她低下头,凑近面前的立式话筒。

"我的孩子,正受到这些有毒化学物质的伤害。"她开始发言,只一句话就把自己和前面那些支持者区分开来。"由于天然气开采,我们的生活全毁了,也没有了工作,再多的金钱也无法偿还我的孩子过去两年的生活。"斯泰茜讲完,抬头看了看台上五位面露倦容的专家,希望至少打动了其中哪怕一个人。

夏天不知不觉地过去，斯泰茜仍然在为起诉山脉的案子收集证据。2011年华盛顿县集市开始前几天，斯泰茜去农场喂完牲口之后，开车上山去耶格尔家。现在看来，这家牧场的饮用水受污染一事已经很明显了：七月份，山脉开始付钱让迪安氏水务送来一只5,100加仑的"水牛"，每个人都知道这件事。

虽然罗恩和莎伦·耶格尔一开始不知道，但他们手中有一份斯泰茜和贝丝都没有的关键证据：一份可以用作水质参照物的钻前水质检测报告。根据法律，山脉必须检测他们家的水质，因为耶格尔家位于所谓的推定范围内。

肯德拉知道环保部肯定有这份报告的副本，于是她继续寻找。找到后，她提醒耶格尔的律师，这份报告可能帮他为当事人争取到清洁的饮用水。肯德拉也希望得到一份报告的副本，但是需要耶格尔同意后，环保部才能寄给她。斯泰茜于是主动来到耶格尔家，看看是否能促成此事。

那天下午，斯泰茜把车停在耶格尔家门口，她发现莎伦·耶格尔正在房子外面。斯泰茜向耶格尔太太要那份钻前检测报告，但是耶格尔太太却不太愿意。每次他们打电话给律师都要花钱，斯泰茜记得耶格尔太太这么跟她说。他们不想介入这件事。斯泰茜生气了。介入，她对耶格尔太太说，他们*已经*身陷其中了。斯泰茜告诉耶格尔太太，她的房子已经变得一文不值，她也不知道两个孩子将来会怎么样，他们的血液里有那么多的致癌物质。她隔着车窗对莎伦·耶格尔说，如果你们不把报告送过来，我的律师会给你们发传票，那样你们花的钱更多。说罢斯泰茜绝尘而去，车轮下石子飞溅。

几天后，斯泰茜设法把两个孩子和他们的动物送到了集市举办地。那个八月的星期六，斯泰茜和谢莉在宿营车上开起了动物美发沙龙。斯泰茜给佩奇的山羊克兰奇吹毛发，接着又给哈利的山羊温斯顿·丘吉尔吹。（丘吉尔的名字是谢莉替哈利给这只山羊起的，因为哈利身体不舒服。）很难想象，此时距离他和布茨获得"才艺表演总冠军"以及卡明斯死去才不过一年。斯泰茜和佩奇一起去参加上午 9 点举行的午餐肉比赛。她们做了一个塞满午餐肉的玉米面包，并给它起了个名字叫"午餐肉早上好面包"，面包散发着小苏打的咸味和防腐剂的浓重气味。

虽然斯泰茜从农舍抢救出一个青花搪瓷盘子，但是却没有装饰衬垫。一个没有装饰衬垫的盘子是不会打动评委的。"我怎么找也找不到装饰衬垫。"她跟佩奇说。她们站在潮湿的帐篷下，看着评委们在台上走过来走过去。

"妈妈，我们就是这样。"佩奇说。

"我们*现在*就是这样。"斯泰茜回答说。

评委公布了结果，斯泰茜感到非常失望。这是佩奇三年来头一次没有取得名次。斯泰茜在集市周围转悠，没看自己平时喜欢的那些比赛，包括踏板比赛：一个蹒跚学步的孩子，身穿一件印有"未来乳品公主"字样的粉红色 T 恤，正在使劲地蹬一台约翰迪尔玩具拖拉机的踏板。斯泰茜的目光被秀场椽子上挂的鲜艳横幅吸引了。今年油气赞助商的数目激增，包括赖斯能源、EQT，以及山脉资源。许多企业员工在集市上当志愿者。对于这些公司来说，集市给他们提供了一个拓展服务和直接接触社区的重要机会。正如山脉的迈克·麦金后来对我说的："我们生活和工作的地方在华盛顿县——设立个站点供人们咨询再好不过了。"山脉还能收集到许多有价值的消息：这家企业已经与集市委员会成员建立了密切联系。"他们能告诉你许多当地人的信息,"麦金接着说道,"以及许多你做得好和做得不好的地方,还有如何改正。这对我们来说非常重要——是真正诚实的反馈。"

在斯泰茜看来,山脉的出现无论如何也谈不上诚实。她突然意识到,这些企业正试图把自己的名字贴在别人的生活方式上,作为一种廉价的营销方式。她走进一间四健会大厅,老爹的灰胡桃正在那里等待评委打分。在一堆工艺品中间,有人用乐高积木搭了一台帕特森钻机。钻机上挂着蓝色的缎带。

斯泰茜一直要求孩子们遵守的游戏规则似乎已经不再有效。然而事实证明,她并不需要完全绝望。佩奇虽然没有在午餐肉比赛中获得名次,但她在山羊和兔子的比赛中获得了第一名。哈利的情况则不一样。他在集市上走来走去,眼神愤怒。忘了大学,他想,忘了那个当建筑师的黄粱美梦。他要离开和睦镇,像老爹一样去参军。除了集市,去哪都好,而这一切也并非没有征兆。温斯顿·丘吉尔表现不太好,哈利屈居第六名。他认为山脉要为自己不再热爱集市以及不再热爱生活负责。

而且事实是他们回不了家。斯泰茜和孩子们想在农场住几天,但是不到几个小时哈利就病了。臭味从上面的井场飘下来,不久他们从环保局了解到,那个废料池根本不会关闭。斯泰茜觉得他们不能再这样每天晚上都换地方了。她能找到的最好的住宿方法,就是把宿营车停在父母家的车道上,然后睡在宿营车里。这意味着她和克里斯见面的机会更少了,因为哈利将不再住在他家,而她又不想让两个孩子独自过夜。但不管怎么说她已经很少见到克里斯了,而她又不得不把两个孩子放在第一位。一家人能聚在一起非常重要,而住在宿营车里是实现这个愿望的唯一方法。他们无法在那辆老旧的蓝白两色的科奇曼里过冬，于是斯泰茜把它卖了，又付了 27,758.65 美元，分摊到每个月为 230.51 美元，买了一辆全新的宿营车。她动用了山脉刚刚开始按月付给她和贝丝的那笔土地使用费。在头六个月里，气井的效益最好时，斯泰茜收到的都是大额支票，金额从 3,500 美元到 6,000 美元不等。扣除税金后，金额少了三分之一，但仍然是一大笔钱。斯泰茜正在努力攒钱，为新房子的首付做准备，万一他们真的需要买个新房子呢。买宿营车是斯泰茜攒钱计划的一部分。这可比租房子便宜多了。随着外州工人的到来，住房供不应求，租金也以每月 12% 的增幅在往上涨。这为乡下家庭增加了一笔隐形开销：邻县就有一些再也负担不起足够住房的家庭被迫把自己的孩子送去寄养。斯泰茜决心要保持自己家庭的完整，即使他们正住在宿营车里，佩奇睡双层床，哈利则睡在钢板地面上的一堆豹纹垫子上。

第十八章

暴动者

到了2011年秋天，关于压裂法的争论越发两极分化；讨论的浪潮远远超过了宾夕法尼亚，在全国蔓延开来。在民主党占优势的纽约，反压裂人士正努力争取取缔这种方法。他们的理由是水污染等种种危害。他们的立场是基于预防原则：如果某个产品或者方法可能会对公众健康造成危害，即使此类危害尚未完全确定，那么最好还是不要使用。

为了对抗这种论调，及其可能引发的当地民众对自己的反感，2011年10月，油气行业的成员们齐聚得克萨斯的休斯敦商讨对策。这次会议的主题是"媒体与利益相关者关系：2011水力压裂倡议"，会议被宣传为成立"统一战线"的手段，以应对有关危害的虚假指控和"干预性监管"的威胁。有"得克萨斯莎伦"之称的环保活动家莎伦·威尔逊决定参加这次大会。她代表"地球工程"公开登记。"地球工程"是一个旨在保护人们免受采矿业负面影响的非营利性机构。"地球工程"为她支付了登记费。威尔逊戴着"地球工程油气问责项目"的名牌走向会场，从那些身穿黑色西装头戴耳机的男士身边走过。这和她平时参加的那种类似"吊人索"的集会很不一样。那种会上坐的都是受惊的农民,手里紧紧握着一罐浑浊的水。

威尔逊开始录音了,她的大腿开始冒汗。她时刻准备着有个穿西装戴耳机的家伙走过来敲她的背,或者发生其他更糟糕的状况。第一个发言者令她颇感意外,这人一上台就呼吁大家表现得友善温和一点,以获得公众的支持。但是第二个演讲者上台时,那种和解的气氛顿时消失得无影无踪。

"请下载《美国陆军/海军陆战队反暴动手册》,因为我们正在和暴动做斗争。"阿纳达科石油的外事部经理马特·卡迈克尔说。虽然威尔逊想在被抓之前溜出去,但她还是坐着没动,等待山脉资源的发言人马特·匹兹雷拉的发言。匹兹雷拉在华盛顿县长大,就读于宾夕法尼亚的加利福尼亚大学。秃顶的他剃了头,不时地扶一扶额头上的太阳眼镜。下一个发言的就是他。

"我们有几名打过心理战的成员。他们加入山脉,是因为他们在应付当地问题和与当地政府打交道方面有丰富的经验。"他说。"心理战"是一种反暴动战术,国防部规定只能在美国以外的地方使用。按照匹兹雷拉的说法,山脉正在宾夕法尼亚使用这种战术。"实际上,他们所做的,就是花大量时间帮助人们制定地方性法规,以及诸如此类的一些事情,"他说,"但是拥有在军队和中东的心理战经验,对我们在宾夕法尼亚运用这些战术帮助非常大。"他提到了一个叫吉姆·坎农的前海军陆战队成员。这个人在伊拉克自由行动中服务于美国陆军特种作战司令部,现在是第303心理战连的一名预备役军人。坎农现在在宾夕法尼亚担任山脉资源的地方政府关系经理。当得知匹兹雷拉把自己说出来时,坎农顿时火冒三丈。匹兹雷拉的话把他置于一个理亏的境地。他知道在美国国内开展军事性质的心理战是违法行为，而他干的并不是这种事。说句公道话，心理战的首要目标并不包括杀戮，而是为了赢得舆论的支持。而且，虽然坎农敢于在社区集会上，站在500名愤怒的群众面前，试着用现场公关平息他们的怒火——这得益于他在伊拉克战场的经验，但除此之外的其他任何比较都是胡说八道。

威尔逊把自己的录音交给新闻界，将匹兹雷拉的话公之于众后，他曾试图为山脉发动反暴动战争的观点开脱。"我想我们不会这么做，"匹兹雷拉说，"你面对的不是暴动者，而是住在镇上想知道你们在干什么的普通民众。"但是山脉公司认为自己正和华盛顿县的暴动者对抗这一观点，现在已经成了公共档案的一部分。

在威尔逊看来，山脉资源关于发动心理战的说法并不是大会上最令人感到不安的内容。更糟糕的是一个名为"利益相关者情报"的新兴行业的推销术语。软件推销商阿龙·戈德华特对着人头攒动的听众说："今天有许多人——用我的话说……我是这么听来的——都在谈论和利益相关者作对，要反抗一下利益相关者。因此，如果你们看看这方面的行家里手，就会发现这些人都是军人，他们做的唯一一件事，就是收集情报……你是如何收集你的利益相关者的情报的呢？"

他在推销一款绘图软件。这款软件可以用来追踪威尔逊这类人所属的圈子：家人、朋友、其他反压裂人士。屏幕上布满一系列点和线的地图，追踪了戈德华特在其所属的公司朱拉特软件所能提供的资讯服务类型。它并非唯一一家绘图服务公司。企业研究公司FTI咨询也提供类似的服务。这家公司的客户包括许多大型石油公司。油气行业居然用绘图软件来追踪她这样的人的圈子，想想都让人不寒而栗，于是莎伦·威尔逊做了一番调查。她发现FTI咨询和大烟草公司有联系。例如，FTI 咨询的高层戴维·夸斯特就是菲利普·莫里斯美国公司[①]的母公司奥驰亚的前媒体事务经理；现在他在"深度能源"这个攻击反对者的油气行业博客工作。"深度能源"的部分资金来源正是山脉资源。

威尔逊在博客上介绍了这次会议和得克萨斯正在发生的苯污染水事件后，山脉资源试图控告她诽谤。威尔逊继续发她的博客。"我非常泼辣，虽然内心有一点害怕。"她告诉我。成为山脉资源的攻击对象后，威尔逊在反压裂团体中的地位直线上升，已然成为超级明星。

"谢谢你，山脉资源，你们这是在搬起石头砸自己的脚。"她说。

在油气行业看来，这类争吵已经超过了公关失利的范畴。威尔逊等反压裂人士和马克·鲁法洛、罗伯特·雷德福以及小野洋子等名人的高调反对，对他们构成了实质性的威胁。在海外战区和不稳定地区钻探了几十年的油气行业已经惯于应对政治风险，计算关于战争和动乱的不稳定因素也是生意的一部分。在美国本土开采的一个好处是，石油巨头们可以预见更稳定的政治关系。可是基层对压裂法的反对却威胁着这种稳定。这种反对可能改变舆论，而在一个民主国家，改变舆论则意味着有能力改变投票结果和法律。

---

① 菲利普·莫里斯美国公司：美国最大的烟草公司，旗下产品有万宝路等。

第十九章

举证责任

那年秋天的足球赛季开始时,肯德拉·史密斯的 SUV 里堆满了一箱箱的资料。每天在办公室里,她面前总是摆着一大摞文件。如果无法在下午 5:45 之前把它们看完,肯德拉会把剩下的装进另一个白色的箱子里,扔到车后座上,然后送孩子们去训练足球。她正在指导三个不同的小组,训练期间,她争取把文件留在车里。她的儿子达科塔问她为什么总有那么多家庭作业,孩子们已经习惯朝边线望去时,看到一头浅褐色头发的妈妈正在低头看苹果手机。她没有注意到自己的头发已经开始变灰。

肯德拉在为黑尼起诉山脉的立案过程中认识到,这个案子最难的部分在于:证明她的当事人确实受到了化学物质的伤害。如果她能证实当事人体内的化学物质来自上面的井场,那么她就能够证明两者之间必然存在联系。

因为各种各样的原因,这并非易事。首先,她依然不了解山脉及其承包商使用的全部化学物质都有哪些。虽然山脉对自己的股东说,他们已经把每种成分都列在了 FracFocus（一个化学品登记网站）上，但那上面的信息一点也不全。作为一名有着 20 年从业经验的民事辩护律师，肯德拉知道如何对一个案子提出疑问，以及如何给对方的举证制造困难。这一次，她是案件的"对方"：不是代表一个强大的行业，而是面对一个强大的行业。

事情并不只是收集证据这么简单。在一个如此复杂的案子中，胜负也取决于谁讲的故事更好，谁能够使法官或者陪审团相信，他们的主张更有事实依据，哪怕只是获得 51:49 的微弱优势。史密斯夫妇取胜的关键在于能否将所有这些证据清晰地表述出来。一连串陌生的化学品、互相矛盾的描述、包括孩子在内的原告，这些都使这个案子不好理解。一天下午，肯德拉在会议室里对我解释说："把那些证据转换成法庭语言真是一项艰巨的任务。"

她把问题分解为原因和结果。她之前经手的大多数化学品伤害案都和工作有关。在那种案子中，双方均知道工作场所存在危险品，也知道可能会受到危害。她的工作通常是到现场去，看看有哪些因素减少了对危险品的接触，包括工人在该化学物质周围工作的时间有多长，以及是否有任何减少接触的保护措施。她这样把它们一一列出来：

"你去斯泰茜·黑尼家，即使我们说压裂法没有问题，你也会问，是否有其他可能损害他们健康的因素：溢出、泄漏、排放、空气传播。没错，我已经找到了上述情况的全部证据。接下来看看这户人家和化学物质之间是否有什么阻隔？空气？没有。废料池的安全措施？没有。塑料膜没有经过测试，而且有证据表明废料池发生了泄漏。现在你再看看地形，是否有可能阻隔化学物质的传播？我们手头是否有证据证明化学物质已经污染了水源？是的。虽然不是他们的错，但他们的邻居家的饮用水已经受到了污染。"

"现在你有了空气传播和皮肤接触的证据。他们整天沐浴在化学物质中，而且通过饮用水摄入了这些化学物质。

"第一。你确定当事人接触了危险物。

"第二。接下来你确定了危险物的传播途径。通常情况下你能找到一种传播途径，而我们找到了三种。

"第三。现在你手头有一大堆有毒的化学物质，那么你要问，如果把它们叠加在一起，危害是不是会翻倍。以石棉中毒和吸烟为例。两种情况都有的话，你患癌的可能性将提高 20 倍。你不能把这些化学物质分开来看，你必须把它们合起来看，但他们需要知道应该关注什么。

"真正的问题在于我们还没有摸清所有的化学物质。"

肯德拉的思路并不总是那么容易跟上。有时她正沉浸在数据中，会蹦出几句满是化学名词的法律术语，在语速如此之快的时候，听的人一不留神就会被远远抛在后面。作为一名聪明的与谈者，约翰会把肯德拉复杂的论点翻译一遍，这样法官或者未来的陪审团，就能听懂她说什么。他还利用妻子的调查发现，为即将到来的证人陈述准备问题。

每天晚上八点前，史密斯夫妇都会把孩子们领回家，让他们在客厅里各自的书桌前做作业。他们的家位于一个死胡同里，是一栋殖民地风格的浅色砖楼。接着肯德拉回到约翰为她搭建的台子上继续工作。史密斯夫妇结婚已经 20 年，有 19 年都住在这个家里。约翰知道妻子更喜欢户外生活。"她最喜欢的地方是海滩。"他说。于是他和几个兄弟给她建了一个带有天窗、吊扇、木地板、电视和红色组合沙发的门廊。门廊朝向他们家大大的后院，里面有喜爱体力活动的中上阶层郊区生活的装饰：一个露台、一张巨大的足球网、一个游泳池、一个菜园，以及约翰的曾祖父母在将近100年前从意大利带过来的一个用葡萄藤编织的棚架。

在后院，肯德拉把长裤套装换成宽松的足球短裤，看着孩子们把足球踢进大大的白色球网，她在门廊上扯着嗓子指导孩子们踢球，三个孩子分别是12岁的达科塔，9岁的西恩娜和小女儿安斯莉。安斯莉7岁，身体已经恢复健康，并展示出了和妈妈一样的干劲和运动天赋。后院周围种了一圈绣球花，肯德拉曾经很用心地照料它们，但是最近疏于修剪。现在，她大多数夜晚都会坐在门廊的红色组合沙发上看材料，直到深夜两点。然后早上六点起床，每天平均只睡四个小时。从她在法学院读书的时代开始，她就知道如何在缺觉的情况下依然保持良好的状态。她和约翰分别用两年和两年半的时间便完成了法学院三年的课程。肯德拉同时还参加法律评论，并为一名教授做研究助理。但是在法学院的时候，她无须面对母亲的角色。达科塔、西恩娜和安斯莉需要她尽可能多的关心。她与自己和约翰做了一笔交易：只要孩子们没有觉得受到忽视，她就可以全身心地投入自己的工作。其他一切均不在议程之内，包括像参加同事的迎婴派对这样的事。肯德拉说，只能温和地拒绝邀请，因为她实在抽不出时间。她正在用有限的资源立案——证据开示阶段收到的不完整文件、环保部与政府互相推诿的官僚作风——肯德拉面临的最严重的制约因素都和时间有关。"当人们谈论工作和生活的平衡时，我从未明白他们为什么要用'平衡'这个词。"她对我说。

史密斯夫妇现在不是在准备一个案子，而是在准备三个。每个案子都有自己的一堆文件：沃尔斯起诉环保部的案子，在她的桌子上；巴兹·基斯卡登要求获得洁净水的上诉，在肯德拉办公室的地板上；斯泰茜和另外七个人的庞大案子，则在复印室兼黑尼资料室。

肯德拉的方法激怒了案件的另一方。肯德拉认为细致全面的地方，他们则认为是某种近乎怨恨的赶尽杀绝。在证据开示阶段，为了获取资料，一方的律师会提出一系列问题让对方回答，即所谓的"书面质询"。问题的数目一般在十个左右。而肯德拉在举证请求书中，为每个被告都准备了几百个问题。她并非只质询山脉资源和环保部这些大企业和大部门。她正在列一张名单，名单上的涉事方多达17个。他们都应该为耶格尔井场的问题承担责任，肯德拉说。而且她看到的并不仅仅是事故，她怀疑里面有欺诈。

她发现完全相同的水样，却有着非常不同的检测结果。两份水样都取自贝丝·沃尔斯家。其中一份检测结果是阿特拉斯出的，这家公司去年夏天和国家环保局一起取的水样。另一份检测结果来自山脉的御用实验室"美国检测"。肯德拉能够看到两份报告的主要差异。最重要也是最明显的差别，是阿特拉斯的检测显示有高浓度的硝酸盐（可能引起呼吸问题，并使患甲状腺癌的风险增加），以及少量的其他化学物质、放射性物质和沙粒。硝酸盐的来源有很多种，包括肥料。也可能和钻井有关。然而在"美国检测"发给沃尔斯夫妇和环保部的结果中，所有这些污染物都不见踪影。

随着诉讼的进展，牵涉的被告数目也越来越多，匹兹堡几家为公司提供辩护的顶级律所也被卷了进来。"见鬼，我们把半个匹兹堡都调动起来了。"约翰开玩笑说。

在与对手共事了几十年之后,肯德拉和约翰对他们已经了如指掌。但是现在这些昔日的同事变成了敌人,史密斯夫妇面临着从业以来最严重的挑衅。肯德拉猜测,山脉资源的一名辩护律师肯·科莫罗斯基似乎看她特别不顺眼。肯德拉说有一次在盘问证人时,科莫罗斯基隔着桌子向她猛扑过来。约翰没有看到这一幕。他那天正在教达科塔打篮球。当被问到是否真有此事时,科莫罗斯基矢口否认。"我从未做过有失职业道德的事,包括面对此案的上诉律师,肯德拉·史密斯和约翰·史密斯时,"他在一封邮件中写道,"我要说明的是,在整个职业生涯中,我从未扑向,也从未被人看见扑向史密斯律师,或者其他任何律师。"但肯德拉却回忆起其他一些她认为有失职业道德的例子,例如科莫罗斯基就曾在盘问证人时大声说出她在大学里踢甲级足球比赛的事,说什么这可不是足球比赛。

在肯德拉看来,这些人身攻击都是对手为了恐吓她而使用的笨拙方法,目的是为了提醒她注意,对方正在调查她的背景。他们可吓不倒她。"我有点想笑,"她跟我说,"如果这个家伙的本事就是这些,那他可麻烦了。"在大学教练严格的指导下踢足球,培养了她坚强的意志力,这是肯德拉非常重视的一种品质。"作为一名女性,在这个位置上你必须十分小心,"她说,"在寻求帮助之前,你必须忍耐一下,别人才不会认为你是在打女性牌。"她现在让两个女儿踢足球,就是为了培养她们的意志力。每个人在赛场上都会犯错,但是犯错并不会打败你的队伍。只有当你犯了错却总是耿耿于怀的时候,你的队伍才会落败。脑子里不要想任何人,她对两个女儿说。你想的只能是你自己。

最后肯德拉实在受不了了,她去找法官抗议,法官决定列席他们盘问证人的过程。肯德拉怀疑这些律师之所以如此表演，是因为他们知道她手里有确凿的证据。她为铁路公司辩护过，为新泽西州参加有组织犯罪的人辩护过，和前面那些比起来，这个案子的难度并没有增加多少。

第二十章

监管全州

肯德拉和对方的律师交锋期间,约翰发现自己卷入了一宗起诉州政府的新案子。2011年,宾夕法尼亚的新州长,共和党人汤姆·科比特企图修改该州的《石油和天然气法案》,以支持主要由州政府和化石燃料行业联合起草的新法案《13号法案》。虽然科比特从该行业获得了117万美元的竞选资金,但他感兴趣的可不仅仅是政治。他的兴趣在意识形态方面:他反对环境管制。甫一上任,他便下令州环保网站删除任何与气候变化有关的信息。

尽管压裂法开采带来了前所未有的利润,但是宾夕法尼亚州对油气运营商的钻探权却几乎没有征收什么税费。在《13号法案》下,作为公平交换新原则的一部分,油气企业将向当地政府支付一笔"影响费",每个油井/气井收取固定费用。作为交换,油气企业将可以绕过以前的程序,无须经过小型地方自治体的同意就进行作业。如果钻井公司想在学校旁,或者在教堂的停车场挖一个压裂池,根据新法案,只要这个压裂池距离上述建筑至少300英尺,那么镇政府就无权反对。

实际上，如果新法案生效，压裂池与住户之间的距离，可能比斯泰茜家到上方那个压裂池的距离还要近五倍。

约翰·史密斯对新法案的担忧并不局限于健康和环境问题。新法案可能预示着一些小社区即将破产，而他一直在帮忙起草地方性法规，就是为了保护这些小社区。新法案将使这些法令变得无效，如果一个小镇决心挑战油气企业而到法庭上起诉对方，结果却输了官司的话，小镇将不得不支付对方的诉讼费。作为一名小镇法务，史密斯知道这意味着什么。例如，他的客户鲁宾逊镇每年的预算是40万美元。如果鲁宾逊镇打算控告一家油气企业，而对方雇用的公司律师收费标准却是一小时四五百美元，那么官司只需打上十天，这个小镇就得破产。

这项法案还有一些其他问题，包括对手们所说的医生禁言令：它规定，医生如果想知道哪些化学物质使自己的病人生病，必须先签一份保密协议。按照禁言令，这些医生不能告诉其他医生甚至自己的病人他们体内发现了什么有毒物质。在史密斯看来，这明显违反了《希波克拉底誓言》①。

让史密斯同样感到不寒而栗的，还有其中的保密条款：如果有人自己的水源被钻井污染了，而他又和油气公司达成了协议，那么只要周围的住户用的是私人水井而不是自来水，他们便无权知道此事。像斯泰茜这样的案例，如果罗恩·耶格尔私下里和山脉达成了协议，那他就什么都不会说。

并非只有史密斯一人看到新法案存在的种种问题。反对《13号法案》的斗争并非仅仅发生在左倾的环保主义者和保守的共和党人之

---

① 《希波克拉底誓言》：古希腊医生希波克拉底为规范医生的职业操守而写的誓词。

间。华盛顿县的两名保守派共和党人便是这场抗议运动的领袖。整个2011年,彼得斯镇的戴夫·鲍尔和鲁宾逊镇的布赖恩·科波拉都在为抗议《13号法案》一事奔走,他们不停地到哈里斯堡去,与他们同行的,还有民主党人安迪·施拉德尔。在华盛顿县,彼得斯镇是有名的富裕小镇,就跟鲁宾逊镇是个有名的穷镇一样;彼得斯镇的年度预算高达2,300多万美元,是鲁宾逊镇的五十倍还不止。一天下午,在南波尔特乡村俱乐部,我见到了鲍尔和科波拉,我们一起探讨了他们反对新法案的理由。

"我不反对油气行业,"戴夫·鲍尔说,"但是同样的,我也绝对维护宪法赋予人民的权利。"这项法案侵犯了人民的私有财产权,鲍尔说。这些权利是宾夕法尼亚州宪法的第1条赋予的,其中包括保护私有财产不受侵犯的权利。

鲍尔曾经为美国钢铁公司工作了40年,在8个国家待过,包括委内瑞拉、印度和泰国。他在偏远贫穷地区的采掘业所目睹的情况令他有一种可怕的预感。"我见过资源无比丰富却又穷得一贫如洗的地方,跟阿巴拉契亚一模一样。"他说。在他看来,问题不在资源,而在围绕资源采掘而形成的一套机制:政府的腐败。"天然气新潮、迷人、多变而又活泼,金钱却很沉重。"鲍尔说。在所有这些因素的作用下,油气行业在宾夕法尼亚州和华盛顿特区拥有至高无上的政治权力。他认为,这次的天然气热潮正在以政治支出的方式侵蚀着公共福利,例如进入州长竞选金库的逾百万美元。

与鲍尔并肩战斗的布赖恩·科波拉则有着其他的忧虑。在房地产开发行业工作的他同样相信,任由油气公司"到处钻探"肯定会毁掉房地产的价值。当然,人们有权在他们的私有土地上做任何事,但是他们没有权利伤害其他人。有一句古老的拉丁文格言说得好：*Sic utere tuo ut alienum non laedas* ——"使用自己的财产时不得伤害他人"。

科波拉还看到另外一个正在浮现的问题。2011 年，一些非法成立的小型公司争相希望得到大公司的收购。埃克森美孚和雪佛龙等超级巨头开始涉足页岩气。其中尤以马塞勒斯地区给出的预期回报最为丰厚。但是这些优势却受制于运输问题。页岩气和石油不一样，无法用卡车运输。它只能用管道运输。对那些小型公司来说，只要能够证明他们可以把天然气运到市场上去，他们对买家的吸引力就最大。为了证明自己能够以最快的速度把天然气运到费城、纽约以及其他主要市场，每家公司都在赶造自己的基础设施，其中大部分都是多余的。科波拉所在的鲁宾逊镇，就位于此类过度建设的中心。

"现在这些公司正在巩固自己的地位，"科波拉说，"他们的理由是创造了就业机会，然而他们正在摧毁我们的长期财富，这种财富建立在财产的基础上。有钱人会离开这里，我们的税收基础将面临重大的打击。"宾夕法尼亚西部就曾经历过这样的事情。那是石油、天然气和采煤业的繁荣和萧条循环的一部分。采掘业刚到一个地方时，带来了金钱和过度的建设，接着它走了，把工作也带了去，只给繁荣镇这样的地方留下一堆破败的基础设施和废弃的房屋。

尽管抗议声不断，2012 年 2 月 14 日，州长科比特还是签署了《13 号法案》。批评者们说这是他送给油气行业的情人节礼物。那天在鲁宾逊镇，镇政府举行了一次会议。与会成员决定，由约翰·史密斯主导，对该法案提出法律上的质疑。史密斯愿意一试，但却不将之视作某种抗告诉讼①或者政治姿态。"靠大喊大叫赢不了他们，你必须用证据打败他们，而我们有证据。"史密斯当时对我说。在和斯泰茜、贝丝和巴兹接触的过程中，史密斯知道了压裂法可能产生的一些问题，并且知道州政府无力阻止或者解决这些问题。他不再相信州政府有能力和意愿去保护自己的公民。"以前，每个人都认为压裂法是安全的，我也是其中一个，"他说，"我们以为环保部和环保局在履行他们的职责。其实没有。"

约翰和肯德拉一样，对左右两派在压裂法上的意识形态之争不感兴趣；他想保护自己的客户——这些小镇的权利。他相信公益的理念同样适用于共和党人和民主党人，而那些油气公司正在违反这一原则。但是，除非有理由证明该法案违宪——一开始他并没有看出来——否则他不会接这个案子。

坦白说，他不想输官司，也不想冒险开个不好的先例。而且他们只有 90 天的时间进行调查和提出质疑。再者，诉讼费对于小镇来说太高了。鲁宾逊镇的预算根本不足以和油气巨头打一仗，更不要说州政府了。但是鲁宾逊镇并不是孤军奋战，很快就有其他的小镇联系史密斯，最后一共有七个这样的小镇，包括山脉资源在马塞勒斯地区的第一口气井所在地——芒特普莱森特。

史密斯在走廊尽头自己的办公桌前认真地梳理这项法律提案，看看能否发现什么漏洞。终于，他找到了。州宪法规定，擅自更改用地分区规划是违法的。你不能在一片居民区中间挖一小块地出来作为工业用途，但是新法案正好给了州政府这个权力。

---

① 抗告诉讼：不服公权力的行使而提起的诉讼。

作为一名小镇律师,史密斯比任何人都清楚"用地分区规划"的来龙去脉。用地分区规划是"一种治安权力",这个晦涩难懂的术语的含义是,政府不仅有权利也有义务保护自己的公民免受伤害。用地分区规划——把地划分为商业、居住和工业用地——使宾夕法尼亚州的小镇有权决定成人书店、加油站和水泥厂等的选址。

外部律师或者法律教授很少会想到使用这种论证方法。史密斯同样知道自己那些保守的客户会如何看待他们的私人产权。法官很可能也是些思想保守的家伙。如果史密斯能从州政府侵犯了自己公民的天赋权利这方面入手进行论证,那么这个案子可能会有点起色。

新法案就跟其他任何事情一样,关系到油气行业的风险管理。山脉资源的马特·匹兹雷拉称之为"可预见性"。如果能够在宾夕法尼亚全境实施一套统一的法律法规,尤其是宽松的法律法规,那么钻井公司操作起来会容易一些。油气公司和州政府都声称,天然气对经济复苏的作用不可忽视,而这些地方性的小争论则阻碍了经济的复苏。为了解决这个问题,根据《13号法案》,州法总是优先于地方法。

"为了给石油和天然气可预见性,就必须牺牲所有其他宾夕法尼亚公民的可预见性。"史密斯说。假如镇政府无法阻止这些人对用地分区规划的破坏,那些基于健康、安全和房地产价值买房或者选择学区的人,将很有可能失去一切。

史密斯夫妇成了宾夕法尼亚最令人敬畏的反油气行业律师。他们也有些与众不同。他们并没有为了推进一场全面的反压裂法的争论而去寻找全国性的平台,他们只密切关注与自己案子有关的具体的法规和事件。对肯德拉而言,这意味着继续跟踪化学物质泄漏的途径;对约翰而言，则意味着抓住宾夕法尼亚法律中保护人民宪法权利和财产权利的条款不放。

为了增强质疑《13号法案》的力量，史密斯需要寻找合作伙伴。他首先联系了匹兹堡当地最精通土地法的律师之一乔恩·卡明。自称"唯利是图"的卡明经常接一些有争议的客户的案子。包括广告牌上的那些公司和"脸红"，后者是匹兹堡的一家脱衣舞俱乐部——说白了，就是同行一般不接的那种企业。但卡明同时也是南费耶特镇的乡镇律师，南费耶特也想加入反对《13号法案》的斗争，就这样，卡明和史密斯见面了。

你疯了，卡明对史密斯说，此时史密斯刚刚说明来意。但是当听完详细的介绍后，卡明改变了看法。也许史密斯能够证明，剥夺乡镇的用地分区规划权是违宪的。不管怎么说，这次的质疑确实挺大胆，正对卡明的胃口。卡明在协议上签了字，史密斯继续寻找其他的当地盟友。为了驳倒医生禁言令，他和医生梅尔纳斯·汗进行合作，后者已经在担心，新法案可能会影响他怎么给病人治病。表面上，禁言令规定，油气企业在向公众保密的同时，应该将专利成分的秘密透露给医生。但史密斯认为，禁言令实际上使得医生无法在法庭上为自己的病人作证。

史密斯需要弥合的最大分歧，是宾夕法尼亚东西部之间几百年来根深蒂固的成见。现在已经有好几个西部小镇站在他这一边，那么自命不凡的东部呢？史密斯在宾夕法尼亚州东部富裕的巴克斯县找到了乔丹·耶格尔（和和睦镇那家养牛的农户没有关系）。曾经担任宾夕法尼亚民主党法律顾问的耶格尔是一名民权律师，对国内法和环境问题均非常熟悉。耶格尔正准备对新法案提出质疑。他同样认为《13号法案》违反了宪法，但却基于不同的原因。

过去 40 年来，根据宾夕法尼亚州宪法第 1 条第 27 款（一条不太起眼的修正案）的规定，宾夕法尼亚州保证自己的公民有权享有洁净的空气和纯净的水，以及作为共同财产的公共自然资源。全美仅有三个州把这类环境权利郑重写入《权利法案》，宾夕法尼亚便是其中之一（另外两个州是蒙大拿和罗德岛）。乔丹·耶格尔想利用这条修正案为公益信托原则辩护：不管土地的主人是谁，州政府都应该为全体公民保留一些自然资源。

这一理论可以追溯到古罗马时代。公元 527—565 年在位的罗马皇帝查士丁尼规定，海、海滨、空气和河流属于每个人拥有的共同财产：*Salus populi suprema lex esto*——人民的福祉是最高法律。《环境权利修正案》自从 1971 年通过以来，基本上没有被检验过。虽然没有人知道它是否有效，但乔丹·耶格尔相信，可以以之作为质疑新法案违宪的依据。

在史密斯看来，这种自由派的赌注成功的可能性微乎其微，他担心无法说动联邦上诉法院那些思想保守的法官们。（"联邦"这个词来源于古语 commonweal，意思是"公益"。）但是乔丹·耶格尔对史密斯关于用地分区规划的观点也有类似的疑问。如果州政府说压裂法安全而又合法，那地方政府还能做什么呢？尽管双方对彼此的观点都心存疑惑，他们还是同意进行合作。史密斯意识到法律质疑的费用非常高，即便打完折镇政府付给他的律师费也要每小时 100 美元。（对于其他客户，史密斯都按每小时 250 美元的标准收费。）如果官司打输了，那他就是白白浪费了纳税人的钱，已经有当地的油气行业支持者斥之为"无意义的行为"。支持压裂法的塞西尔镇官员伊丽莎白·考登就建议说，如果史密斯输了，可能得请他把所花的钱还给镇政府。史密斯召集了公司的合伙人开会，问他们史密斯－巴茨事务所是否可以免费接这个案子。他的合伙人都同意了。他们预计花销将在五万到十万美元之间，然而实际上他们花费了将近一百万美元。

新的《石油和天然气法案》预计四月份生效，史密斯和他的团队必须马上行动起来，阻止法律的实施。他们将以新法案一旦生效，开挖的矿井将无法"回填"为由，向法官申请紧急禁令。史密斯想让法官亲耳听听住在废料池附近的感受，于是他问斯泰茜是否愿意在哈里斯堡的听证会上陈词。斯泰茜答应了，她已经不再害怕惹恼山脉资源。她迟早要正式起诉他们。一旦史密斯夫妇写完黑尼起诉山脉一案的诉状，并提交给华盛顿县法院，这桩以她为原告的案件将会变得人尽皆知。斯泰茜不知道跟一家大企业打官司对自己家人在和睦镇本地的社会名声会有什么影响，不过她已经顾不上这些了。

"我们最终的希望是，这种事不会发生在其他人身上。"斯泰茜对我说。然而，2012年4月10日那天，在哈里斯堡的法庭上见到史密斯夫妇时，斯泰茜却依然显得很紧张。"我总是害怕自己说错。"她对我说。那天上午，法官和所有律师开了个闭门会议，斯泰茜和其他人则在法庭上等。在那几扇紧闭的门背后，双方的律师正在唇枪舌剑。法官席的一侧坐着主张保护宾夕法尼亚公民宪法权利的约翰和肯德拉，还有乔恩·卡明和乔丹·耶格尔。法官席的另一侧坐着希望让新法在几天内生效的宾夕法尼亚州检察长，以及油气行业的律师们。情况看起来不太妙啊，史密斯夫妇想。不久，支持新法案和油气行业的环保部也加入进来，情况变得更糟糕了。

斯泰茜从头到尾都不用说一句话。在会议室听了一个小时的激烈辩论之后，法官宣布解散，并说会在当天做出决定。史密斯夫妇接到办公室打来的电话时，正开车从哈里斯堡往回赶。法庭批准了他们的紧急禁令。史密斯夫妇简直不敢相信。法官需要极大的勇气，才敢去阻止一个强大的行业，以及州长本人。约翰太高兴了，以至于车开得有些飘飘然。虽然这个案子还远远没有结束，但他们那天的胜利不仅阻止了钻探企业，还在那些一开始便不看好他们的人面前证明了一把自己。

第二十一章

有钱能使鬼推磨

斯泰茜和孩子们学会了睡觉时不要碰到宿营车的铝制内壁。在寒冷彻骨的夜晚,他们翻身时会粘在内壁上。2012年新年伊始,除了不得不窝在老妈和老爹车道上的这辆宿营车里,他们觉得生活正变得越来越好。远离井场之后,哈利的身体开始逐渐恢复,斯泰茜高度警觉的状态也有所放松。为了支付宿营车、租金、按揭贷款和持续不断的医疗共付额,斯泰茜必须经常加班,但是除此之外,斯泰茜有了回归自己爱好的精神空间。狩猎季到来时,她又可以和孩子们一起去打野鹿了,而且也有时间和克里斯一起过周末了。

斯泰茜恢复了星期天上午到下十里长老会教堂去做礼拜的传统,这使她觉得自己又成了社区的一分子,也使她在努力与上帝和好的过程中觉得自己是个更好的人。在发生了这些麻烦事之后,斯泰茜祈祷的次数比以往任何时候都要多,她每天都要和上帝说说话,求他帮助自己平安度过那一天。但她同时也会生气,她会愤怒地问上帝,为什么要让她和孩子们受这些磨难。哈利也有同样的疑问。他第一次被诊断出砷中毒时就问过斯泰茜,为什么上帝要选择他们——他——来生这些病。斯泰茜跟哈利说,他们家被选中成就一番伟业,因为他们非常坚强,足以肩负起这个重任。上帝想警告他的子民,那些化学物质对儿童有害,她对哈利说。他们又不是婴儿,因此他们肯定能活下来。更重要的是,上帝知道斯泰茜不会袖手旁观、缄口不言。在这份愿景中,斯泰茜把自己想象成了神选之人。上帝正在考验她,因此她必须证明给他看,让他知道她足以担此重任。

上帝给她发了些奇怪的信号。不久前,在为附近消防队筹款而举办的一次枪支活动上,斯泰茜赢得了一把十字弓,她正在努力学习使用这把弓。一天下午,因为参加社区服务,斯泰茜和妹妹开车来到华盛顿镇,帮助清理一个去世的陌生人的屋子。那天她穿了一件保暖内衣,上面用草体写着:*用弓箭狩猎真是棒极了*。她打开陌生人住处的衣柜抽屉时,发现了一沓旧稿纸,上面用潦草的字体写着一句怪异的话:*用弓箭狩猎极为残忍*。她不知道自己应该从这句话中得到什么神示。这件事令她很烦恼,她担心上帝是在惩罚她凡事都往积极的方面想,这种忧惧一直折磨着她,她只能努力不去想它。

临近十一月底的一个特别振奋人心的下午,斯泰茜把哈利送去了篮球训练馆,三天前哈利就已经不用吃止吐药昂丹司琼了。哈利只打了一会球。虽然曾经是名篮球新秀,但他在场上总显得不够自然,身体状况也欠佳。哈利坐了很长时间的冷板凳,他对斯泰茜说,早知道不来了。"妈妈,我可以去打工。"他对斯泰茜说。哈利已经在当地的一个商场打工了,那家店叫"祖米耶",是一家滑板用品店,售卖青少年T恤和滑板鞋。那时哈利正在尝试另一个身份——滑板迷——从而给自己孤独的生活增加一些趣味,斯泰茜打算支持他,尽管这么做在经济上毫无意义。哈利兼职一个星期可以挣50到100美元，而斯泰茜因此每个月要多耗费将近100美元的汽油钱。但是斯泰茜认为这么做很值得，哈利只需在收银和整理货架时跟其他年轻人说说话，她的目的就达到了。放学后和周末，哈利还会帮表哥迈克修剪草坪，因为迈克需要有人帮他为教堂的墓地除草。随着儿子渐渐长大，迈克希望哈利能接手他这个活。哈利同意了。也许修剪草坪比起参军来更切实可行。由于一直在生病，哈利已经不指望能通过必要的身体检查，而且在州政府无法保护他家这件事发生后，他已经不再相信政府。他为什么要去报名，为一个把他献祭给贪婪公司的国家卖命？

哈利把想接手迈克除草生意的事告诉了斯泰茜，斯泰茜知道这意味着他们都会更忙。"我们怎么接手呢？"斯泰茜说。但她想鼓励哈利，也许除草是他的未来，因此斯泰茜从妈妈那里借了些钱，花7,000美元买了一台除草机。让哈利离开屋子到户外去是正确的做法，斯泰茜想。除了一两声咳嗽，哈利已经感觉好多了，而且竟然想吃饭了。斯泰茜可以把精力放在寻找新房子上了。

斯泰茜和孩子们已经学会了用谷歌地图测算距离，这样她从屏幕上就能了解到未来的房子距离气井和压缩机站有多远。她必须让他们和任何钻井基础设施至少保持一英里的距离。但是这么做并非万全之策。"在得克萨斯，人们发现化学物质消散之前可以飘上五英里，"斯泰茜告诉我，"我认为我们不可能找到一座距离压缩机站五英里的房子。"事实证明，在和睦镇周围找房子非常困难。因为气井工人的涌入，当地房地产需求缺口很大，而且这个地方的人极少搬家，物业经常都为家族世代所有。"难以置信，但确实找不到，"她说，"每个人都不肯把手里的房子卖掉，因为他们认为这些该死的气井会给他们带来财富。"斯泰茜制作了一份写着"当地家庭急购"的传单，塞进人家的邮箱。她和克里斯的妈妈开车在华盛顿县转悠，到各个超市和自助洗衣店张贴传单，甚至亲自上门派发。

斯泰茜短期内最好的选择，就是找一栋煤矿公司的房子，繁荣镇的地产大部分为这家公司所有。她想租其中一座废弃的农场。她知道这件事挺讽刺的：让孩子们搬进一栋受前一代采掘业污染的房子。无论如何，他们的生活都将离不开"水牛"。

钱也是个问题。斯泰茜的农场依然欠银行 140,000 美元，她每个月得继续支付 1,200 美元的按揭贷款。斯泰茜请约翰·史密斯帮忙，但是当史密斯正在跑银行，为出售农场的事忙活时，一名房产中介却告诉他，因为房子可能存在污染，银行不可能给买家发放按揭贷款。斯泰茜也不想另一个家庭因为接触污染物而出现健康问题。她决心尽自己所能留下这座房子，尽管房子现在无人居住。而且一想到自己的房子将被废弃，她的心情就变得异常沉重。

最糟糕的是把那些动物扔下不管。她设法为大部分动物找到了临时住所，包括那头名为鲍勃，有着"麦克亚当斯路风流公子"之称的毛驴。有一阵子贝丝和约翰·沃尔斯试过养他，但他老是要去勾引多尔，可能会使多尔受伤，因此斯泰茜在自己护士同事的农场给他找了个家。同事收养鲍勃是为了防狼，这正好是毛驴干的活。鲍勃走后，斯泰茜对剩下那些动物的命运更加担心了。

刚过去的十二月的一天，斯泰茜接到费城的健康专家，为疾病控制中心工作的洛拉·沃纳打来的电话。沃纳告诉斯泰茜，她最喜欢的联邦探员特洛伊·乔丹正准备离开国家环保局。

特洛伊·乔丹要去切萨皮克 [能源] 工作，斯泰茜在那天晚上的

日记中写道，*他将搬到俄亥俄去。我很震惊，但这只是有钱能使鬼推磨的又一个例子而已*。虽然斯泰茜有种被出卖的感觉，但她同时也能够理解乔丹的行为：他必须得挣钱养家。这种在监管部门和私营企业之间自由转换的模式比她所知道的还要普遍。追踪天然气热潮的发展轨迹可以发现，从2007年到2016年，宾夕法尼亚一共有37人从公共部门跳槽到了私营企业。公立机构很难留住高技术人才，因为他们给的薪水不高。那些最优秀的人才往往会去企业工作。斯科特·罗伊在为南波尔特的山脉效力之前，就曾在哈里斯堡分别为三任州长工作过，他的例子生动地说明了，从公共部门跳槽到私营企业的前景是多么诱人。

十二月的一天，斯泰茜正准备去看内分泌医生，车开到半路，忽然接到贝丝的电话，贝丝说昨晚一群野狗老是来惊扰他们家的马，她和约翰两人忙了整夜，直到凌晨四点才把它们赶跑。里面有一只德国牧羊犬和一只斑点狗，还有一只很像澳洲野狗，这些狗很可能是被人遗弃的宠物犬。

这些狗被贝丝和约翰赶跑之后，会去哪里呢？斯泰茜只能想到一个地方。她爬上庞蒂亚克，驶向那座已被她废弃的农场。下车后，斯泰茜费力地穿过冬小麦地，向牲口棚走去，此时迎接她的是一片寂静，而不是佩奇那头名为"弗洛皮"的山羊熟悉的叫声。接着，斯泰茜在发白的草丛中发现了血迹和小鸡查克血肉模糊的尸体。她一边寻找鸭子（但是没有发现他），一边胆战心惊地朝羊圈走去。关弗洛皮的畜栏看起来就像犯罪现场，木墙上喷满了血，还有血糊糊的爪印。弗洛皮的尸体则倒在干草上，干草已被鲜血染红。

斯泰茜掉转头,跑到外面寻找那匹老马公爵夫人。她在草场上找到了她,但她身上有伤,站不起来。斯泰茜给谢莉和谢莉的丈夫吉姆打电话,让他们过来帮忙,这样她还赶得及去看医生。斯泰茜每六个月才看一次内分泌医生,如果她因为接触化学物质而得了癌症的话,最先出现问题的将会是她的腺体。

谢莉和吉姆正驱车赶来帮忙,斯泰茜钻进自己的车子,快速驶向医生的诊所。她给我发了这条信息:

> 出乱子了昨晚野狗咬死了弗洛皮把公爵夫人也咬得站不起来我们不得不把她杀死野狗还咬死了小鸡查克我们怀疑鸭子也被它们吃了真是太可怕了

几天后的一个晚上,加完班之后,斯泰茜来到"84"小镇克里斯家。她只想尽快爬上床,她走进卧室,把手术服脱了。斯泰茜穿T恤睡觉——每晚她的汗都要弄湿一件T恤。她太穷了,买不起新的文胸,她还在将就着穿最后的四个文胸,虽然上面的扣子已经坏了。克里斯挤进斯泰茜身旁的狭小地方。他拿着一枚自己挑选的镶有方形顶切钻石的戒指,单膝跪在斯泰茜面前时,心里紧张得要命。

"你确定吗?"她问他,他们相视而笑。

虽然订婚带来了短暂的快乐,但他们的圣诞节还是让野狗给毁了,而且这件事带来的恶性循环一直持续到新年。斯泰茜惊慌地看着哈利的病情再次加重。他每天早上都感到恶心。虽然不情愿,斯泰茜还是跑到药柜那里把昂丹司琼找出来。医生还开了抗抑郁药欣百达,以缓解哈利不断加深的绝望情绪。斯泰茜和哈利的日子都过得很艰难。她在哈利的房间里发现了大麻烟斗和磅秤,不久哈利就因吸毒在学校被抓。斯泰茜去学校领他时,忍不住在车里发了一通火。她很害怕山脉正在找证据好在法庭上对付他们,而哈利正好把证据给他们送上门去。她打电话告诉谢莉,发生了一件非常糟糕的事,她的阳光男孩不见了。她担心吸食大麻会成为哈利新的反社会行为的证据,但是哈利发誓事实并非如此。他的胃很不舒服,他对斯泰茜说,而且他依旧瘦得可怕。吸食大麻可以使他感觉饥饿,从而想吃东西,吸食大麻也可以让他放松。斯泰茜半信半疑。她开始在家给哈利做药检。

他俩不放过任何一个可能治疗哈利的方法。哈利感觉没朋友,于是他们决定那年秋天给他转校,让他到新的学校上十一年级。斯泰茜在附近一处小型农村学区的本特沃斯高中给哈利报了名,并登记为无家可归的学生。无家可归的身份令哈利感到难堪,虽然他们确实失去了自己的家,但他总觉得老师对他的态度和别人不一样。而且,班上的大部分同学都已认识十年之久,他讨厌自己的新人身份。感到沮丧和孤独的哈利越来越频繁地去找谢莉和吉姆,向他们寻求安慰。在谢莉和吉姆那破败的房子里,已经有了两个无法无天的男孩,因此他们对孩子的过失更加宽容。哈利给阿姨发信息说:*我讨厌自己,一切都是我的错*。谢莉没有把这件事告诉斯泰茜,她怕姐姐担心哈利这么厌恶自己,可能会有自残的行为。谢莉相信哈利会好起来的。因此她试着通过聆听十几岁的外甥倾诉的方式,来缓解他们母子之间的摩擦。她知道气井很讨厌,但她希望姐姐可以放松一点。她对山脉的大吼大叫对哈利一点帮助也没有。

哈利也在以小规模的方式反抗斯泰茜。一天,佩奇参加马术比赛时，被那匹名为"拿钱就跑"的马甩了下来，得了脑震荡，住进医院。斯泰茜在急诊室里收到哈利发来的信息，说他刚刚打了耳洞。在见到哈利之前，斯泰茜在日记中写道：*我跟他说最好不是那些该死的扩耳器*①，*否则我会把他的两个耳垂咬下来*。他的确用了扩耳器，只不过比较小型。

斯泰茜频频带哈利去看医生，试图找出他的病依旧未能好转的原因。她自己则到匹兹堡的一家大型综合性医院和当地最大的企业——匹兹堡大学医学中心看过毒理学家。但是现在史密斯夫妇也牵涉进来，斯泰茜不用再独自一人承担哈利的病情了。肯德拉·史密斯作为一名勤奋的调查员，也在努力帮助同为母亲的斯泰茜找出哈利的病因。但是当肯德拉致电匹兹堡大学医学中心询问斯泰茜预约的情况，同时介绍自己是斯泰茜的律师之后，匹兹堡大学医学中心的一名负责人却告诉她，牵涉这类案子，或者任何这一类的联系，都可能动用他们的经费。

我们要去外州做，肯德拉对约翰说。在宾夕法尼亚以外的地方找专家费用可不低。随着案子成本的增加，律所的财政负担也在加重。除了这些没有酬劳的工作之外，他们还雇了一个临时工帮他们复印材料，光复印他们已经花了几千美元。还有付给工程师、工业卫生学家、分析化学家、毒理学家和水文地质学家的专家费。请一名熟悉井场建设的工程师看三页图纸就可能花上一万美元。肯德拉和约翰发现，仅仅这些费用的账单就已经快接近20万美元了。

诚然，如果黑尼起诉山脉这个案子最终以正确的方式解决，或者陪审团的裁决对他们有利，史密斯夫妇是有可能挣个几百万美元的。

---

① 扩耳器：辅助耳洞扩大的工具，也是一种凸显个性的饰品。

肯德拉和约翰继续努力着，即使有一名合伙人已经离开了他们。由于质疑《13号法案》是公益性工作，再加上起诉环保部的两个案子，以及为黑尼起诉山脉的案子所做的准备，这些已经占据了他们的大部分时间，律所的收入因此大受影响。

就史密斯夫妇自身而言，他们能够应付。肯德拉和约翰很多年前就已经还清了学校的贷款和房贷，在他们20年的婚姻生活中从未有过捉襟见肘的时候，而且他们又不是现在要创业。除了三个孩子在天主教学校的学费，他们一切能省则省，包括去外面吃饭。史密斯夫妇的工作量增加了一倍。他们经常工作到深夜，周末也不休息，从而确保给那些按时付费的客户开足账单。他们俩一年可以挣四五十万美元。肯德拉的大部分时间都花在为铁路公司辩护的案子上。除了和约翰一起比以往更加努力地工作之外，肯德拉还面临一项智力上的挑战，那就是每天必须在脑海中不停地切换身份。在她接手的所有案子，以及所有的客户中，哈利的病情最牵动她的心。

两种医生可能为她提供帮助：流行病学家和毒理学家。肯德拉并没有花很多时间寻找前者。虽然流行病学家的工作是确定环境中可能的致病因素，但他们很少在疾病和特定的危险之间建立直接的因果关系。毒理学家则会利用临床技术，对体液和组织的样本进行检测，从而确定身体中含有哪些化学物质。他们的报告更加可信，法律上也更有效力。于是肯德拉去找那些知识渊博的毒理学家，最后她在得克萨斯找到了一位。但是，关于压裂法开采的废料池对健康的影响，则几乎没有人研究过。除了二醇类和苯系物可能造成的危害外，还有细菌的问题。然而这些潜在的危险太新了，还没有人对它们进行研究。而当科学家们确实开始研究细菌时，他们研究的却不是那些可能伤害人体的病原体。相反，他们的注意力集中在地下深处几乎无氧的高盐环境中生存的物质。

为了找出哈利生病的原因，胃肠病专家迈克尔·佩索恩医生想给哈利做个内窥镜检查。史密斯夫妇还找到了西弗吉尼亚大学的职业健康医生和教授查尔斯·沃恩茨。在那些从外州到西弗吉尼亚找他看病的气井工人身上，沃恩茨医生看到了类似的症状。他怀疑，废料池的细菌或者病毒可能已经进入哈利的肠胃。然而却没有足够的资料支持这种观点。如果是废料池的人类病原体导致哈利生病，那么他将是第一个有记录的案例。

即使罪魁祸首是病原体，也没有人知道应该检测哪种细菌。于是斯泰茜去找专家帮忙。她从杜肯大学的微生物学家约翰·斯托尔茨入手，她几年来一直在跟斯托尔茨通电话。斯托尔茨召集一众同事，为她列出了废料池中可能存在的七种不同细菌。这和凭经验猜测没什么两样，肯德拉并不抱太大希望，但她还是四处寻找一个能够做这种实验的实验室。在华盛顿医院斯泰茜同事的帮助下，肯德拉在匹兹堡找到了一个能够测试哈利样本的实验室。

2月20日，做内窥镜检查的那天，一名快递员等在附近，以便亲自将样本送到一小时车程以外的实验室。由于斯泰茜在医院工作，她被允许在护士休息室等待哈利从手术室出来。斯泰茜一边等，一边生自己的气。为什么一年前她没有让哈利做内窥镜检查？为什么她自己和佩奇也没有做？她一直认为他们的病和直接接触有关——简单地说，就是空气和水中的化学物质使他们生了病。她还担心以后会有基因突变或者患癌的可能性。在肯德拉的建议下，她买了一份针对癌症的保险，她和两个孩子的保费是每个月33.80美元。但是，她却没有考虑哈利呈现出的那种神秘的慢性病症状。胃肠病专家佩索恩医生来到护士休息室找斯泰茜。

哈利有一处胃溃疡，另外胃和十二指肠还有几处糜烂，医生告诉斯泰茜。斯泰茜感到非常惊讶。作为一名护士，斯泰茜护理过许多溃疡病人，他们大部分都是严重酗酒或者消炎药吃太多的老年人。

由于患上未知疾病的可能性非常大，斯泰茜决定去做结扎手术。两个星期后，她开车到华盛顿医院，准备做结扎，半路上她给同事们买了些甜甜圈。手术非常顺利，她在日记中写道。要不是惹上这些麻烦事，我可能还会多要几个孩子，因为克里斯没有孩子。但是考虑到自己体内的化学物质，这么做的风险实在太大了。

后来，斯泰茜无意中看到一篇同行评审的健康论文，知道先天缺陷和井场半英里半径范围内出生的婴儿有关，这时她觉得自己做了一个正确的决定。化学品危害的长期影响很难预料。佩奇热爱运动，但却不断有小磕小碰，不是应力性骨折，就是脚部骨折。这些都不是什么大病，但是却要花很长时间才能恢复。"自从井场来到这里，我们的病就没有好好痊愈过。"她说。工作时，斯泰茜经常抱怨其他护士身上的香水味太浓，而她过去从未有过这方面的困扰。她的不满造成了同事间古怪的摩擦，使得这份本来就不容易的差事变得更加艰难。出于保护斯泰茜考虑，凯莉仔细听过其他同事的聊天，想听听她们是否有在背后诋毁斯泰茜，或者说哈利的闲话，但是没有。假如有同事对斯泰茜的遭遇表示怀疑的话，那她们也只是把它藏在心里，没有说出来。

接下来那个月，环保局再次派人来检测斯泰茜荒废农场的水质。为了陪同调查人员，斯泰茜专门请了一天假。这是一年多来她在农场待得最久的一次。嘴里的金属味、头疼、晕眩——她的所有症状又回来了。第二天，斯泰茜上班时昏倒在了轮床上。她体内的砷含量飙升。她给福克斯医生打电话，福克斯医生认为她家里可能还有砷化氢。

斯泰茜觉得福克斯医生的话很有道理。她自己的症状有迹可循，但是哈利持续的症状则让人摸不着头脑。现在他的溃疡已经诊断出来并已对症下药，病情应该有所改善了。然而实际上并没有。当哈利肠道组织样本的检测结果出来时，斯泰茜也糊涂了。斯泰茜刚刚得知，胃肠溃疡通常是由一种名为幽门螺杆菌的细菌引起的。但是哈利的检测结果显示幽门螺杆菌呈阴性，与此同时却有两种链球菌和另外一种名为奈瑟氏菌的细菌呈阳性，后面这种细菌斯泰茜连听也没听过。

2012年5月25日，史密斯夫妇向法院提交了黑尼起诉山脉一案的诉状。这份长达182页的起诉书，是他们第一次合写，也是他们写过的最长的起诉书。起诉书将山脉资源和其他16个涉事方列为被告，其中包括两家实验室和两名自然人——山脉资源的卡拉·萨茨科夫斯基和盖威工程的斯科特·罗斯米塞尔。罗斯米塞尔设计了井场的绝大部分，而他的妻子劳拉则在山脉工作，是萨茨科夫斯基的同事。史密斯夫妇指控他们犯了疏忽罪、阴谋罪和欺诈罪。

史密斯夫妇在诉状中写道，至少两年前，山脉就已经知道耶格尔井场的严重问题：耶格尔井场的地下水在流向山下的沃尔斯家、黑尼家和基斯卡登家之前，已经受到污染。史密斯夫妇指控说，尽管山脉资源知道废料坑发生了泄漏，但卡拉·萨茨科夫斯基（可能还包括其他人）却和两家本该独立的水质检测实验室"美国检测"和"麦可贝"串通一气，向斯泰茜、贝丝、巴兹以及环保部隐瞒检测结果。史密斯夫妇认为，这一行为已经涉嫌阴谋和欺诈。

诉状中写道,"美国检测"开发了一个名为"全接"的电脑程序,允许卡拉·萨茨科夫斯基这类用户删除或者更改那些他们不需要的检测结果。芭芭拉·霍尔是"美国检测"的一名雇员,她在一封与此案有关的邮件中告诉同事说:

> 刚刚和山脉公司的卡拉·萨茨科夫斯基通完电话——我们向她演示了一遍"全接",她对系统赞不绝口。当我向她演示各种注册限制的对比,并解释怎么自定义列,尤其是他们可以看到的数据长度时,萨茨科夫斯基说她简直太激动了。我认为这是我们的一个大卖点……萨茨科夫斯基在生产商面前直言不讳地夸奖我们,我觉得她能给我们招来一帮大客户。

霍尔所说的"自定义",就是诉状中所说的欺诈。

诉状中说,山脉签约的另一家水质检测公司麦可贝同样对检测报告做了手脚。诉状中特别提到,山脉公司的劳拉·罗斯米塞尔曾试图让麦可贝在报告中使用"ND"(意即"未检出")的符号,以表明二醇类不存在,史密斯夫妇认为这是在撒谎。但麦可贝实验室的领导拒绝这么做。罗斯米塞尔转而和麦可贝达成了另一项交易:如果水中的污染物含量较低,那么实验室将不显示绝对值,而是用小于符号表示,这么做是法律允许的。在那些没有经验的人看来,包括环保部的约翰·卡森,他也发誓说,水质检测报告上的小于号意味着对应的化学物质不存在。但是肯德拉却认为事实未必如此。她收集了至少十二份麦可贝出的检测报告副本,可以清楚地看到,山脉给斯泰茜和环保部的那两份报告上没有二醇类。史密斯夫妇说,实验室的这类造假并不新鲜。环保局称之为"篡改证明文件"。除了这类阴谋和欺诈行为，该案还涉嫌违反了一系列的环境罪，包括《宾夕法尼亚州清洁溪流法》《固体废物管理法》《污染场地修复法》，以及《石油和天然气法案》。

加上证据之后的起诉书长达 1,734 页。为了支持自己的论断，肯德拉为每一句陈词都附上了证据，这是非常罕见的。"当你提出一个论点时，你最好不要有任何差错。"肯德拉说。史密斯夫妇知道自己面对的是一个以强硬著称的可怕对手，因此他们格外小心。山脉资源曾以诽谤为由起诉过那些反对他们的人——包括普通家庭和反压裂人士。史密斯夫妇希望做到万无一失，毕竟斯泰茜和两个孩子，还有贝丝和巴兹的经历已经够惨了，史密斯夫妇不想让他们再受到报复。

史密斯夫妇五月刚提交诉状，山脉资源的马特·匹兹雷拉就给《匹兹堡邮报》发了份声明。"这不是一个关于健康和安全的故事，"他写道，"很不幸，这是一个想挣大钱的律师在挣钱的过程中吓跑了一大群人的故事。"

斯泰茜无法把精力全部放在这些拉锯战上面。五月，她和两个孩子终于从宿营车里搬出来，住进了和睦镇的前邮政局，这是一栋装饰着深绿色线条的白色房子，就在老妈和老爹家的街对面。在找到买家之前，一些好心人愿意把邮局租给斯泰茜和克里斯住。这座老邮局目前堪称完美，但是斯泰茜不想把它买下来，况且她也买不起。她不想住在市中心，因为那样的话就没有地方养动物了。一天下午，天气温暖，斯泰茜在地下室清理蛛网时想，这次搬家真是喜乐参半。不久他们就得再次搬走，但是她想找个小农场的愿望并没有实现。发出去的那些传单如石沉大海，一点消息也没有。

住进老邮局似乎对哈利的病情毫无帮助。六月份16岁生日那天，哈利一整天都在卫生间里，痛苦异常。他既沮丧又害怕地把斯泰茜喊到卫生间。斯泰茜在日记中写道：*哈利的16岁生日*——他在马桶拉了一大堆黑色粪便……我不知道他的溃疡是不是还没有好。我不知道这是不是欣百达的副作用。我不知道该怎么办。可怜的孩子。几年没好好过生日了。以上是关于他的16岁生日的记录。

但是一听说要从宿营车搬出来，佩奇却非常激动。她可以有自己的空间了：虽然手头不宽裕，斯泰茜还是买了些粉红色的油漆，把佩奇的新房间刷了一遍。佩奇兴高采烈地把自己的东西搬到马路对面的新家。她的成绩又赶上来了。和哈利一样，佩奇的成绩本来很好，但是自从他们不停地倒腾来倒腾去，她的成绩开始直线下降，但是现在又开始攀升了，主要原因是斯泰茜不停地督促她学习。

一天晚上，佩奇躺在新客厅的碎布编织的地毯上完成英语课的作业——在布告板上画一幅速写。她画了几只眼睛打叉的农场动物。在它们喝水的池塘边，佩奇画了几桶毒药，然后用黑色的记号笔写上："压裂法是一种不安全的开采方法，应该被禁止。"

老邮局距离谢莉的农舍只有大约半英里。"林基·丁克斯路边餐馆"就在它们中间，斯泰茜和谢莉以前经常带孩子们去那里吃汉堡和扭扭薯条。它那历经风吹日晒的旧式酒吧的假门脸外站着一个通体发亮的20英尺高的牛仔。餐馆的气氛已经发生变化，孩子们现在已经不被允许到"林基·丁克斯"去了。海湾地区来的气井工或管道工经常到那里喝酒，有时还会打起来。他们侵占了这个地方，谢莉管他们叫"天然气浑蛋"。

自从这些人来到宾夕法尼亚农村，当地的犯罪率直线上升：从

2008年到2011年，酒后驾车、盗窃、性侵和妨害治安（通常意味着酒吧斗殴）的案件增加了一倍。"我们有不少管道工和气井工，他们带来了毒品和毒品文化。其他的车牌都是得克萨斯、俄克拉荷马、科罗拉多和新墨西哥的。"韦恩斯堡的前市长布莱尔·齐默尔曼告诉我，"他们还带来了卖淫业，这真是闻所未闻。"

斯泰茜和谢莉没有带孩子们去"林基·丁克斯"，相反，他们去了八英里外的"鲁德尼克"。她们还带了成堆的25美分硬币去，这样孩子们可以打台球。一天晚上，哈利在球桌附近时，无意中听到两个年轻人吹嘘说抢劫了和睦镇附近的一家农舍。哈利立刻大步跑向斯泰茜。斯泰茜放下了手中的汉堡。她知道这些年轻人说的不是她家。那天早些时候她刚去过那里，一切完好无损。但是下一次可能就没这么幸运了。

毒品的祸害不仅影响着外地人，还影响了本地人，尤其是年轻人。为了搜刮几美元，他们会破门而入，偷走任何可以卖钱的金属。现在农场既没有人也没有动物，正是他们下手的最佳目标。

有时，没带孩子时，斯泰茜还是会去"林基·丁克斯"。2012年7月的一个夜晚，她在那里碰到了托比·赖斯。赖斯是赖斯能源的首席执行官，赖斯能源是山脉资源在和睦镇和繁荣镇周围的油气竞争对手。虽然这两家公司在和当地住户签约时互有竞争，但是他们也会合作，当一方需要一块特定的地来钻井时，互相之间也会交换地块。赖斯看起来也像个投机分子。他穿着工作裤，身材粗壮，帽子下面露出蓬松的头发，看起来一点也不像他自己：那个波士顿富裕郊区来的29岁年轻人，对冲基金经理的儿子。

2007年来到宾夕法尼亚西南部之后，托比便成立了赖斯能源，公司最初只有四名员工，包括他的未婚妻，但现在已经发展成一家拥有几百名雇员的大企业。赖斯在当地的口碑不一。有些人把他看成一个假扮成乡村男孩的信托基金公子，但是斯泰茜喜欢他。赖斯看起来非常务实。他是公司的高管，但他依然会不时到"林基·丁克斯"这种地方来，还会和员工们到南波尔特附近玩悬浮滑板。他也知道哈利病了，并深表同情。斯泰茜认为他看到了自己这一面。托比在赖斯能源一直努力避免使用废料池。他们在宾夕法尼亚确实拥有一个运作着的废料池，但他们把大部分的废料都储存在钢罐里。赖斯在酒吧跟斯泰茜说，自从过去几年在集市上买下他们的动物之后，他的墙上便挂着斯泰茜孩子的照片。后来有人向赖斯求证时，他说不记得他们谈话的细节了。但是斯泰茜那天晚上在日记中写道，托比说他每天看到哈利的照片都会想起他们，他说因为和山脉的公开斗争，哈利身上会有"污点"。

一切都使我生气，特别是在集市上，斯泰茜写道。这是山脉摧毁他们生活的另一种方式，她想，让她那本来就害羞的儿子成为谣言和怀疑的对象。斯泰茜写道，当托比·赖斯答应在今年的集市上购买佩奇和哈利的动物时，她感到振奋不已。（尽管流离失所，她还是设法在同事的牲口棚里寄养了两头猪。）那样将会使山脉感到难堪。

在次月的集市上，赖斯说到做到，出价并买下了佩奇的猪。从8岁起，佩奇每年都把集市的表现归功于她穿的那双小猪袜子。斯泰茜很感激赖斯，并把他的慷慨解囊视为自己的一次小小成功。然而2012年的集市却产生了内讧：天然气租约带来的大量现金意味着家长们可以在孩子的动物身上投入更多的资金，随着赌注的增加，家长之间的竞争不出所料地日趋激烈。斯泰茜的朋友琳达·文克莱沃斯女儿的小猪夺得总冠军之后，有人塞了一封匿名信到集市办公室的门缝下，说那头猪服用了类固醇，琳达·文克莱沃斯则矢口否认。*比赛已经失控*，斯泰茜写道。

赖斯买下佩奇的小猪那天，贝丝·沃尔斯打电话告诉斯泰茜说，他们又有一匹马死了。这次是阿什莉那只4岁的欧基。为了训练欧基，阿什莉克服了自己不愿与其他马近距离接触的心理。她害怕再次失去，但她最终战胜了自己，并使欧基成为她参加绕桶比赛的最佳搭档。阿什莉刚刚完成与她的磨合。两天前，阿什莉骑着她参加了西弗吉尼亚举办的一次绕桶比赛，并以半秒的优势夺冠，这个成绩已经很好了。但是还不到48小时，欧基就站不起来了。欧基在干草中挣扎着，阿什莉躺下去，把身体置于马头和马棚的地板之间，这样欧基的头就不会撞到地面。切尼医生来给欧基输液，但是还不到一个小时，她就死了。兽医也不知道是什么原因。贝丝开始担心起女儿的心理健康。过去两年来，她先后失去了卡明斯、约迪、小狗们，现在是欧基。悲伤的阿什莉又文了一个文身。她有一张欧基一只眼睛的照片，现在她把这只眼睛文在了自己的颈后。

斯泰茜难以相信沃尔斯一家还住着井场附近，但是贝丝拒绝搬走。"我们去哪里可以确保安全呢？"贝丝问我。现在到处都是井场和压缩机站。要是他们搬家后发现情况并无改善，又该怎么办？不过，白天大部分时间贝丝尽量在远离农场的地方度过，她把七只狗装上车，把它们送到华盛顿的一个公园。贝丝的哮喘病加重了，除此之外，她还有头晕和严重的皮疹等症状。但是贝丝依然耐心地坐在家里，密切地注视着来来往往的卡车，她一边打电话，一边翻找文件，以便了解她和巴兹起诉环保部这两个案子的最新进展。

2012年夏天，史密斯夫妇就《13号法案》（即新的《石油和天然气法案》）与州政府对簿公堂的案子也已经见诸报端。2012年7月26日，联邦法院（州上诉法院）做出了一个艰难的决定，裁定《13号法案》大部分内容违宪。史密斯夫妇的胜利令人震惊，但他们也收到了几条警告。在一些问题，包括医生禁言令的问题上，法院做出了有利于州政府的裁决。法院还支持另外一项限制披露健康危害的规定。如果土地所有者发现自己的水受到污染，那么不管是他、州政府还是油气公司均没有义务让那些使用私人水井的邻居知道污染的事，或者是任何的补偿协议。

后来斯泰茜才知道，这条规定直接适用于她的困境。她从贝丝口中了解到，耶格尔夫妇和山脉签订了一个私人协议，山脉赔偿了他们十万美元的用水损失费，同时终身为他们提供卡车运送的自来水，来填满他们的"水牛"。罗恩·耶格尔作证人陈述时贝丝也在场，据她说，耶格尔宣誓称，每一次其他井场使用废料池中的液体进行压裂时，他们还会付给他27,000美元。虽然环保部知道污染的存在，但是州政府却从未发出过违规通知单，因此对于所发生的事没有任何的公开记录。州政府不愿将耶格尔井场列入水源受天然气钻井污染的水体名单之中，因此这个问题一直没有记录，周围的人也都不知道。按照《13号法案》的新规，这么做是合法的。

然而，和史密斯夫妇取得的巨大胜利比起来，这些损失简直微不足道。约翰认为地方政府有责任保护自己的居民，这一论点使他打赢了这场官司。这样的结果连他自己也感到震惊。小城镇打败了强大的州政府。与此同时，正如他所料到的，关于宾夕法尼亚居民有权享有纯净的水和洁净的空气，这些与环境权利相关的论点在保守派占优势的法院完全不受待见。

宾夕法尼亚州政府和环保部立刻对这一裁决提出上诉，宾夕法尼亚最高法院同意审理此案。最高法院的首席法官是保守派共和党人罗纳德·卡斯蒂尔。当着他的面质疑州政府，想想都让人觉得害怕。

史密斯夫妇庆祝他们取得的胜利，斯泰茜也好好热闹了一番。好消息太难得了，每次公共舆论倒向她这一边时，斯泰茜都会感到安慰和自豪。她在日记中给这一天加上了星号。

《13号法案》被判违宪，她写道。*州法官裁定它违宪！感谢上帝。今天是宾夕法尼亚州的好日子。*

第二十二章

所有人都在奔向毁灭

  2012年夏是蝙蝠侠之夏，同时又是选举季。克里斯蒂安·贝尔主演的《蝙蝠侠：黑暗骑士崛起》正在影院上映。电影以匹兹堡为原型，展示了一个崩坏的哥谭市，废弃的人行道上荒凉的碎石，破裂的水管正嘶嘶地往上冒着蒸汽。这些后工业化时代的景观，那些摇摇欲坠的基础设施，正是我们时代的标志。物质世界的崩溃反映了社会秩序的坍塌。集体已经不再重要：每个男人、女人和小孩都只能靠自己，就连蝙蝠侠也顾不上他们了。

  在和睦镇周围，居民们通过在自己家门口立路牌的方式，表达着不同的诉求，以及对当地和国内事务的不满。在五公里长的和睦岭路段，这样的路牌比比皆是。从高速出口开始，有人在那里立了一大堆红和黑色的牌子，上面写着"停止和煤炭的对抗，奥巴马下台"。往前行驶不到一英里，有人弄了一块背光路牌（你在汽车餐厅可能看到的那种），上面写着："山脉不是个好邻居。山脉+钻探＝没有水！山脉说请证明你的说法。"还有一块路牌上只写着"以前的水质没问题"。

最后，就在迪安氏自助洗衣店门口，立着又一块背光路牌，上面写着：

奥巴马－拜登①
谜语人－小丑②
上帝保佑美利坚

沿和睦岭路往下开两英里，就到了谢莉那座有两百年历史的农舍。一个夏日的午后，谢莉坐在自家农舍的门廊上，她的怀里抱着一只浣熊孤儿，这是自从一万加仑的水车开始在这条通往井场的公路跑上跑下之后，她抚养的第五只浣熊幼崽。过去几年来，她已经习惯在马路上寻找那些被车撞死的动物，看看是否有幸存者。她把第五只浣熊命名为"里佩皮"，这是她最喜欢的骨科医院医生的名字。谢莉是在开车急转弯时发现这只浣熊的，当时她没有下车，只是打开车门，轻轻地从它的兄弟姐妹和母亲的已被碾成肉酱的遗体中，抱起这只幼崽。

那年夏天，谢莉为和睦镇赢得了一大胜利。她称之为"中大奖"。谢莉一直都在争取让小镇接上自来水水源，现在，就在我们坐在门廊上聊天的时候，我们看见一辆黄色的小卡车正沿着和睦岭路铺设水管。两百年来，这个小镇第一次用上了自来水。

谢莉的行动始于两年前一个星期天在教堂做礼拜时，一名教友突然在椅子上转过身来。韦恩·米勒是油气公司的一名卡车司机。他想让当地的自来水公司接一条水管到他家，但是自来水公司跟他说需要

---

① 奥巴马和拜登分别为当时的美国总统和副总统。
② 谜语人和小丑都是《蝙蝠侠》中的反派角色。

找多一些人——每英里九户人家——这样经济上才有可行性。米勒想起了长老会教徒们，他们的井水被甲醛给污染了。他还知道谢莉等邻居家的水质很差，或者根本就没有水源。

告诉我该怎么做，谢莉说。接下来两年里，她大部分时间都在村子外围这段九英里长的和睦岭路跑上跑下。她先沿着公路的右侧往上走，依次征询80户人家的意见，然后越过黄色的虚线，来到公路的左侧，一边往回走一边继续征询另外70户人家的意见。只有两户不愿在申请自来水的请愿书上签字。

谢莉对自己很满意，她以为工作已经完成了，于是把名单交给了当地的水务局，但是小镇需要钱：从一家为建造自来水系统提供低息贷款的政府部门宾夕法尼亚基础设施投资局那里拿到750万美元的拨款。贷款需要有那九英里路段25家企业的签字。谢莉认为这是不可能的，和睦镇根本就没有足够的企业，但她还是再次挨家挨户去敲门。谢莉一旦下定决心，就不会轻易放弃。

但是结果却大大出乎她的意料：许多人都在家以外的地方经营着小企业，包括一个寄养马匹的马厩、一家照相馆、她母亲的雅芳化妆品店、一个女按摩师，以及一个卖蜡烛的。原来真的有25家企业藏在和睦岭路的后面。小镇拿到了拨款，现在正在铺设水管。初战告捷，谢莉当然感到高兴，但她还得继续为争取2012年的水权而战，这种不公依然令她感到失望。

"水这种自然资源正在遭受产值高达数百万美元的企业的破坏，为了购买这种自然资源而在会议上和人辩论，真是一件令人羞耻的事。"她对我说，"家族的第五代人正在为水而战，我正亲眼见证这件事，孩子们从拉夫溪水泵站把水拉来，倒进一个人工挖的井里，这口井由我们宾夕法尼亚所在的大马塞勒斯地区的泉水汇集而成。"

不管怎么努力,谢莉还是无法用上自来水。她没有足够的钱支付一次性接入费,自来水公司要她先付700美元,六个月后再付1,400美元。那个从旧货市场上淘来的按摩浴缸将继续留在客厅当洗衣篮用,谢莉说。她的两个男孩都已长大,早已学会了自己洗衣服。她的丈夫吉姆身体不太好,从宾夕法尼亚州运输部修路工的职位上退下来后,便一直待在家里,因为背部有伤,他什么活也干不了,眼睛也由于长期吃止痛药而有些呆滞。谢莉渐渐对他感到厌烦,对自己成为家里唯一的决定家庭存续的劳动力也感到厌倦。这栋房子买下来的时候,二楼已经有30年没人住过,头七年,谢莉和J. P.以及贾德睡在一楼的床垫上,和他们一起的,还有两只海龟和一只夜里出来活动的刺猬。

谢莉也收集化石,她有一块和哈密瓜差不多大的:那是3.5亿年前的一截树干,来自一种名为鳞木属的植物,这种植物在四亿年前曾经异常繁盛。在压力和时间的双重作用下,这些树木变成了煤炭。那块化石就是谢莉所拥有的全部矿产,然而她并不在乎。她从来都不关心如何进入中产阶级并获得财富。她在厨房的墙上贴了一句标语,上面写着:*耶稣把水变成了酒,我则把它变成了烈性酒*。她一直都关心别人胜过关心自己。

自来水只是解决了和睦镇的部分问题。炎热的夏季到来时,干旱开始了,这使得过度抽取地下水的问题变得更加严重。在整个华盛顿县及周围地区,许多溪流的水位都比正常水平低50%。雨水不足是一个原因,而那些把水管伸进溪流,用压裂法每打一口井就要抽取400万加仑水的水车的作用也不小。任何人开车在和睦镇和繁荣镇转上一圈,都会发现,两个当地水库的淡水都消失了。这两个水库2005年被一名做过房地产开发商的天然气大亨买下。钻井公司使用自己的水是合法的。他们到联邦的溪流抽水也是合法的，或者说近乎合法。理论上，对于一条溪流可以抽多少水是有规定的，但是没有人去执行那条规定，因此水变得越来越少。

"我们不知道库存还有多少，所以任人取用。"陆军工程兵团的生物学家罗丝·赖利后来对我说。30年来，她见证了这一地区的水质一步步变好。然而随着工业的回归，水质和水量都在下滑。煤炭开采和天然气开采在这一点上有许多相似之处：两者都由成功抵制了监管（可能削减利润）的大型企业操刀。"我们在18世纪和19世纪开始挖煤，"她说，"100年后我们的监管才到位。我认为这个行业也不会更快。在那以前，一切都是自由放任的状态。"赖利所说的，是由所有公民共同托管的联邦水域。而由于愚笨无能和疏忽大意，州政府正大开金库门，并鼓励大家前来挤兑。

经济学家这样描述"公地悲剧"：那些共用牧场的牧民不可避免地将自己的牛群需求置于他人的牛群之上，他们会不断地增加牛群的数量，从而占有比自己应得份额更多的牧草。这些"搭便车者"获得了公地带来的收益，直至把它全部用光。这种将个人利益置于集体利益之上的做法，是人类的天性。"公地悲剧"理论向来被用来支持个人财产权的案子：由于集体无法保护共同拥有的财产，那么我们可以对它进行分割，让个人照顾自己的那一份。但是假如公地的下场不一定是悲剧呢？假如人们能够制定出共享公地的有效措施，并让这些措施代代相传呢？印第安纳大学的政治学教授埃莉诺·奥斯特罗姆认为，21世纪解决"公地悲剧"的方法在于遵循常识。共享的做法过去成功过，将来也能够成功。奥斯特罗姆因此获得了2009年的诺贝尔经济学奖。

她于 2012 年逝世。

在和睦镇的历史上，对公有水体的管理方法便是共享。从多德们的水井中抽水，直至把它抽干。轮流用志愿消防车去溪里拉水，把蓄水池装满。让斯泰茜和住在隔壁的谢莉带着空的牛奶罐到左邻右舍去要点水。可是这种共享的概念不能推广至采掘业。煤炭、石油和天然气公司并非用公共吸管轮流吸食的普通邻居：它们是工业老虎。这正是理论上政府监管可以介入的地方。但是这么做并不容易。首先，资金短缺的州政府无法切实监管联邦溪流的水位。其次，企业和那些本该监督它们的部门之间的人员流动削弱了法律执行的力度。第三，许多西宾夕法尼亚人敌视政府的监管——认为这是联邦政府扰民和多管闲事的又一例证。

这种情况并非只出现在和睦镇和繁荣镇。蕾切尔·卡森的故乡斯普林代尔距离这里只有一个半小时车程，那里的许多居民也是这么想的。春季的第一天，我驱车来到斯普林代尔，在卡森书中一开始提到的她 11 岁时的那个森林漫步。我想听听斯普林代尔人如何理解这位著名的环保主义者留下的遗产。我知道他们生活在燃煤发电厂的阴影之下，也知道斯普林代尔正把水卖给油气公司，以满足压裂法开采对水的巨大需求。我不知道在这种天然气热潮的利益交换下，人们是否还记得卡森。

卡森的那座森林只剩下一小块，我在里面走了走，然后就去见斯普林代尔市议会的主席戴夫·芬利。"在宾夕法尼亚西部，我们拥有的最大资源就是淡水。"他说。蕾切尔·卡森是本地的英雄，她呼吁保护水资源和水质的做法是对的，但不应该以政府的干预为代价，他认为。

"蕾切尔·卡森的努力引发了一场环保运动，"芬利接着说道，"她是她那个时代的领潮人,但是我认为她没有想到联邦政府会介入。如果她知道华盛顿特区那些官员每年花费了多少国民生产总值,她会晕过去的。"他还说,华盛顿特区在这些小镇的名声很不好,比采掘业的名声要坏得多。芬利说得没错,卡森并没有明确呼吁联邦政府监管环境。她的论点比那要集中得多,她解释了人工合成的化学物质如何进入食物链,以证明它们之间是环环相扣的。然而根据环保局的网站,《寂静的春天》一书的确促成了 1970 年环保局的成立。"在这本书的影响下,全国超过 14,000 名科学家、律师、经理和雇员聚集在一起,打了一场'环境保护'的大胜仗。"以前环保局的网站上有这么一句话,但是后来被删掉了。

"我们以前有过几股热潮,"芬利说,"我们有过钢铁热潮。我们有过煤炭热潮。他们留下的最后 20%,必须由其他人去清理。煤炭和钢铁是这样,马塞勒斯也会是这样。听起来像是个挺悲伤的故事,但其实不是。"

第二十三章

远处的人

除了发现泄漏和溢出的问题之外，令肯德拉感到失望的，还不只是山脉资源一家。截至 2012 年，山脉的股价已经从每股 20 美元涨到了 70 美元，而且随着越来越多的燃料发电厂用天然气代替煤炭，它的股价还有可能再创新高。山脉是一家资产十亿美元的上市公司；它有责任为股东的利益服务，在电话里和证券分析师吹嘘自己的季度利润，当然不会提废料池泄漏这些小问题了。这一点肯德拉非常明白。她不能理解的是宾夕法尼亚州政府在这一系列事件中的角色。环保部老是出错。其中一个错误和州政府在几个井场（包括耶格尔井场）做的空气研究有关。环保部从研究中得出的结论是，空气没有明显的问题。但是当肯德拉拿到原始数据后，却发现环保部的计算有严重错误，她重新计算了一遍，发现里面含有大量的甲硫醇，这种气体本身是有害的，而且经常和硫化氢成对出现。当肯德拉向环保部的技术人员指出他们的计算错误时，对方承认是自己失误，并且肯定肯德拉的数字是正确的。空气和水的质量依然令人担忧。有房主抱怨石油和天然气可能污染了自己的水源，环保部为他们的水质做了检测，但是当肯德拉查看这些检测报告时，却发现里面的资料少得可怜——"真是开玩笑。"她说。

2012年秋，肯德拉认为自己发现了一个更大的模式，在这个模式下，环保部给人们发送的报告内容非常有限，从而有意地误导他们。问题主要出现在那些有潜在危害的金属上。环保部的水质检测员到某户人家检测水质时，他会把提取的水样交给实验室，等检测结果出来，再在电脑里输入一个代码，获取这些报告。但是他拿到的报告并不完整。环保部的检测和他们给房主的报告之间有偏差。环保部的实验室检测了24种不同的金属，然而报告上只有8种。铜、镍、锌、铬、硼、钛、钴、锂——所有这些都可能有害并且和钻探产生的污染有关。但是，假如某户人家的水源中检测到这8种化学物质中的任何一种，房主看到的报告上却不会显示。

假如环保部是家企业，那么肯德拉将按照公司法起诉它犯了欺诈罪。但环保部是一个政府部门，一开始肯德拉不知道该怎么办。她觉得自己除了引发争论之外别无他法。她写了一封公开信，指责环保部向公众隐瞒重要的结果，并将这封信寄给了当时的环保部部长迈克尔·克兰瑟。克兰瑟部长毫不隐瞒自己对石油和天然气的立场。他认为身为环保部部长，自己有责任推动钻井的进行。"不管怎么说，我的工作就是确保天然气得到开采，而且开采顺利。"他在上任的第一天说。2013年辞职后，克兰瑟回到私人律师事务所，成为一名油气行业的律师，山脉就是他的客户之一。

2012年11月，《纽约时报》报道了肯德拉发现环保部隐瞒井场附近存在有毒物质的事，消息顿时在全国传开。环保部立刻否认了指控。

环保部的发言人凯文·森迪称肯德拉的说法"骇人听闻"。环保部还出了一份声明，称这封信是"一名原告律师试图误导公众，操纵新闻报道的卑劣做法，目的是为了在媒体上打官司而不是对簿公堂"。按照环保部的说法，检测的方法符合标准，与其他州的检测方法也大同小异。山脉资源的马特·匹兹雷拉——他曾经公开宣称史密斯夫妇是"唯利是图的低级律师"——也同意这种说法。"他们绝对一个案子也没有，他们也知道，这就是他们选择在媒体上辩论的原因，"他说，"我们将继续坚决捍卫我们的业务和声誉。"

华盛顿民事诉讼法庭是一座有着半月形柱廊的宏伟的石头建筑。乔治·华盛顿的雕像依然屹立在穹顶的上方，他俯瞰着这座城市，同时小心翼翼地等待着三月份一年一度的"威士忌暴动"重演。和县里的大部分地方一样，华盛顿法院最开始只是一座小木屋，但它见证了繁华的过去。法院前方有一块地长期被用作办理"尽快保释保证书"业务的专用停车场。

2013年1月29日，当黑尼起诉山脉一案首次开庭时，穿着黑色长裤套装一头鬈发的肯德拉，看到至少十几名公司辩护律师出场，他们代表的分别是山脉资源、为井场提供一部分化学品的哈里伯顿公司，以及其他15名当事人。那天，有几名被告认为此案和他们无关，不应该把他们牵涉进来。

法庭的墙壁被漆成了红色，黑色的木凳类似教堂的长椅，此时如果有人漫不经心地从后面看过去，他可能会以为这个被一群西装革履的男人围在中间的小个子女人遇到麻烦了。其实不是。

肯德拉并非坐在法庭前排的唯一女人。那天，华盛顿县的首席法官黛比·奥戴尔·塞尼卡听取了双方的观点。年届六十的奥戴尔·塞尼卡是华盛顿县的第一位女法官，她当法官已经22年。肯德拉知道这名法官审判过石棉案，这意味着她熟悉化学品危害的基本原理。这使得肯德拉在深入浅出地解释复杂学科时要容易许多。但是那天肯德拉不用对此做出解释，取而代之的是她不得不说服奥戴尔·塞尼卡，为什么这些被告对她的当事人负有责任，因此不应该被排除在案件之外。

被告的论点集中在对严格责任的解释上。哈里伯顿的律师认为斯泰茜、贝丝、巴兹及其家人并非他们产品预期的最终用户。在严格责任的条款下，公司对他们没有责任，因为他们是局外人。按照宾夕法尼亚州的法律，如果一台有问题的拖拉机的刀片飞出来，砍断了驾驶这台拖拉机的农民的头，那么可以追究生产刀片的公司的法律责任。但是如果同样的刀片飞出来砍断的是邻居的头，那么刀片公司则没有责任，因为邻居并不是他们产品预期的最终用户。管道公司红橡树水务被控犯有疏忽罪，他们的律师秉持的观点与此相似。他们的临时管道是否冻裂，并使化学品泄漏到住户上方的坡地里，这并不重要。泄漏并没有发生在原告的住地，而史密斯夫妇也没有在他们的案情摘要中引用任何案例，证明管道公司对"远处的人"负有责任。

允许山脉资源通过他们的"全接"系统修改水质检测报告的独立实验室"美国检测"，他们的律师所做的陈述也与此类似。黑尼一家、沃尔斯一家和基斯卡登一家都没有付钱给"美国检测"，因此不是他们的客户。而山脉资源是他们的客户，因此这家公司有权对"美国检测"提供的报告做任何修改。

这一切都在肯德拉的意料之中，她提出了相反的观点。不管她的当事人是否是局外人，他们已经受到这些公司的伤害。这些公司都有自己的职责。他们违反了职责，损害了他人的健康。伤害已经发生，她说："局部皮肤增厚、鼻孔和喉咙起泡，再加上他们体内发现的各种毒素，苯、甲苯和砷，这些都是当事人未来生病的原因……问题不在于他们将来是否会生病，考虑到他们体内的毒素，这只是个时间问题。"

这些原则同样适用于那些自称独立的水质检测实验室。他们的雇员接触过她的当事人，他们造访过她当事人的家里。他们有责任提供完整的检测报告。他们现在不能简单地推卸责任。肯德拉说，"这不是我们的问题，这件事和我们无关，客户要我们怎么做我们就怎么做，是他们给报告做的手脚"这种论调，和给人一把枪和几颗子弹，再在他们面前放一瓶威士忌，然后说"不关我们的事，你想怎么做都可以"本质上没什么分别。

威士忌、子弹和枪。坐在法庭后面的贝丝和斯泰茜听到这几个词，不禁互看了一眼。听到律师大声地为她们说话，她们备感欣慰，这证明了她们确实存在，而且肯德拉比她们想象的还要不好惹。

"肯德拉个子虽小，说话却很有分量。"贝丝说。斯泰茜和贝丝相隔一排，坐在几乎空无一人的旁听席上，陌生人不会把她们俩联系在一起。斯泰茜的双臂交叉在前，显得有些局促不安，她意识到自己正是法庭前面双方激烈辩论的对象。贝丝则刚好相反，她似乎很喜欢在那本新买的笔记本上涂涂写写，恨不得把每一分钟都用来记录。贝丝的旧笔记本几个星期前被偷了。她的同父异母妹妹洛丽是名前科犯，曾经因被指控吸毒和卖淫而在监狱待过一段时间，洛丽来沃尔斯家参加除夕之夜的聚会，临走时，把一把装满硬币的迪安氏水务的水壶、贝丝为圣诞节准备的几口新锅，和那本笔记本也带了去。她曾打电话给贝丝告诉她这件事。

洛丽对贝丝说她把贝丝的笔记本给了山脉。这真是太奇怪了。这事可能吗？洛丽一直都在想方设法弄钱。她有可能找到对这些笔记感兴趣的其他买家吗？真是太离谱了——在外人看来可以说难以置信——但在意外频频发生的和睦镇，尤其是在贝丝·沃尔斯家周围，这种可能性却无法排除。后来，贝丝被一名山脉的律师盘问时，曾经问这名律师，她的笔记本是否在山脉手上，对方的回答是没有。

在日复一日的所有失望中，唯一一件令斯泰茜和贝丝感到满意的事是找对了史密斯夫妇。随着 2013 年冬天的到来，她们每个人寄托在史密斯夫妇身上的希望比以往任何时候都要多。斯泰茜已经不再奢望州政府能保护自己。环保部是一群废物，他们没有采取任何措施阻止山脉破坏她们的水源和空气，从而导致斯泰茜和两个孩子不得不离开农场。斯泰茜对联邦政府也失去了信心。那群曾在她家走来走去的环保局调查人员好像已经成了局外人。事实证明，他们的调查没完没了且毫无结果。

*我完全不知道环保局是怎么回事，*斯泰茜在日记中写道，*他们本应保护我们的。*就连费城来的好心的卫生稽查员洛拉·沃纳也对环保局的拖沓感到失望。她向斯泰茜道歉，让她等了这么久，斯泰茜很感激她。但是她认为联邦政府不是无能就是故意行事拖拉的观点并没有改变。

过去一年中，斯泰茜对环保局的介入也越来越持怀疑态度。发现废料池泄漏后，州政府命令山脉在井场安装地面钻井监测器。检测报告出来后，他们又指出乙二醇出现的位置是在地下 82 英尺的深处。在肯德拉看来，污染的位置那么深，意味着压裂液已经到达了地下水。

但是环保局并不打算检测她的几名当事人的水质，看看里面是否含有乙二醇或者丙二醇，尽管黑尼家和沃尔斯家的水中已经发现了小剂量的这类物质。

"你可以告诉我为什么没有检测那种二醇吗？"2012年3月，肯德拉写信问环保局研究小组的负责人里克·威尔金，"在山脉所做的检测中，沃尔斯家和黑尼家的饮用水源中都发现了丙二醇。"

"我们不会检测丙二醇——我们正在研究更可靠的检测丙二醇和乙二醇的方法。"威尔金回答说。

在肯德拉听来，这句话像是遁词，目的是为了使环保局故意不去发现水里面的问题。事实上，环保局一直都在寻找更可靠的检测低浓度二醇类的方法，而且环保局的一名科学家最近成功找到了这种方法。但是据熟悉检测的人透露，油气行业正在努力阻止新方法的通过，因此环保局只好继续使用他们并不完全相信的检测方法。但是，联邦政府是他们最后的希望，因此肯德拉允许威尔金的团队返回，同时提醒他们注意："我们和我们的全部当事人仍然希望，第二轮检测以科学为依据，且不掺杂任何的政治动机，因为我们的当事人已经被他们所信赖的、本该帮助弱小群体的政府部门所抛弃。"

肯德拉和环保局打交道的过程依然令人担忧。终于，2013年3月，里克·威尔金联系了肯德拉。由他的团队所做的黑尼家、沃尔斯家和基斯卡登家的水质检测报告出来了。但是威尔金希望在电话里说，而不是像肯德拉要求的那样，把书面报告发给他们。史密斯夫妇因此在办公室安排了三个不同的电话会议，一个是斯泰茜的，一个是贝丝的，一个是巴兹的。在每一个电话会议中，肯德拉都不停地朝扬声器问问题。电话的另一端坐着几个政府机构的成员，肯德拉认为这是他们获取技术问题答案的机会。

环保局的答案很复杂。贝丝、斯泰茜和巴兹的水中都含有化合物，这可能预示着柴油的存在，但也不一定。问题非常严重，他们谁都不能饮用自家的井水。但是政府部门的官员不愿把这些问题和钻探联系起来。他们也不会出书面报告，除非史密斯夫妇向环保局申请，而这可能耗费数年时间。肯德拉发现自己正在电话里恳求他们这么做，这使她非常吃惊，因为恳求这个词从来就不在她的字典里。如果联邦政府出具一份信函，大致说明巴兹家的水有什么问题，那么她就可以拿着这封信到宾夕法尼亚州政府去，争取让他们给他提供新的水源。

没有这封信，她什么也做不了。卫生稽查员洛拉·沃纳建议肯德拉向联邦政府提出申诉。那将花费多长时间？肯德拉问。一年半，沃纳说。这样一来，案子就要到2015年才能结束，肯德拉想当然地认为——事实证明，她错了——案子在那之前早已结束。电话会议结束后过了几分钟，他们的扬声器响了。按照肯德拉和约翰的说法，一名卫生稽查员从自己的小隔间打来电话，再次向他们强调巴兹家的水千万不能喝。但是，后来我直接联系这名稽查员，向他求证这件事时，他却矢口否认打过这个电话。

第二十四章

无知浑蛋

肯德拉喜欢坐在后院的石墙上,观察锦带花丛上的紫红色花朵。会议桌对面的花朵并没有向她叫喊或者朝她走来。2013年8月中旬的一个下午,她正在石墙上坐着,电话响了:是巴兹·基斯卡登打来的。巴兹喜欢肯德拉,他信赖她那直言不讳的态度。斯泰茜和贝丝会让约翰带话,因为约翰更容易联系到,而肯德拉则经常埋头研究一整个活页夹的血液检测报告,但巴兹有什么想说的都会直接给肯德拉打电话。

巴兹对肯德拉说,他的血液中有癌症,在他身上还有一个垒球那么大的肿瘤。

虽然巴兹没有用那个词,但肯德拉知道血癌就是白血病。她和其他人一样,也知道他是一天抽一包烟的老烟枪,以前还吸过毒。他还是得了癌症,肯德拉想。八月对她的当事人来讲注定将是个难熬的月份。

十天前,斯泰茜开车和老爹一起回农场拿断路器。她和两个孩子又要搬家了,这一次他们将搬到曼基巷的亲戚家去住,她和克里斯已经把这座房子租下来。这栋二居室的房子很窄,需要翻修一下,但是却有足够的空间养动物,而且位于和睦镇的范围内。不到几个月,他们已经把克里斯的卖房所得变成了首付。为了以防万一,即使在新房子里,斯泰茜也只喝瓶装水。

为了尽量节省搬家的费用,斯泰茜把每样东西都从老房子带过来。虽然一个新的断路器只需不到20美元,但她想着能省则省,得充分利用那些不得不留在老房子里的东西。

那天上午,斯泰茜随身带了把手枪和一个口罩。当她和老爹到达农场时,斯泰茜注意到屋外的青草上有踩踏的痕迹。房子长期没有人住,斯泰茜以为可能是周围的鹿群习惯了在院子里睡觉。接着她又发现了一堆灰烬。一开始,它们看起来像是一堆雪,但是时令不对,斯泰茜一时想不通它们从哪来。当她来到门廊时,看到地上散落着客厅那个烧木材的火炉的碎片。农舍的前门已经被踢开。斯泰茜和老爹静静站立了一会,在确保屋里没有声响之后,他们才推开破裂的门框,走进厨房。

房子被洗劫过,所有的金属都消失了。火炉、冰箱和洗碗机都不见了。斯泰茜和老爹慢慢地穿过客厅,沙发和躺椅都被翻了过来,而剩下的那些东西,儿童圣诞节目的旧录像带,则在粗毛地毯上散落一地。

斯泰茜曾试图用百花香掩盖一楼浴室的臭水味,那里的水管已经被人从墙上拔了出来。沿楼梯拉到餐厅墙上的那根铜管也难逃厄运,斯泰茜曾在上面印上自己钟爱的常春藤图案。

这房子感觉像是一只内脏被掏空的动物,动脉和静脉都被扯出来了。斯泰茜爬上楼去看她的浴室,发现里面的设备也都不见了。奇怪的是，还有一样东西也不见了，那就是她的一堆指甲油。后来她才知道，洗甲水中的丙酮可以用来制造甲基苯丙胺①。佩奇的房间里，那几块印有约翰迪尔拖拉机图案的粉红色帷幔依旧在窗户上发霉；哈利的房间里，熊、驼鹿和白尾鹿的脚印依然留在墙上，没有被破坏。

斯泰茜和老爹下到地下室时，发现盗贼锯断了燃油管道，整个地下室的水泥地上都流淌着燃油。盗贼还砸烂了地下室的窗户，到处都是玻璃碎片。斯泰茜很感激老爹和她在一起，在他身上，有一种历经苦难后处变不惊的强大力量。

在和睦镇和繁荣镇，废金属市场的运营和世界其他地方没什么不同。当金属的价格迅速上涨时，人们会把后院的所有废金属都拉去卖。只需看一眼基斯卡登的废品场你就知道现在金属市场的行情如何。如果价格高，那堆破烂就会不见踪影，河谷的风景也会突然恢复原始的质朴。

但斯泰茜那个烧木材的火炉不是废品。它至少值几千美元，是斯泰茜希望带到曼基巷新家的几件有价值的物品之一。盗贼抢劫令她感到恶心——一想到那些因吸毒而精神恍惚的陌生人在她的最后几件东西上摸来摸去，斯泰茜的心情就无法平静。东西一件接一件地失去。虽然斯泰茜很努力地向前看，但她依然能感觉到一个个愤怒正在自己的心头累积。

我希望有人放火烧了这房子，斯泰茜想。她担心如果打电话告诉银行有人入室盗窃的事，银行会收她更高的保险费。她想的没错。银行

---

① 甲基苯丙胺：其结晶形态即俗称的"冰毒"。

考虑到上升的风险要求她额外购买一年 5,000 美元的强制保险。为了维持一个可怜的梦想，她每月必须支付 1,600 美元。而一旦她开始拖欠贷款，这个数字马上就会增加到 2,000 美元。盗贼们用一把铁撬棍使她明白了一个简单事实，那就是农场已经彻底完蛋。永远完蛋了。也许是时候面对它了。斯泰茜不知道自己能否使银行相信，这座房子已经不适合居住。让她自己接受这个事实都很困难，但最好是就此罢休，同时把按揭贷款的钱省下来。"就像是在做一个永远无法醒来的噩梦。"斯泰茜告诉我。她将不得不再找份工作，或者是在医院值更长时间的班。

她仍设法为孩子们买了参加 2013 年集市比赛的山羊，并寄养在一个亲戚家里。17 岁的哈利很快就不能参加四健会比赛了，斯泰茜希望尽可能地让他参加。现在他准备回三一中学念书，但这一次却是以网络学生的身份，一天在线上上三个小时的课。和其他地方一样，网络教育在宾夕法尼亚正日益流行，每 100 个公立学校的学生中就有两个是网络学生。网络教育是为那些因各种原因无法到普通公立学校上课的孩子设计的：工作、运动、焦虑或者其他疾病。任何人都知道，对于一个聪明的孩子来说，三个小时根本不够学习，更谈不上有挑战性。但是哈利已经丧失了学习的热情。

"上学是浪费时间，"他对我说，"我喜欢网络学校，我一天能上四门课，三个小时，什么时候想上都可以。"对哈利来说，上大学的想法已经变成一个笑话。他也不在乎是否能从中学毕业，但斯泰茜会迫使他拿到文凭。他的链球菌咽喉炎一直没好，斯泰茜想知道他喉咙里面的链球菌菌株和他溃疡中发现的链球菌是否有关系。他的免疫系统似乎已经受到损害，而且他的精神状态显然不佳。"我没有一个朋友。"哈利说。这令斯泰茜感到可怕。他们母子之间的关系依然紧张。斯泰茜一直在随机检测他的尿液。

这些药物检测现在已经成了公开记录——就跟他的其他许多弱点一样。哈利经常想起前一年夏天那次令他非常不快的证人陈述。他坐在十几个辩护律师前面，和往常一样沉默不语，其实正怒火中烧。当山脉的律师问他他的山羊怎么了时，哈利回答说："感恩节前后，我那只夺得集市比赛总冠军的山羊布茨生的两只总冠军宝宝都流产了……后来，圣诞节那天，她的病情开始变得严重，并且越来越严重，我们把她抬进屋，那天夜里她就死了。她不停地抽搐。"哈利接着讲述了自己的口腔溃疡、恶心、头疼等症状。"一开始他们以为我是胃酸回流，但他们稍稍排除了这种可能性，因为他们当胃酸回流的症状给我治，情况却一点也没有好转。"那名律师又问："有没有人跟你说，你的口腔溃疡是你家附近的天然气钻井作业引起的？""有，"哈利说，"福克斯医生认为就是天然气钻井引起的。"律师接着问了哈利一个有关他父亲拉里的问题，那是哈利最不愿讨论的一个人。

"你的父母分开时，你是怎么想的？"律师问。

"我很苦恼。"

"你说'苦恼'是什么意思？"律师逼问。

"你父母离婚了吗？"哈利怒气冲冲地反问。

"现在是我在问你问题。"律师说。

"我不知道。"

"你说你感到苦恼。告诉我你的感觉如何。告诉我你的感受。"

哈利都快坐不住了。

"我很伤心。"

后来，那名山脉的律师问哈利，他们被迫离开农场时，他为什么不搬去和父亲一起住。"我不想住在城里，"哈利说，"我喜欢住在乡下，我不喜欢与人为邻，我喜欢后院和平静的生活。"哈利没有说拉里其实抛弃了他们。山脉的律师逐个地询问哈利的症状，包括牙槽里面出现的黑线。他问哈利为什么没有人把它拍照记录下来。"我只是个孩子。没有理由这么做。"哈利说。他知道律师在暗示那些黑线从未存在过。当被问到药物检测的问题时，哈利坦率地告诉律师斯泰茜曾对他进行药物检测："只是为了保险起见，为了确保我没有干坏事。"

"你妈妈还在给你做尿检吗？"律师问。

"是的。"

"频率怎么样？"

"可能几个月一次，我猜的。我没有真正调皮捣蛋，因此没必要一直做。她知道我在哪。"

哈利不介意谈论药物检测的事。他想让山脉的每个人都知道事情有多糟糕——他们都买了癌症保险，而且他几乎不可能再打猎。"反正我是不会相信从那边过来的鹿的。"他说——它们可能喝了受污染的水。哈利在森林里见过一只鹿，全身长满了紫色的肿瘤，他打中了另外一只，屠宰时发现"这只鹿的器官已经腐烂"。但是山脉的律师却一个劲地问他的感受，以及他和母亲接受治疗，互相"建立信任"的事。有必要问这些吗？哈利不知道他们的用意何在，但他怀疑律师在试图使他看起来像个神经病，或者只是身体不舒服，好像是气井以外的原因导致他出现这些问题。哈利的怀疑可能是对的：辩护的策略通常包括怀疑证人，尤其当证人是个问题少年的时候。

哈利回答："我们更加敞开心扉地聊天，仅此而已，因为我一直都很安静，因为自从我爸爸离家出走，那种情况就好像你自己给自己建了个壳,还砌了一小面墙,你不想跟任何人说话。"

"如果有机会,我会大骂他们一顿,"他后来告诉我,"整个过程我都很生气。他们问的每个问题都让我感到心烦。"最令他气愤的是,那名律师对他的态度就好像这一切都是他编造出来的。"那个山脉的家伙是个浑蛋,"他说,"他不相信我。他看我的样子就好像他认为我在撒谎。"没有什么比被怀疑更使哈利烦恼的了,尤其是被山脉资源的人怀疑。哈利把大部分的不快都放在心里,在心里默默地生着闷气。

斯泰茜知道生气对哈利没有好处,但她不知道该怎么办。对哈利来说,身体和情绪的波动已经合而为一。"七八年级的时候,作为一个被大家排斥的人,我离开了那个圈子,一切就是从那时开始的。"他告诉我。"我走在走廊上都感到惴惴不安,好像我不属于那里似的,直到今天我依然有这种感觉。"他补充说。他只是不知道如何应付这种情况。于是他回去找查克·波奇,斯泰茜离婚期间为他找的精神治疗师。哈利在开庭期间表现得彬彬有礼、有问必答,但是斯泰茜不知道是心理咨询给了他莫大的帮助。

斯泰茜更相信动物的力量。因此她一直动员哈利去参加集市。哈利 2013 年的那只山羊是个小美人。到了出售的环节,哈利用皮带牵着她从山坡上的羊棚走出来,穿过秀场敞开的大门,来到那个半月形的小小轮候区,等待自己的名字被叫到。他站在那里,面带微笑,就像别人教他的那样。说话带鼻音语速极快的拍卖师正在他身后喋喋不休地叫嚷着:全身都是肉!全身都是肉!那圈红色塑料椅的前面,坐着托比·赖斯、山脉的雇员和其他公司的小巨头们,他们身穿蓝色牛仔裤,头戴有各自公司标志的鲜艳的棒球帽,正面对面展开竞争。哈利太紧张了,他没有看到他们是怎么出价的。最好是把注意力放在山羊身上。几秒钟后就完事了。他听到了自己的名字,然后是买家,山脉资源。

哈利跌跌撞撞地走向轮候区的铁门,斯泰茜正在那里等他。在黄色干草散发的热气和令人兴奋的气氛中,斯泰茜担心他可能会晕倒。哈利不知道该怎么办。他告诉妈妈,山脉在听取了他的证人陈述之后,正试图对他补偿布茨的损失。

斯泰茜伸长脖子,看了一眼观众。她可以看到山脉的雇员坐的位置,斯泰茜给他指了指他们的方向。

走过去,面带微笑,和他们握手,然后说声谢谢,她命令他。老爹不同意这么做。他想让哈利把他们臭骂一顿,说,你们害死我一只羊,现在你们想买下我的另一只,你们觉得这样会让你们好受点吗?不会。

行了,斯泰茜对老爹吼道,她警告哈利不要这么做。哈利下定决心,朝山脉的员工走去。他们递给他一个配有荧光棒的深蓝色的山脉资源的袋子、一顶帽子、一个"机灵鬼"弹簧玩具,和一张证书。他悄悄地走回妈妈身边,把袋子塞给她,那天剩余的时间里,斯泰茜到哪里都不得不拿着这个袋子。

斯泰茜只想让哈利和佩奇向前看,但是案件的进展把他们和过去拴在了一起。斯泰茜仍在清点一切有形成本,以及她那不断增加的债务。她在笔记本的一角计算了他们的欠款——206,015.90 美元——并再次检查了自己每月的预算。她唯一能够削减的两项费用,分别是每个月 33.80 美元的癌症保险,和每个月 230.51 美元的宿营车按揭。在斯泰茜看来,癌症保险可以在他们未来需要时,支付网络外的专家咨询费,以及长期住院的费用,因此必不可少。未来得癌症,想想都觉得可怕,而且是否在承保范围内也只能碰运气,但是不保又似乎过于愚蠢。然后就是这辆宿营车了。那时因为哈利生病,他们不得不从农场搬出来,住在父母家后面的车道上,这样一来,除了那座废弃农场的按揭贷款之外,他们不用再每个月支付1,000美元的房租,当时这个想法多么美好。但是现在宿营车已经成为负担。斯泰茜把宿营车开到车行,希望有人在停车场看到它然后把它买走,这样她就能停止还贷了。

"当了解到宿营车这么难卖时,我吓坏了,"她告诉我,"这是上帝在给我们启示,要我们继续住在里面吗?"现在,每一次挣扎时,斯泰茜都会问这是不是上帝在给她启示。她还要喂养那些动物,这些费用,加上全家人的食物开销,一个月需要2,000美元。她那每个星期600美元的工资根本就不够,即使加上除草的额外收入。因此斯泰茜开始用信用卡买食物,一共累积了29,000美元的账单,同时四处寻找兼职。斯泰茜的父母担心女儿支付的利息太高,于是拿出一笔房屋净值贷款①,帮她还清了这笔债务。但是斯泰茜不肯处理掉那些动物,这个行为对她而言,就像服用抗抑郁药一样,意味着山脉赢了。斯泰茜决心尽量不在孩子们面前谈钱的事。从小到大,斯泰茜都生活在父母担心生活过不下去的烦恼之中,她不愿自己的孩子和她一样有负担。但是有时候她也避免不了。哈利依然睡在那个尚未完工的地下室里,和洗衣机/烘干机,以及几套防蜂衣在一起,防蜂衣是他们到牧场的家族蜂巢去时穿的。但是地下室装修可不是周末在墙上钉几个钉子那么简单。为了更换一面护土墙,需要雇一个承包商,这项费用大概需要

---

① 房屋净值贷款:指房主在没有还清按揭贷款的情况下,利用房屋的净值(即已还清贷款部分的房屋价值)再次进行贷款。房屋净值贷款的利息通常比较低。

8,000美元，而她根本不知道上哪找这笔钱。当斯泰茜最终把这件事告诉哈利时，哈利说他不在乎。后来，他跑下楼去，在墙上打了个洞。

诉讼正在吞噬斯泰茜的生活，不论实际上还是情感上。她不得不经常请假去作证人陈述，或者陪两个孩子去。山脉把购买哈利山羊的460美元付完之后的第六天，斯泰茜几乎整晚都在哭。第二天，轮到已经14岁的佩奇接受盘问。"这些证人陈述是我作为母亲最难受的事，"她跟我说，"那不过是个倒霉日子。那不过是众多倒霉日子中的一个罢了。我偶尔会这样。这么长时间以来我的表现都很好，然后有一天我哭了。"佩奇坐在十个律师面前，向他们讲述自己作呕、晕眩、头疼和流鼻血的事——"这些症状有时只持续几分钟，有时却会持续很长时间，也很严重。"然后还有上学。"我们家附近出现气井之前，我学习非常用功，"她说，"气井来之前，我的成绩不是A就是B……在家住那段时间，我的成绩变成了B、C和D。"除了生病，动物们的死亡也使她无法专心学习。当着律师的面发过誓之后，佩奇向他们描述了动物接二连三的死亡，包括野狗攻击造成的损失，她认为山脉应该为此负责。

"公爵夫人和弗洛皮都在家里，但是我们却不被允许——我们不能住在那里。因此，我觉得，如果我们可以住在那里，动物们就不会受到攻击了。"佩奇说。她没想到这些人会问这么多有关她自己和她哥哥的问题。当他们问她对哥哥（她叫他"布拉比"）有何看法时，佩奇说她以为"他快要死了"。那是最艰难的时候，不管是当时还是复述时。佩奇的情绪已经濒临崩溃，中途休息时她和斯泰茜去了趟洗手间。

佩奇和哈利一样，一直想和动物一起工作。她曾经梦想成为一名动物园管理员，但是最近她放弃了这个想法，改为希望毕业后在繁荣镇的杂货店工作。佩奇在学校非常用功。她十年级的英语考试没及格，她的阅读水平一直停留在五年级，也就是哈利生病的那一年。斯泰茜认为佩奇学业受阻和哈利生病的时间重叠并不是意外。佩奇一直都很努力，但就是没什么进步。为了让佩奇好受点，斯泰茜最终给她买了那匹名为"拿钱就跑"的骟马。尽管已经债台高筑，而且都不是她所能控制的，但斯泰茜还是决定买下这匹马，并把他寄养在附近的一个农场里，她认为这么做是值得的。斯泰茜延长了在华盛顿医院值班的时间，并开始在高级外科医院轮班。她甚至找了一份教护理学生的工作。为了买下一匹名为"钱"的马，她现在要打三份工。

2013年9月24日，轮到她自己作证人陈述了。在这前后7个小时的过程中，斯泰茜觉得自己表现得很好，大部分时间她都控制住了自己的情绪，除了说到盗窃案的时候。

她现在已经没有农场了，一并不见的，还有那个曾经生活在那里的满怀希望的年轻女子：她曾经如此笃信只要努力工作，就能过上梦想的生活。现在她和自己的父母已经没什么两样，他们都是经常失业的工作狂，斯泰茜已经不再相信努力工作会带给她任何收获，除了疲惫。

十一月的一天下午，斯泰茜去看看房子有什么异常没有，上次她在门框上放了块蓝色的硬纸板，以便判断是否有人进去过，她发现那块硬纸板被人动过。斯泰茜看了一眼地下室，发现最后那点电线和管道也被盗贼从管线槽隙扯了出来。她在门上留了张纸条：

那些老往我家闯的无知浑蛋听好了：我和我的孩子无家可归

已经两年半，我们非常不幸，但是现在我必须处理这件事。你们的贪婪给我造成了超过35,000美元的损失，银行强制我买5,000美元的按揭保险，因此从1月1号开始，我每月要偿还的按揭贷款增加了500美元。我希望你们对自己的行为感到心安，我还希望你们知道，这座房子的污染能致癌，所以，你们这些浑蛋窝囊废，尽管来了再来。我希望你们得癌症死掉!!!当你们在花那些卖废品换来的钱时，我希望你们想一想你们从我的孩子身上拿走了什么。

第二十五章

特别探员

那天在门上张贴完告示之后,斯泰茜去了沃尔玛购物。肯德拉打电话给她时,斯泰茜正在浏览超市的货架,肯德拉问她能否立刻到他们办公室来一趟。国家环保局刑事部的一名特别探员贾森·伯吉斯希望见见她。到现在为止,斯泰茜已经和这个联邦机构的三个不同部门接触过。第一个是刑事部的马丁·施瓦茨,那个已经消失的光头前警察。接着是环保局民事部的特洛伊·乔丹,他去了切萨皮克能源。最后是里克·威尔金,他正对全国的饮用水进行研究,但是好像没什么进展。但是伯吉斯看起来和他们不一样:他想启动正式的刑事侦查,肯德拉告诉她。她认为这个人值得一见,于是斯泰茜匆匆从华盛顿赶往南波尔特,把车开上了律所所在的科技大道。当她走进律师事务所时,发现贝丝和约翰已经坐在会议室里,正冷冷地看着桌对面那个外表非常年轻的特别探员。他看起来还很稚嫩。但是伯吉斯打消了他们的疑虑,他说他已经快40岁了,这项工作已经做了差不多有15年。他自己也已经默默跟踪这个案子三个月了。

斯泰茜问伯吉斯为什么他们应该和他合作。这么说并无恶意，她说，但是环保局已经让他们大为失望。这些访谈占用了她的工作时间，也占用了她与两个孩子相处的时间。她不想让两个孩子被人指指点点，也不想让他们复述那些痛苦的故事，因为这么做不会有任何结果。现在的她，说起硬话来毫不费力。原谅我这么说，她回忆说，但我们的生活被政府搞得一团糟，不管是州政府还是联邦政府。我们所做的一切都令人失望。

伯吉斯向大家解释了事情的经过。刑事侦查员马丁·施瓦茨确实开启了初步调查，并担任调查小组的负责人，但他被调去了新泽西，这就是他消失的原因。施瓦茨现在已经退休，但是斯泰茜和其他华盛顿县居民的困境，以及几年前发生在新泽西的一桩悬而未决的双重谋杀案，都令他非常难受，他依然希望自己能做得更多。现在伯吉斯相信自己可以做到。七月，三名联邦调查局官员、环保局的另两名刑事侦查员、一名美国助理检察官以及华盛顿县的助理地方检察官和史密斯夫妇见了面。环保局的一名分析师检查了肯德拉自己的分析报告，认为她得出的结论非常正确，他还评估了肯德拉的推理过程是否恰当。那次见面之后，伯吉斯被指派为此案的负责人。基于所有这些资料，伯吉斯认为自己能够更进一步。另外，他已被允许以非常高的级别继续调查这个案子。尽管政府正在削减开支，但他已被告知，不用担心钱和人手的问题。

如果不能将他们定罪，我将把我的手枪和徽章交给你，伯吉斯这么对肯德拉说。这并不意味着这件事很容易或者说很安全。和一个强大的行业较量可能会很危险。他问史密斯夫妇是否有手枪，以及他们的车子是否装了遥控启动器。

斯泰茜半信半疑地离开了史密斯-巴茨律师事务所。第二天，伯吉斯给她打电话，问他能否来和睦镇。在斯泰茜家的厨房里，伯吉斯站着讲述了他自己的故事。长在新泽西州费城附近的他，知道住在环境灾难隔壁是什么滋味。从小他就在一个有毒废物堆积场玩雪橇和打棒球，而这个垃圾场和他家之间只隔着三间房。

有一天，几个穿着防护服的人在垃圾场四周拉起一道铁丝网，还安装了空气监测器。10岁的伯吉斯问这些穿白色防护服的人他们在做什么。只要你待在铁丝网的这一边就没事，他们对他说。当时只有10岁的他，已经意识到这些人在胡说八道：铁丝网两边的空气根本就没有差别。从那时起，他便立志做这种工作，他对斯泰茜说。当其他孩子在玩"警察抓小偷"的游戏时，伯吉斯玩的是"警察抓污染者"。

斯泰茜一边听，一边在想，即便伯吉斯的用意是好的（可能确实如此），但她已经失去了信心。那个好心的联邦探员特洛伊·乔丹在她家对她做出的正义承诺言犹在耳。斯泰茜也曾相信过他。后来特洛伊离开环保局，去了工资更高的切萨皮克能源。斯泰茜对伯吉斯说，对于那些污染她家井水的人，她有一个想法。"如果可以选择，我不会把他们送进监狱，"斯泰茜告诉他，"我会让他们住在我家。"伯吉斯似乎明白她的意思。那天下午他的诚恳渐渐化解了她的犹豫，等到他离开时，斯泰茜已经决定参与这项新的调查，尽管依然疑虑重重。

"我不相信政府。"斯泰茜对我说。就连奥巴马总统也令她感到失望，她不再信任奥巴马。斯泰茜觉得奥巴马在许多方面都辜负了她。首先，他从来没有回应过她信中的求助。"我没有收到任何回音。"她说。其次，为了支持压裂法，奥巴马最终出卖了她的家人。

奥巴马执政初期并不是这样子的。他就职时，说了很多反对压裂法和保护环境的话。他许诺将加强布什时代的规章制度，同时出台新的法规，要求钻井公司将使用的化学物质公开。后来，随着页岩热潮的成功，他的说辞变了。到了2013年，奥巴马已经在鼓吹压裂法的积极意义，他在国情咨文中说："我们终于等来了掌控自己能源未来的这一天……我们生产的天然气比以往任何时候都要多——几乎每个人的能源开销都将因此而降低……天然气热潮将使我们用上更清洁的能源，并使我们在能源上更加独立。我们要鼓励这种做法。"

在奥巴马政府看来，能源问题棘手而复杂。它不是用风能和太阳能逐步取代矿物燃料这么简单。和其他许多人一样，奥巴马把天然气看成是一种"过渡性燃料"：是我们从煤炭转换到可再生能源的过程中必经的一步。奥巴马政府在努力应对气候变化的过程中发现，一些矿物燃料似乎比其他的矿物燃料要好。将燃煤发电厂的煤换成天然气，美国的碳排放量将减少一半。

压裂法并非仅仅用于解决国内的能源问题。出口压裂技术成了奥巴马政府的一项外交政策。国务卿希拉里·克林顿给国务院的能源资源局发布了新的指令。在一份后来由维基解密公开的2009年的电报中，国务院要求其驻外人员"就所在国的非常规天然气开发的潜力"提供"尽可能多的信息"。在克林顿的任期内，美国政府在博茨瓦纳和泰国举办了压裂法会议，后来，在约翰·克里的主持下，这些会议开到了另外大约30个国家，包括柬埔寨和巴布亚新几内亚。国务院办公室把这项技术推广到了全球，包括那些并不欢迎它的国家，例如罗马尼亚和保加利亚。（这些国家可能并非简单地以环保为由反对压裂法；也不断地有传闻说，是俄罗斯指使他们这么做的。）

在国内，对天然气热潮所做的真正评估都只能承认其优点：埋藏在美国国土下的天然气足以满足美国国内几十年的电力需求。与此同时，石油行业所采用的新的开采技术（主要位于美国中西部和西南部），有望使美国在 20 年内停止对外国石油的依赖。在压裂技术取得突破以前，美国将近三分之二的石油需要进口。10 年后，这个数字将减少到五分之一。国内能源的开发也推动了制造业的工作机会向美国回流，它们回流的地方，正好是因制造业消失而受打击最严重的地方——铁锈带。

奥巴马在 2014 年的国情咨文中呼吁投资一千亿美元，帮助那些使用天然气的工厂。与此同时，政府将设法关停燃煤发电厂，并停止把公有土地租给煤炭行业采煤。住在采煤区的斯泰茜注意到，和睦岭路两侧开始出现"停止和煤炭的对抗，奥巴马下台"的路牌。

在奥巴马政府看来，压裂法带来的经济和气候效益比起可能的环境危害更重要。但是在斯泰茜看来，奥巴马正为了某个糟糕的功利性原则而牺牲她的家人。就因为符合大多数人的最大利益，就可以在与气候变化所导致的冰盖融化和海平面上升的斗争中，在与能源供应商支持的他国独裁者的斗争中，在与导致数百万人失业（包括她的父亲）的美国工业衰退的斗争中牺牲哈利。如果从人和人的角度来看的话，这是一场斯泰茜和那个因海平面上升而失去农场的孟加拉女人的斗争。这是斯泰茜和那些渴望制造业复苏的工人的斗争。这是斯泰茜和全世界大多数人的斗争，而她输了。

对斯泰茜和其他人来说，能源并不是个抽象的概念。华盛顿特区制定的政策影响着人们的就业，和他们的健康。疏离感和一种被献祭给采掘业的感觉混合在一起。而哪个党执政其实无关紧要。以前听到父亲大骂联邦政府时，斯泰茜经常不理他。现在她认为父亲骂得对。她父亲被扔进越南的魔窟，死里逃生回来后，却发现所有人之中，偏偏是罗纳德·里根辜负了他。钢铁厂倒闭时，老爹并没有想到全球贸易和技术的变化。他和其他人一样，认为里根应该对此负责。有一天，我听到他对里根的漫骂后非常吃惊："我们有个总统说我们不需要更多的发电厂。1984 年。里根。当他们把发电厂关闭时，他们把我们也关了。我在工厂干了45 年。没能拿到一个月850 美元的退休金。我拿的是一个月115 美元。那些钱都去哪里了？"

老爹认为自己为国家利益做出了两次重大牺牲，第一次在越南，第二次在工厂。而现在他的女儿和孙辈正在沦为美国工业的试验品。

一天下午，斯泰茜一边喋喋不休地发着牢骚，一边从和睦镇开车去看那座已经被她废弃的农舍。她发现破裂的门框上有张粉红色的卡片。山脉准备在耶格尔的农场上再钻两个气井。

斯泰茜和贝丝想让史密斯夫妇阻止山脉这么做。为了阻止山脉钻探，约翰首先必须说服法官签署一份临时禁令。如果法官同意了，那么在案件审理的过程中，斯泰茜和贝丝将不得不交一笔几十万美元的保证金。如果她们输了，这笔钱也就没有了。她们拿不出那么多钱，因此她们要史密斯夫妇算了。当钻机再次启动时，斯泰茜在日记中写道：*他们在耶格尔的农场上竖起了井架，夜里灯光璀璨。我们每天晚上沿着 19 号公路［和睦岭路］行驶时，都会看到它。*

第二十六章

全金属外壳

"请每个人都来这里见一见上帝。"2013年的一个星期天,迪克·贝拉尔迪内利牧师在下十里长老会教堂布道时说。乳白色的教堂长椅上铺着红色的坐垫。四面的墙壁毫无装饰,除了一个简单的木十字架。50多岁才接受圣职的贝拉尔迪内利是个讲求实际的牧师,由于乡下牧师缺乏,他一直在乡村之间来回奔波,为会众讲道。贝拉尔迪内利牧师住在18英里外煤矿带上的一座老城镇——科克堡,成年之前他一直在家里的杂货店帮忙,杂货店开在镇上一个叫"黑臀"的地方。("这个地方和你的屁股没关系。"他后来跟我说。焦炉的煤烟把周围的房子都熏黑了。)他知道哈利病得很严重,也知道斯泰茜正和一家天然气公司打官司。"我们的未来在风能和太阳能,我们的工作就是不要把我们剩下的东西都毁掉,"他说,"我猜我就是你们所说的自由派。"但是贝拉尔迪内利牧师极少公开谈论自己的观点,一部分原因是这些观点在和睦镇相当罕见。然而,更主要的原因是,他认为教堂不是谈论政治的地方。

"让所有正在受苦的人在这里找到希望。"贝拉尔迪内利牧师接着说道。他大声为生病没来的谢莉祈祷。谢莉和吉姆25年的婚姻也走到了尽头,他们正在办理离婚手续,吉姆要搬回西弗吉尼亚。离婚令人难过,但这可能是最好的选择。谢莉再也无法忍受他整天待在沙发上。她有着极为旺盛的生命力,无法静静地坐在他身边。贝拉尔迪内利牧师让孩子们从教堂稀稀拉拉的座椅上站起来,到前面玩一个叫"难倒牧师"的游戏。一个名为亚历克斯的男孩递给他一支棉签。

"斯泰茜,你能用这支棉签掏一下耳朵吗?"他大声问,"这样做可以涤除你的心垢。"

那天早上和佩奇一起赶到教堂来的斯泰茜正微笑着用一张传单给自己扇风。传单的封面上用加粗的22号字体印着一行拉丁文:*Ut sementem feceris, ita metes*。没有任何翻译。下面,是牧师用小小的8号字体打上去的"活下去"三个字。这是下十里长老会那种严肃的宗教风格,自从撒迪厄斯·多德发表关于地狱的长篇大论以来,这种风格已经沉寂了很久。这句话不是出自《圣经》,而是出自西塞罗:你播种什么,就收获什么。

对斯泰茜而言,这句格言似乎不起作用。她一生都在撒播好种子,但是她收获的,坦白说,却是屎。这使她想起了约伯的故事。为了检验约伯对上帝是否忠诚,撒旦夺走了他的子女,还使他"从脚掌到头顶"长满毒疮。约伯受苦的故事使她想起了自己和孩子们身上发的奇怪的红疹。"那真的吓到我了。"斯泰茜说。虽然她从未怀疑过上帝的存在,但她经常想,自己究竟做了什么,才会招致这么多的神谴。约伯在魔鬼到来之前,至少还过了一段快乐的日子。"和约伯不同,我的生活一直都很艰难。"她半开玩笑地说。

斯泰茜曼基巷的新家充斥着苹果和培根的味道，这里距离教堂只有几分钟车程，礼拜仪式结束后，她回家取了Taurus牌手枪和口罩，然后径直奔往农舍。虽然牲口都不在了，但检查农场已经变成了一个仪式。"老爹要我带上它以防遇到蛇，"她说，她指的是手枪，"或者是那种偷铜线的讨厌鬼。"

联邦调查局和环保局的刑事侦查似乎取得了一些进展，这使克里斯担心起来。"你和环保局的所有这些调查都有联系，这会让有些人觉得自己将要进监狱，你得小心一点。"他对斯泰茜说。他希望斯泰茜申请一个隐蔽持枪许可证。斯泰茜同意了。她现在到哪里都带着枪。这么做并不仅仅是因为这个案子。华盛顿县周边的毒品问题正日益严重。这使斯泰茜医院那份本已非常棘手的工作变得更加难做。"多亏了毒品，那些浑蛋的数量开始超过我们了。"那天下午，我们驱车前往废弃农场的路上，斯泰茜重复了这句话。一个在繁荣镇开杂货店的护士同事很喜欢说这句话。"20年前我刚到那里工作时，瘾君子的频率是两星期一个。现在是一天四个。"他们全都苦苦哀求，希望能从你手上骗到阿片类药物。斯泰茜和同事们尽量不让对方轻易得逞。"病人会投诉说让他们等太久，但他们不知道我们的人数就这么多，我们已经在尽量赶了。"

当我们抵达附近的农舍时，斯泰茜发现了两个烟头，她把烟头收集起来，以便州警做DNA测试。也许是那些偷废金属的盗贼留下的。有人把轮胎秋千上的轮胎也偷走了。剩下那条严重磨损的绳子在长满野胡萝卜花的庭院上方轻轻摇摆。

随着秋天的到来，斯泰茜觉得自己无法面对和睦镇2013年社区感恩节上的那些老邻居。她害怕走在消防站周围，和那些头戴山脉资源帽子身穿山脉资源T恤的人，以及那些通过毁掉土地和她两个孩子健康而赚了几千美元的家族成员礼貌地交谈。这个想法太过分了，她难以忍受。琳达希望斯泰茜和以前一样，带着孩子出席社区的感恩节。她担心斯泰茜会割裂这项已经延续了几代人的传统。谢莉站在姐姐这一边。如果斯泰茜不想面对"那些喜欢气井却又爱去教堂的伪君子"，她完全可以不去。

在和睦镇，每一次华盛顿县的《观察报》刊登贝丝谈论山脉资源的文章，社会的分歧就会加大一分，而每一次《匹兹堡邮报》引述史密斯夫妇说的话，斯泰茜的邻居们就会更加怀疑她的故事的真实性。*每个人看我们的眼神都好像我们是闹事者*，她在日记中写道。对斯泰茜来说，这种微妙的排斥本身已经成了一种斗争，虽然她不愿承认。"整个形势已经改变了我生活的方方面面。"她告诉我。现在她对和睦镇的看法改变了，不再简单地把它看成一个大家一起工作，并分享一切（包括苦难）的健康城镇。她觉得自己被家族成员出卖了，他们不相信她，只因为她说的实话和他们的钱包起了冲突。

"因为这个缘故，有时我甚至无法到公共场合去。整个地区弥漫着贪婪。"她说。于是她保持低调，打着三份工，而当她和贝丝的案子有进展时，她们会默默地在心里庆祝。

偶尔也会有好消息。11月5日，史密斯夫妇在黑尼起诉山脉一案中取得了罕见的胜利，华盛顿民事诉讼法庭开庭审理了他们的案子。几年来，肯德拉和约翰竭力想获取一份井场使用的完整的化学品清单，但是收效甚微。现在，黛比·奥戴尔·塞尼卡法官命令山脉资源将井场使用的化学品全部公开出来。她给了承包商和次级承包商30天时间兑现山脉向公众做出的承诺,即他们知道——也公开了自己使用的每一种化学物质。山脉资源的马特·匹兹雷拉告诉《观察报》说:"按照要求,我们已经把井场上使用的每一种化学物质都提供给了他们。"

贝丝的呼吸出现了问题。虽然沃尔斯夫妇每个月有三个星期都在外面参加马展和绕桶比赛,但他们偶尔也得回家。2013年12月2日,斯泰茜没去参加的那次社区感恩节结束后的一个星期,贝丝的圆脸肿得发亮。熬过了漫长的一夜之后,第二天早上,约翰赶紧把她送到华盛顿医院的急诊室。斯泰茜直到第二天中午才知道贝丝入院的事。下午1点,把一名手术后的病人安置到监护室之后,斯泰茜走进洗手间,想看一下短信。有一条未读的短信是贝丝发来的。*黑*〔贝丝的错别字,原文如此〕,*昨天整个上午都在医院*,短信的第一句说,*我的整个左半边脸都肿起来了。*

整个晚上和早上都躺在沙发上,刚起来洗了个澡。听到砰的一声巨响。子弹穿过屋子,刚好从我躺的地方的头顶擦过。找到了子弹。打电话给州警,现在正在等他们出警并等待狩猎委员会。

斯泰茜从女厕所给贝丝打电话,听她讲述了事情的全部经过。

两小时前,早上11点刚过,已经睡了十几个小时的贝丝,第一次把自己和那张配有拳师犬靠垫的米色沙发剥离。她被诊断出一根旧的牙根管受到细菌感染,贝丝说。吃了克林霉素和止痛药之后,贝丝整个人感觉昏昏沉沉。她觉得应该去冲个澡,后来又决定洗个泡泡浴。刚拧开浴缸的水龙头,就听到客厅传来一声很像枪声那样的沉闷巨响,她发誓听见了。这似乎不太可能,贝丝朝客厅走去,由于她刚吃了止痛片,脑袋还有些迷迷糊糊。但是枪眼并不难找。

在墙上,从她原来坐的位置往上3英尺,有一个五分镍币大小的弹孔。她把约翰喊来，让他寻找落在地毯上的子弹。约翰找到后把它放在手心里仔细察看，发现这是一枚由9毫米口径的手枪射出的廉价子弹，外壳是一层比较硬的金属（通常为白铜），里面是软铅芯。这种廉价子弹名叫"全金属外壳"，通常在练习射击时使用。但现在正是狩猎季。传统上认为，出于礼貌，没有人会在狩猎季练习打靶，以免惊动猎人瞄准的猎物。贝丝走到屋外，想看看子弹是从哪个地方射进来的。她家房子朝马路的那一面，有个和子弹一样大的洞。子弹似乎是从邻居吉姆·加勒特家那个方向过来的，加勒特家刚好位于山坡上废料池的下方。加勒特先生患有脑癌。废料池的一部分就建在他家的地盘上，他曾经跟贝丝说，如果他家的水不能喝，那他就喝啤酒好了。根据环保局的检测报告（通过申请知情权，肯德拉拿到了这些报告），加勒特家的水已经受到乙二醇的污染。加勒特先生死后，山脉花380,000美元买下了他的房产，加勒特的儿子约翰告诉我。山脉允许约翰住在那里并免了他的租金。正如约翰·沃尔斯所说的："山脉把自己惹的麻烦给买下来了。"

斯泰茜不知该如何看待发生在贝丝身上的这件事。"也许他们想打击我一下。"贝丝说。这是一起偶然发生的事故吗？抑或是个不祥的预兆？"我觉得自己不太安全。我不知道他们会做出什么事情来。我的意思是，可能这只是一桩怪事。"这种事情发生在电影里，斯泰茜想，不在和睦镇，不在我们的公路上。有人想恐吓贝丝吗？是某个"天然气浑蛋"胡乱开的枪吗？斯泰茜不这么认为。*那纯粹是瞎扯，因为在狩猎季期间，没有人会练习射击*，她在日记中写道。

那枚全金属外壳最终到了州警的手中。几个月后，他们打电话给贝丝，让她去取回子弹：这个案子已经结了，他们不会再做任何调查。

可以想见贝丝有多生气。当时我正在和睦镇做报道，于是她问我是否愿意和她一起到州警察局去取那枚全金属外壳，州警察局在韦恩斯堡，距离西弗吉尼亚边境不远。

我们沿着和睦岭路向南开，一路经过了迪安氏自助洗衣店和曼基兄弟的车库；经过了斯泰茜父母家和老邮局；经过了"林基·丁克斯"和谢莉家的草坪，草坪上点缀着一根根挂有野蜂蜂巢的木头。当我们抵达拉夫溪水站那座用煤渣砖砌成的白色小屋时（她和斯泰茜跟大家一样，都到这里来取水），贝丝给我演示了她们取水的过程。房子的一侧立着一块牌子，上面写着"自动售水机"几个大字。这是一台投币式机器，在25美分投币口的旁边，是一根粗粗的黑色水管。一台台银色的水车正排着队从这里进进出出。其中一台的车身上写着"希普曼清洁公司"。这台车是希普曼家的。"就是犯了事的那个希普曼。"贝丝说。她摇下车窗，大喊着问司机现在的水价是多少。"25美分50加仑。"司机同样大喊着回答她。

"谢谢你！"贝丝大声对他说。至少价格还没变。

我必须问她我这几年听到的几个传闻，这些传闻都与她和约翰打的几宗官司有关，尤其是她在加利福尼亚是否真的杀了人。我不知道她会做何反应。但是两个人并肩而坐，又同时困在她那辆2011年产的尼桑罗格车里，正是提问的时机。

是的，她以前有过麻烦，她的麻烦始于加利福尼亚，她为了躲避前夫的虐待而离开了那里。她回到华盛顿县之后，给她带来麻烦的是一个名叫托马斯·杰弗里·戈尔比的人，这个人正在隔壁县服无期徒刑。戈尔比是贝丝前夫的朋友，两人因金钱的事闹翻后，有一天戈尔比一脚踹开了她家的大门，当时贝丝正独自一人在华盛顿的家中。戈尔比试图强奸她,后来又在逃跑前朝她头部开了一枪。但是子弹仅仅擦伤了她的头皮,她说,她一只手握着方向盘,另一只手指给我看她头上的伤疤。贝丝的前夫也是个问题,她一直努力想离开他。"这就是为什么我同情那些受到虐待的人。你被打了那么多次,你不知道他们是不是会回来再揍你一顿。"她说。青少年时代便认识的约翰·沃尔斯最初以朋友的身份挺身而出保护她。他在车库里一边喝啤酒一边把马掌钉铸成十字架的安静的生活方式拯救了贝丝。他是少数几个似乎理解贝丝的人之一,而且他能忍受她的凶悍,甚至可能因此而喜欢上她。

　　我们来到州警察局,那个看起来像在傻笑的州警告诉贝丝案子已经结了,并递给她一个很小的塑料袋,里面装着那块压扁的金属锭。贝丝拿了袋子就走,她觉得自己不够重要,不值得警局再派一名官员来完成这份指定的工作。"我不相信任何政府官员,从地方检察官办公室到环保部到环保局和联邦调查局到司法部长,在保护我们作为美国公民应有的权利和尊严上,我不相信他们打算为我们做任何事情。"她对我说。

第三部

有权享有洁净的空气和纯净的水

我们用采矿烧焦并重创了这片曾经绿意盎然的可爱土地，还在上面留下一道道疤痕。我们用酸性的矿井废水、工业废水和生活废水污染了我们的大河和溪流。我们用钢铁厂和焦炭厂排出的烟雾以及几百万辆汽车排出的臭气摧毁了我们那"鲜美、可爱和洁净的"空气。我们用高速公路击穿了肥沃的土地和繁荣的城市街区。我们砍伐树木，并在路旁竖起一些丑陋的东西。我们丑化了我们的土地，我们把这叫作进步。

——宾夕法尼亚州众议院议长赫伯特·法恩曼
1971年在宾夕法尼亚州议会的演讲

第二十七章

有权享有洁净的空气和纯净的水

人民有权享有洁净的空气和纯净的水,有权维护环境中具有自然、风景、历史和美学价值的东西。宾夕法尼亚州的公共自然资源是全体人民(包括其后代)的共同财产。作为这些资源的托管人,宾夕法尼亚州必须为了全体人民的利益保存和维护好这些财产。

——宾夕法尼亚州宪法第 1 条第 27 款

2012 年 10 月 17 日一早,约翰·史密斯打了一条红领带,并用发胶给自己的短发弄了个尖发造型。法庭位于匹兹堡市中心,史密斯等在法庭外面拥挤的走廊上,一边在心里默诵着用地分区规划法的细节。他很少这么做,当着法官和陪审团的面发言不会令他紧张。但是,今天上午,将是他职业生涯中第一次在宾夕法尼亚最高法院发言。他的父母会来旁听,这对他们来说也是第一次。然而令他感到紧张的,并不是父母在场这件事,也不是法院的高规格。这一次他代表的不是某个私人客户或者小镇,而是所有的宾夕法尼亚公民,他将在法庭上解释为什么新的石油和天然气法侵犯了宪法赋予人们的权利。这使他感到责任重大。

审讯安排在匹兹堡市中心的政府办公大楼举行。那天早上法庭的大门开启前，走廊里已经挤满了来旁听的人。他们大部分都是举着"保护我们的地方权利"这种标语的反压裂人士。在那些厌恶地盯着示威者的人群中，有三个身穿牛仔裤和摇粒绒的老年妇女。

"每个人都有权质疑法律，"伊丽莎白·考登是三人中的一个，她对我说，"但这种集会的气氛还是令我感到震惊。"身为塞西尔镇官员的考登支持新法，反对史密斯提出的质疑。"华盛顿县是个很穷的县。"她说。采掘业是把他们从痛苦中拯救出来的必要手段，特别是天然气，为华盛顿县提供了一个摆脱难以忍受的低迷的机会。"我们县现在是全州发展第三快的县。我们的经济正在腾飞。"她和另外两个一起来的女人对约翰·史密斯接手这个案子感到非常气愤。正是因为史密斯的捣鬼，考登的一位朋友跟我说，油气公司才推迟支付塞西尔镇的影响费，以示对史密斯行为的惩罚。"塞西尔刚刚损失了一笔249,000美元的影响费，而我们的马路很破，急需修理。"其中一人说。

法庭大门缓缓开启，喧嚣的人群涌了进去。首席法官罗纳德·卡斯蒂尔从玳瑁边眼镜后面扫视了一番吵嚷的人群，接着下令反压裂人士把标语放到外面。如果他们无法安静下来，他厉声道，他将把他们轰出去。卡斯蒂尔少年时参加过童子军，捕鱼和野营是他的强项，他出生于军人家庭，从佛罗里达到日本的边远的美军基地他都待过。后来他步父亲的后尘，也参了军，并被派往越南服役。"越南是个美丽的地方，只要他们不把枪对着你，"他后来对我说，"我在那里的时候，杜邦①还没有往那里运橙剂。"卡斯蒂尔为挽救一名倒在越南稻田的美国海军陆战队队友而失去了右腿,并因此获得两枚紫心勋章和一枚铜星勋章。最高法院的六名法官在匹兹堡、哈里斯堡和费城三地巡回审判,一年只开庭六次。宾夕法尼亚州最高法院是全国最早的上诉法院,其历史可以追溯到328年前,是威廉·佩恩下令设立的。

那天上午的第一宗案子和伊利县的一名地方法官有关,他在匹兹堡钢人队输球之后,朝另一名司机竖了中指,后来又拿出手枪朝窗外胡乱比画。

最高法院的光头法官、费城人谢默斯·麦卡弗里最为人所知的事迹,是他在老鹰队②的球场下设了一个法庭和一座监狱,专门对付闹事的球迷。他开玩笑说:"作为费城人,我们已经习惯了输球。可以把这归咎为钢人队的反常输球吗?"满堂的反压裂人士都笑了。后来,麦卡弗里因卷入一起州内的丑闻而被停职:他给一群政府部门的同事发淫秽邮件,后者跟他一样,喜欢讲黄色笑话。

州政府和环保部那天陈述的论点,史密斯已经听得够多了:州政府有权允许钻井公司在他们想要的地方钻井,小城镇不能横加阻止。州权每次都凌驾于地方权之上。法律上,这是一个有利的观点,但史密斯并不想反驳说地方权永远更加强大,只是用地分区规划总是附带相应的职责,即保护公民享有宪法赋予的幸福生活。而《13号法案》将使他的当事人无法过上这样的生活。

州政府的代表律师马特·哈弗斯蒂克第一个站了起来。他主要论述了钻探带来的经济利益:"这种自然资源的开发对全体宾夕法尼亚人

---

① 杜邦:美国著名的化工公司,橙剂的生产商之一。
② 老鹰队:费城的一支职业橄榄球队。

的经济和就业前景有着深远的影响,不只是一些人,而是全部人。"正当哈弗斯蒂克在陈述自己的观点时,法官马克斯·贝尔提出了不同的看法。

"律师先生,"贝尔问,"用地分区规划的用意,不就是为了保护街坊邻居,保护所有人不被不合理对待吗?那么,如果你在居民区买了一座房子,你得有信心政府会在某种程度上保护你,阻止有人在你家附近建钢铁厂,不是吗?"

史密斯发现贝尔的调查思路令人振奋。不过贝尔同时也是一名自由派的民主党人,但不是史密斯担心无法说服的那些人。史密斯试着琢磨法官席上各位法官的反应,在他看来,其他人对州政府的立场似乎也持怀疑态度。45分钟之后,轮到史密斯面对审判庭了。他将自己的论点浓缩为一个基本问题:"我在使用自己的房地产时,是否可以伤害到邻居?"这,他接着说道,是宪法所不允许的。另外,根据法律规定,用地分区规划附带一个宪法上的义务,那就是小镇应保护公民的"健康、安全和幸福",而如果允许在离游乐场300英尺的地方开挖气井的话,这些将无法得到保证。

史密斯说完之后,轮到乔恩·卡明,那个除了为南费耶特镇,还曾经为脱衣舞俱乐部辩护的律师发言了,他说,《13号法案》的某些方面(包括医生禁言令)使新的《石油和天然气法案》成为一部"专门法"——一种只适用于单一行业的法律。根据100年前为了抑制州政府和铁路公司之间裙带之风而通过的宪法修正案,州政府不能制定这类法律。假如《13号法案》是一部专门法,卡明说,那么它也违反了美国宪法第14修正案,该修正案规定所有人都应该受到平等对待。

最后陈述的是来自宾夕法尼亚东部的民权律师乔丹·耶格尔,他认为新法违反了州宪法的第1条第27款，即《环境权利修正案》。这条自由派的论点曾经被下级法院驳回。耶格尔援引了古老的公益信托观念，即一些自然资源属于人民，政府作为保管人，有责任保护好这些资源。

首席法官卡斯蒂尔那天在法庭上没怎么说话。但是，他一度转过头问史密斯："你说，法案是不是规定地方自治体得付给另一方律师费？"约翰回答他说："是的，法官大人。"卡斯蒂尔后来对我说，他觉得这条规定特别糟糕。小镇面对的，是行业聘请的昂贵律师，并且可能因为一场小官司而收到800,000美元的天价账单。他认为，正当的程序应该是完全公平的，然而这条规定却很不公平。

双方的陈述花了将近两个小时，花费这么长的时间实在很少见。事后卡明带史密斯夫妇到卡尔顿餐厅吃午饭，那里是匹兹堡的律师、法官和银行家们一边吃蟹肉饼一边谈生意的地方。

2013年12月19日，宾夕法尼亚最高法院以4:2的投票结果，裁定史密斯及其上诉团队的申诉有效。一份最高法院的判决书通常可能长达20页，然而卡斯蒂尔的判决书写了整整162页。卡斯蒂尔肯定了下级法院的判决，他的观点和史密斯一样，认为新法违反了人民保卫自己财产的宪法权利，也违反了市镇当局保护自己居民健康和福祉的责任。他还质疑医生禁言令是否合乎宪法，并将其发回下级法院重审。对于允许屋主和油气公司私下解决水污染争端而无须通知邻居这一规定，他同样提出怀疑。对于依赖私人水井和依赖自来水的公民应该一视同仁、公平对待，他写道。

最令人惊讶的是，卡斯蒂尔的观点同样来源于宪法第1条第27款。"宾夕法尼亚州宪法现在把公民的环境权利和他们的政治权利相提并论，这并非历史的偶然。"他写道。水和空气属于公益信托——属于宾夕法尼亚人民。

卡斯蒂尔把这份里程碑式的判决书写得更加深入。他从木材到煤炭，详细描述了过去400年来一波接一波的工业潮把公地变成废墟的事。"大约350年前，2,000多万英亩的宾夕法尼亚土地上，十分之九都是白松、东部铁杉和混合的硬木林。两个世纪后，宾夕法尼亚州的木材业极度繁荣，到了1920年，全州的大部分土地已经变得一片荒芜。"

环境灾难持续伤害的，不只是风景，还有公民的健康，他写道。"改造和恢复宾夕法尼亚的自然资源这些十分艰巨的任务，以及发生在局部地区的环境事件（例如1948年，导致20人因窒息而死，7,000人因吸入腐蚀性工业烟雾而住院的多诺拉烟雾事件；1959年，导致萨斯奎汉纳河消失在皮茨顿矿脉中的诺克斯矿难；1961年，造成超过300,000条鱼死亡的格伦·奥尔登矿井的废水排放事件；以及1962年开始燃烧，至今仍未扑灭，并导致1984年全体居民被迫离开家园的森特勒利亚矿井大火），促使宾夕法尼亚州逐步通过立法，来保护我们的环境。"

所有这些灾难事故，卡斯蒂尔接着写道，使对环境的保护和立法显得迫在眉睫。宾夕法尼亚最大的举措便是在1971年通过了《环境权利修正案》，当时在两党中获得了压倒性的支持。撰写这部修正案的，是一名宾夕法尼亚州议员和热心的自然资源保护者，他的名字叫富兰克林·库里。他写修正案，是为了应对煤炭残留的破坏性影响。但他认为修正案之所以获得通过，是全体公民环境意识增强的结果，而这应该归功于蕾切尔·卡森及其同伴，同为宾夕法尼亚人的爱德华·阿比的努力，阿比是《孤独的沙漠》和《有意破坏帮》两本书的作者。卡森在胶水厂的阴影下长大，阿比则从小生活在被煤矿肆意蹂躏的农村地区。阿比写道："如果一种文明摧毁了自然界中残留的那点未被人类破坏的原始东西，那么它是在自断生路，而且这么做背叛了文明本身的原则。"

尽管卡斯蒂尔的评价甚高，但修正案诞生的历史时刻却没有产生什么影响。按照库里的说法，使他的修正案大受欢迎的，并不仅仅是卡森和阿比写的几本书。电视对宾夕法尼亚和全美环境意识的产生也起了很大作用。正如非裔美国小孩在可恶的白人暴徒面前畏畏缩缩的照片促成了这个国家民权法的改变一样，电视上绵延不断的铁锈色河流因严重污染而起火的镜头，也使《环境权利修正案》获得了广泛的支持，并在几乎两党一致同意的情况下迅速在议会通过。

宾夕法尼亚议会上，众议院议长赫伯特·法恩曼用当时流行的口语陈述了修正案的重要性："衡量我们进步的标准不仅仅是我们拥有什么，还包括我们的生活方式，也就是说，不是人类必须去适应科技，而是应该让科技适应人类。" 40年后，这个问题变成了压裂法带来的技术革命：是斯泰茜和她的孩子必须适应科技，从而离开他们的农场，还是压裂法必须适应这些先它而存在的社区？宾夕法尼亚最高法院坚定地站在个人权利和社区一边，认为它们的重要性在采掘业的权利之上。

最高法院的判决让乔丹·耶格尔和约翰·史密斯大感意外。他们无论如何也想不到事情会如此顺利，更想不到竟是基于《环境权利修正案》。现在，在宾夕法尼亚的历史上，这份修正案第一次发挥了威力。民众对判决的支持是空前的。在当地报纸报道说州政府为了维护《13

号法案》，到目前为止已经花了 700,000 美元的律师费之后，有一天史密斯收到一封信，里面是一位热心市民寄来的一张 25 美元支票。这位市民希望代表全州人民对他进行补偿。约翰把支票退了回去，同时附上一封感谢信。他们的胜利也使州政府感到惊慌。州长科比特说："我们不能让今天的判决给就业岗位提供者和那些依赖能源行业的家庭传去负面信息。"行业协会"马塞勒斯页岩联盟"的一位发言人说，判决意味着"一个错失的机会"。

史密斯夫妇看完判决书后，肯德拉给斯泰茜打了个电话。判决书的第 49 页，卡斯蒂尔详细描述了"一位将自己的采矿权租出去的房主和护士"的悲惨遭遇。斯泰茜在茶水间待了一会。因为害怕不被相信，她付出了这么多的努力。现在，宾夕法尼亚最高法院已经用她宣誓过的证词驳回了油气法案。

第二十八章

噩梦

斯泰茜把最高法院的判决视为哈利和佩奇出生以来自己一生最重要的成就。虽然判决书不能给她和两个孩子带来分毫收益,但在贯穿 2013 年全年的经济重压之下,斯泰茜对改变公众看法所抱的希望却越来越大。到那年年底,斯泰茜的负债已经高达 224,000 美元,包括那辆宿营车的费用、两座房子的按揭贷款,和佩奇的英语补习费。斯泰茜把经济上的全部挫折都归咎于气井。每天都有新的事情激怒她,她似乎离自己预想的生活越来越远。她曾经如此笃信,自己的善良再加上不懈的努力,最后一定能取得成功。在斯泰茜的心中,一度认为自己和父母不同:父母每天不知疲倦地工作,仍在努力实现自己向上流动的美国梦。现在她和他们一样,无法再向上走,但这不是她的错。这种乐观主义的核心价值观崩塌之后,取而代之的,是一种新的令人痛苦的世界观。全世界都在和她作对。她每天必须应付医院的紧张工作,她得设法协调三份工作,教师、护士,以及在骨科医院与谢莉共事。谢莉最近突然变得很忙,而且非常开心。

谢莉爱上了华盛顿县养蜂协会的会长。这名会长是个善良的老人，他坚持认为谢莉不应该再住在一个冬天床边水杯里的水会结冰的房子里。他帮谢莉装了个壁炉，谢莉又回到教堂，并开始在主日学校① 教课。谢莉成年以来第一次有了被呵护的感觉。谢莉虽然担心斯泰茜，但有时也为姐姐那种觉得被全世界不公平对待的看法感到厌倦。谢莉一点也不怀疑哈利的病很严重——她在农场闻过那种有毒的气味，见过那些黑乎乎的脏水，也感觉到头疼和头晕——但她有时希望姐姐可以放下这种自以为是的愤怒。这种战斗的心理可能会对哈利和佩奇造成伤害，使他们永远陷于受害者心理，走不出来。

斯泰茜感到无比孤独。她和克里斯虽说已经订婚，但她背着巨额的债务，根本就不可能结婚。"我买不起婚纱，更不要说举办婚礼了。"她对我说。她想把婚礼推迟到与山脉的官司结束的那一刻，但那简直遥遥无期。斯泰茜心中依然认为自己是个和两个孩子一起生活的单身母亲，而每逢夜深人静之时，对未来的恐惧总是无法抑制地涌现出来。即使努力入睡之后，斯泰茜做的梦也泄露了她和两个孩子正在经历的混乱与动荡不安。

她梦见佩奇被困在一个装满压裂液的水箱里滚下山来。

她梦见自己买的一千美元食品突然被偷了。她哭了，因为知道自己和两个孩子要挨饿了。

她梦见自己和两个孩子走在一个废弃的郊区。一切都很质朴，但却一个居民也没有。这个地方发生过一起可怕的灾难，尽管如此，他们还是得挑一间空屋子住下。

---

① 主日学校：指基督教教堂或犹太教教堂星期日为儿童提供的宗教教育。

她梦见他们回到那座被污染的房子，准备尽快收拾东西离开。佩奇的朋友要来接他们，但是等他们一上车，佩奇的朋友却一直往后倒车。佩奇掉进了一个满是泥浆的洞里，斯泰茜努力想把她拉出来，佩奇大喊："我只是想做个正常的青少年！"

她梦见自己生了个孩子。她想把畜栏收拾一下，突然意识到还没给孩子喂奶，然后畜栏噌的一下不见了。她用奶瓶给婴儿喂奶，接着又给他输液。她忘了婴儿叫什么名字。

她一次次地半夜醒来时，发现自己的心脏怦怦直跳。在半睡半醒之间，她既喘不过气来，又害怕空气。这么多事情都是她无法控制的：如果新邻居签了天然气租约，她早上起来发现附近又多了个井场怎么办？如果她自己或者哪个孩子得了癌症怎么办？他们的癌症保险到底够不够付医疗费？她的嘴里老是有股灰味——那是肾上腺素的副作用皮质醇升高的症状。被噩梦折磨得死去活来的斯泰茜去找查克·波奇，那个给哈利看过病的精神治疗师。查克让她开始吃他之前开过的左洛复①。但是又一次被斯泰茜拒绝了。"如果我得吃那种药，那说明山脉赢了。"她再次对他说。现在查克诊断她患上了创伤后应激障碍症，这使她意识到自己正步父亲的后尘，因为她从少女时代起，就目睹父亲睡觉经常做噩梦，那些梦都发生在他服役过的越南，而且场面大都非常激烈。

等老爹最终获得帮助时，斯泰茜已经36岁，早就搬出去住了。2006年的一天夜里，老爹做了个特别激烈的噩梦，醒来时他看到琳达脖子上被自己弄出一道道瘀青，于是决定到摩根敦的退伍军人管理局

---

① 左洛复：一种抗抑郁药。

医院去求助。老爹和一名精神治疗师聊了聊，对方诊断他患上了创伤后应激障碍症。和其他退伍老兵一起治疗了几个疗程之后，老爹这才意识到自己过去几十年是多么孤独。老爹在去越南之前已经是一名神枪手，他获得了三枚紫心勋章，但是只接受了其中一枚。"很多小伙子都这么做。"他说。老爹发现和人交谈能使自己感觉好一点。于是他开车去西弗吉尼亚参加团体治疗，琳达也一起去参加老兵妻子们的集会。他们开着宿营车，去参加各种售卖军帽、军服、军事纪念徽章和军旗的纪念活动。他们还经常参加年轻士兵从伊拉克和阿富汗归国的欢迎仪式，以感谢他们做出的贡献。很多年前他回家时，因为双脚溃烂而无法回钢铁厂上班，那时要是有这种欢迎仪式就好了，老爹想。在他最珍视的私人物品中有一套身份识别牌，上面刻着：*永远不会再让一代人抛弃另一代人。*

不管他喜欢与否，老爹的生活都围绕着越南展开，就像斯泰茜担心自己的生活会永远都围绕着气井转一样。每个人的生活似乎都有一件核心事件——之前和之后分割的一个标记。这就是她的标记。但是，她是如何染上创伤后应激障碍症的呢？医生的看法似乎过于偏激了。她从来没挨过子弹。查克·波奇让她去看专科医生，斯泰茜一开始拒绝了，因为看专科医生的共付额要25美元。

*我不想再花钱，*她在日记中写道，*也许这病自己会慢慢好起来。*然而并没有。最终，不堪夜夜惊梦折磨的斯泰茜去华盛顿看了心理医生。医生使用一种名为"眼动脱敏再处理"的方法，让她回想自己最恐惧的事情——这是为了帮助她的身体在清醒时接受那些创伤，医生向斯泰茜解释。另外，医生还试着让斯泰茜接受那些自己控制不了的东西。她控制不了自己的新家附近是不是会突然冒出一个井场来。她

控制不了空气的质量。她控制不了癌症。与其整天想着《约伯记》中的种种苦难，她可以练习感恩自己尚能对愤怒和自怜进行反击。斯泰茜努力花更多的时间来感谢上帝，感谢他让她和孩子们依然拥有现在的一切。

2014年感恩节那天，斯泰茜写道：*我们有太多需要感恩的。我们的住房条件和健康状况正逐步得到改善。我们有洁净的空气、纯净的水和安全的住处。我们拥有彼此和我们的家庭。我每天都要感谢上帝。我们要感谢约翰和肯德拉以及他们的家人和同事，感谢他们做出的牺牲。我们要感谢那些和我们一起活下来的宠物。所有人又都聚在了一起。我们要感谢一路走来帮助过我们的所有好心人。我每天都要感谢上帝。*

唯一能让斯泰茜嘲笑自己，甚至嘲笑自己做的噩梦的，是克里斯。一天夜里，她做了一个奇怪的梦，梦到一条狗背上绑着一支火箭，正准备摧毁和睦镇。她在睡梦中大喊大叫，克里斯在旁边听到了。从那以后，每逢斯泰茜很不开心时，克里斯就会逗她，突然来一句："那条狗背上绑着火箭！"斯泰茜就会不由自主地开怀大笑。但是这种小插曲很少发生。

那年秋天的一个深夜，斯泰茜接到贝丝打来的电话。沃尔斯家又有一匹马死了，一名卡车司机在贾斯塔布里兹附近的山坡上使用发动机制动的时候，基受了惊吓，后腿直立起来。她撞上了栅栏，几乎把腿摔断。沃尔斯夫妇给她实行了安乐死，阿什莉努力照常工作，但是整个2014年她的情绪都非常低落。她刚从伯克马厩（她刷洗马匹的地方）给贝丝打电话，歇斯底里地说她想自杀。

我失去了一切，卡明斯、约迪、欧基，农场已经一文不值。我的

生活失去了意义,她对妈妈说。

阿什莉有个新男朋友,在企业工作,这是当地人的叫法,意思是油气企业。事实证明,阿什莉的这个新男朋友有些咄咄逼人。考虑到自己饱受家庭暴力的忧伤往事,贝丝有些担心。听完贝丝的倾诉,斯泰茜感到很难受。她知道贝丝正在经历什么。

把家里所有的枪都收起来,然后打电话给家庭医生,她对贝丝说。第二天,贝丝开车把女儿送到华盛顿医院,阿什莉自己签字,住进了精神病房。*阿什莉进了3A病房*,斯泰茜在日记中写道。阿什莉看完病后想立刻离开,但是在医生的劝告下留了下来。和人聊天对我一点帮助也没有,她对医生说。身高5英尺6英寸的她,体重已经降到了100磅,在住院的三天里面,她拒绝吃任何东西。最后,阿什莉自己签字,办理了出院。她带着医生开的处方回到家里,处方上是阿普唑仑[①]和一种抗抑郁药,阿普唑仑她一个星期吃一次,抗抑郁药她吃了几个月后就不再吃了。也许这就是社区毒品泛滥的代价,她对我说。但是阿什莉和斯泰茜一样,认为靠吃药来缓解精神上的痛苦等于自己认输,并承认山脉已经赢了。

---

① 阿普唑仑:一种缓解焦虑和抑郁的药物。

第二十九章

关闭废料池

2014年6月,山脉的股价创下历史新高,达到每股93美元。可开采的页岩气资源的丰富程度,甚至超过了最大胆的预测,而山脉在马塞勒斯地区的生产规模和占地面积,均排在第一位。山脉成为行业主导,分析师经常把山脉评为中型企业中的佼佼者。

九月份,山脉收到了宾夕法尼亚州有史以来最大的一笔罚单,消息传来,肯德拉和约翰都吃了一惊。因为有八个废料池发生了泄漏,环保部向山脉罚款415万美元,并勒令他们永久关停其中五个。这些废料池全部位于华盛顿县,耶格尔废料池是其中之一。当这个意想不到的消息传来时,史密斯夫妇正在准备巴兹争取洁净水源的案子。一名山脉的律师私下里跟史密斯夫妇说,要不是他们在巴兹的案子上死缠不放,这些泄漏永远也不会曝光。

如果说《13号法案》被否决是法律意义上他们取得的最大胜利,那么关闭废料池就是实际意义上他们取得的最大胜利。然而事实证明,关闭废料池却是个非常棘手的问题。要关停井场,企业必须先证明他们已经成功清除了残留的污染物，但是样本测试的结果却显示，土壤中依然含有苯系物、油、油脂和氯化物。从环保部持续发来的整改报告上，肯德拉可以清楚地看到这些污染物。至少山脉现在公开承认耶格尔井场出现了麻烦。"我们承认那个地方出了一些问题，这在我们的工作中是完全可能发生的。"山脉的马特·匹兹雷拉说。现在有证据表明，在巴兹家上方半英里的山坡上，曾经发生过化学物质溢出、泄漏和没有清理的情况。环保部还发现，一些井场泄漏的化学物质，也出现在了巴兹家的水中。

到了2014年9月，约翰·史密斯希望所有这些不利于山脉的公开调查结果，能在环境听证会上给巴兹的案子增加获胜的机会。环境听证会是个审判庭，作用有点像上诉法庭：个人和企业就环保部的调查结果在一名法官面前展开辩论。但是，就史密斯夫妇所知，宾夕法尼亚还没有土地所有者在环境听证会上指控油气企业污染了自家的水源，以及环保部的判断有误。他们的质疑用艺术一点的话来说就是"无例可循的新案"。正因如此，基斯卡登起诉环保部和山脉资源一案很可能获得许多本地人的关注。

在所有可能抽到的法官之中，个头不高、脾气火暴的环境听证会主席和首席法官托马斯·雷文德似乎是个恰当的人选。自从1995年上任以来，雷文德便与环保部展开了长期的斗争，正是在他的支持下，环境听证会才同意就基斯卡登一案举行听证会，史密斯夫妇认为这是一个好兆头，即使听证需要勇气。约翰·史密斯相信，他们有机会为巴兹争取到洁净的水源。肯德拉则对此有些怀疑。

"我觉得法庭没有勇气按照我们说的做。"她对我说。如果判巴兹获胜，将会有一大批愤怒的民众涌到环保部，声称环保部把他们的水质检测也弄错了。

为期20天的审判在匹兹堡市中心的皮亚特广场举行，这栋豪华的办公大楼距离巴兹的废品场只有一个小时的车程，但感觉却像是另一个世界。审判庭的一侧坐着环保部的律师迈克尔·海尔曼，他旁边是山脉聘请的经验丰富的诉讼律师约翰·吉斯雷森。山脉要求参加这场听证会，以维护自己的利益，因此吉斯雷森来了，他是来给史密斯夫妇拆台的。吉斯雷森对巴兹的主张提出怀疑，他希望通过这种方法，从根本上引发大家对史密斯夫妇另一个针对山脉的大案的质疑。另外，虽然环保部最近处罚了山脉，但他们对巴兹家水源受污染一事的立场并没有改变。海尔曼在听证会上说，虽然既有事实证明耶格尔废料池确实发生了泄漏，虽然巴兹家的井水受到了污染，但是依然没有证据表明应该由山脉资源负责。另外，海尔曼又说，为了符合举证的要求，史密斯夫妇必须在井场和巴兹家的水井之间建立明确的联系，而这一点他们做不到。缺少一颗"银色子弹"[①]，海尔曼在开庭陈述中说。没有足够的证据证明山脉的行为污染了巴兹的水源。他接着说道：

> 法官大人，夏末秋初对我来说是个怀旧的时刻。因为我们正在回想我们的生活，现在是变革的时代，是我们转变的时代——我们做着不同的事情，迈向新的不同的征途。上个月，我突然意识到，自从到圣母大学报到以来，已经过了38个年头。令人惊奇的是，当时发生的一切，却依然历历在目。我记得和好友乔·蒙塔纳一起参加的橄榄球全国锦标赛……更加不可思议的是，我甚至

---

① 银色子弹：欧洲民间传说中致命武器的代称，比喻良方、高招。

记得课堂上发生的一些事……那就是，巧合不是因果……考虑到要参加听证会，在为案子做准备时，这个小插曲总是浮现在我眼前，它一再浮现在我眼前，是因为不管出庭律师如何，这个上诉人的案子看起来都似乎有理有据，然而事实上他们只是把巧合作为证据，把巧合和因果关系混淆在一起……

还是让我说得明白点吧，环保部在这里不是为了向听证会证明环保部已经尽自己所能对这个井场实施了有效监管。我们并没有做到。我们在这里不是为了证明山脉资源完全遵守法律或其许可证和规章制度。他们并没有做到。我们在这里甚至不是为了争论洛伦·[巴兹·]基斯卡登家的水质很棒，实际上正好相反。我们在这里想说的是，即使上诉人[提的]所有这些巧合都属实，也不能证明是气井的操作污染了上诉人的井水。巧合再怎么说，也只是巧合。

作为回应，肯德拉列了一条具体的时间线，以说明井场的问题是如何影响到她的当事人的水质的。为了强调自己所说的一切属实，她把环保部的文斯·扬特科请到证人席，向他梳理了一连串的灾难事件——从泄漏和溢出，到塑料膜上的洞，再到泄漏监测区域的错误设计。她一一列举了环保部未能执行法律法规的事实——未把泄漏的废料池停用，也未检查废料池的塑料膜，找出破洞的位置。肯德拉还详细描述了那次规模宏大却以失败告终的整改行动，那次一共清理了2,125吨泥土。接着她向法庭展示土壤检测报告如何被做了手脚，从而使外行人以为那块地一直存在污染，虽然实际情况并非如此。

肯德拉还帮扬特科回忆起卡拉·萨茨科夫斯基做的一个决定——

萨茨科夫斯基不顾他的反对——朝已经受到污染的钻屑坑灌了 30,000 加仑清水。这是一次"故意而鲁莽"的行为，肯德拉回顾了扬特科对此事的评价。扬特科曾亲口说这么做会使污染物更加深入地下，到达地下水。肯德拉坚持认为，两个星期后，原本储存在钻屑坑的压裂液中的三种已知成分，出现在了分水岭底部她当事人的水井里。

但是，在史密斯夫妇看来，仅仅证明罗恩·耶格尔家所在的地块仍然受到了污染，或者是环保部凭借篡改过的水质报告便断定巴兹家的水未受油气污染，这么做并不足够。这些事实每一个都已记录在案，而环保部也已经承认对耶格尔井场的监管没有到位。

海尔曼的开案陈述说得没错：为了符合举证的要求，史密斯夫妇必须明确指出，位于山顶 A 点的化工原料，为何会朝西南方流了半英里，来到位于谷底的 B 点，也就是巴兹住的地方。问题的关键在于地下水是怎么流的。听证会进行期间，环保部的一名水文地质学家说，水是向北流，和巴兹家的方向背道而驰。史密斯夫妇请来的专家则提出了相反的观点。山上的地下泉水往山下流，而且是往西南方向流。另外，废料池发生泄漏之后，环保部曾要求山脉安装监测井。监测井的报告显示，乙二醇不知何故已经穿透了废料池西侧的土壤，抵达 82 英尺深的地下。这些监测报告不仅揭示了污染的存在，还证明了水流的方向。而且污染物并非只通过地下水流动。按照史密斯夫妇聘请的专家的说法，有毒的泉水还流进了宾夕法尼亚一条名为"四号支流"的小溪。溪水流经贝丝和斯泰茜家后向山下流去，直到巴兹家。

山脉的律师约翰·吉斯雷森对史密斯夫妇聘请的专家的调查结果表示怀疑。因为他们当事人的饮用水中发现了和井场同样的化学物质，便以此作为污染的明确证据，这么做过于草率了，他说。另外，巴兹家水中化学物质的比率和山上的不同。当涉及石油和天然气污染，特别是和盐类有关的污染时，这些比率尤为重要。巴兹家那座位于"谷底"的废品场周围也有许多潜在的污染源。巴兹家的水也许不适合饮用，但这不是山脉的错。吉斯雷森同时把矛头对准了斯泰茜和贝丝的案子，他说，如果同样的溪水在流向山下的过程中途经他们三家，那么为什么三家检测出来的化学物质不一样？

吉斯雷森提出的有关斯泰茜和贝丝的疑问，史密斯夫妇并没有太在意。他们认为他什么也没有证明——仅仅暴露了他知识的匮乏。按照史密斯夫妇的说法，他一度得求助于肯德拉才能看懂水质检测报告。随着漫长的听证会逐渐接近尾声，史密斯夫妇认为一切都很顺利。然而，考虑到州政府的利害关系，和法庭做出有利于他们的判决之后，可能会有大量的案子产生，肯德拉对此不太乐观。她对案子的成本也有认识。他们聘请的专家出庭作证时，一直都是来去匆匆，肯德拉巴不得他们快点从证人席下来，因为这些专家大部分都是计时收费。不管他们为案子付出多少，史密斯夫妇都不会有任何回报，因为即使胜诉也不会有损害赔偿金。他们代表贝丝·沃尔斯起诉环保部的案子也是这种性质。胜诉对史密斯夫妇仅仅意味着，为巴兹争取到了清洁的饮用水。不过虽然没有钱，打赢这些官司也还是有好处：它们使史密斯夫妇收集到了黑尼起诉山脉一案的证据，并能让他们在开庭之前获得舆论的支持。

最后一天的审判结束时，约翰和肯德拉抱着一大沓文件走出皮亚特广场，在黑暗中朝停车场走去。等他们把所有东西都装上车，时间已经接近晚上 8 点，整个室内停车场已经看不到其他的车子。在绿色的荧光灯下，肯德拉开始嘤嘤地哭起来。在 20 年的婚姻生涯中，约翰从未见过她在工作时间哭泣。一次也没有。但是肯德拉打心眼里认为他们会输掉这场官司,而巴兹既不是铁路公司也不是其他的公司客户。他只是一个依靠政府帮助的穷人,而政府却拒绝对他施以援手。约翰搂着肯德拉。

我们做得够吗?她问他。

我们已经尽力了,他回答。

在为公司辩护时,一个惯用的策略便是拖,把耗资巨大的案子拖延下去,使那些拿固定律师费的原告律师因成本过高而放弃。但是史密斯夫妇没有放弃,他们坚持了一年又一年,这使得案件的另一方产生了怀疑。有一次,约翰去参加几乎每周一次的基斯卡登案听证会,在走进会场时,他听到一名环保部的律师在问山脉的律师:*谁付他们钱?*

就在史密斯夫妇等待基斯卡登案的裁决时,山脉资源提出一项动议,要求法庭命令史密斯夫妇透露他们的资助人。到这时为止,史密斯夫妇针对山脉资源和环保部的三个不同官司已经打了三年半,山脉认为很难相信史密斯夫妇没有收到过一分钱。在2014年9月的动议中,山脉的律师指出,在盘问证人时,史密斯夫妇一方的两名律师——约翰和肯德拉——经常同时出动,这是一笔不必要的开支。没错,约翰和肯德拉经常一起到哈里斯堡盘问证人。首先,约翰想了解这些人,从而可以制定策略如何在证人席上和他们接触。其次,随着案子的火药味渐浓,他不想让肯德拉独自一人前往。准确地说,并不是他认为肯德拉需要保护。肯德拉能够照顾好自己。她可能只是需要有人帮她见证一下那些她已经厌倦的滑稽行为。

史密斯夫妇的当事人都很穷,因此山脉的律师说,他们"在证据开示的过程中笃信,有一个或者多个第三方可能正直接或间接地支付诉讼费,以支持原告对本案的起诉"。史密斯夫妇以正式的法律文件回应说,动议"纯属无中生有和可怕的妄想"。

"因为财务状况不佳,华盛顿县的居民就应该减少支持或者使用我们的司法系统吗?"史密斯夫妇在回复中反问。穷人和富人一样,有权保护自己的健康和财产。这是环境正义的基础:从20世纪80年代以来,这一法律概念一直在努力平衡贫富社区之间的环境收益与负担。约翰·史密斯翻遍司法史,终于找到一个与贫穷和司法公正有关的崇高观点。这句话是退休的美国最高法院法官小刘易斯·鲍威尔说的:"司法公正不仅仅是最高法院外墙上的一句标语,它可能是我们社会最鼓舞人心的理想。它是我们整个司法系统存在的目的之一……无论经济状况如何,在实质性和可用性方面,每个人都应该获得公平的对待,这是最基本的。"

在华盛顿县法院,黛比·奥戴尔·塞尼卡法官称山脉公司的指控"令人感到不适"。但是,没过多久,奥戴尔·塞尼卡自己就卷入了一桩丑闻。她因为被指控更改一宗谋杀案的笔录,和窃听华盛顿县法院同事的谈话,而被迫辞职,这使黑尼案成了没有人管的弃儿。

山脉继续努力挖掘史密斯夫妇的资金来源,他们似乎认为史密斯夫妇的法律诉讼得到了"海因茨基金"的暗中资助,海因茨基金是一个关注西宾夕法尼亚环境健康和其他社会问题的家族基金。这个指控相当具有煽动性:它指控一个备受尊敬的民间社会团体使用了卑鄙的手段。海因茨基金曾经见过斯泰茜和贝丝一次,但山脉却威胁要给海因茨家族的每个成员发传票,包括特雷莎·海因茨·克里和她的三个儿子。山脉的律师还传唤了其他海因茨基金资助的小型民间组织,包括在做与压裂法相关的疾病研究期间,曾与斯泰茜和贝丝合作过的"西南宾夕法尼亚健康计划"和"煤田正义中心"。"我们从未给过史密斯-巴茨什么钱,"煤田正义中心的执行理事韦罗妮卡·科普蒂斯告诉我,"但是在查看资料时我们发现,他们倒是给我们捐过两百美元。"

在调查史密斯夫妇的资金链时,山脉的雇员还有一种工作理论:他们的钱来自俄罗斯,通过海因茨这样的基金会进入美国,目的是为了瓦解美国的能源行业。别忘了,有可靠的证据表明俄罗斯正在资助国外的反压裂法斗争。但是却没有证据表明俄罗斯或者其他任何人给过史密斯夫妇钱。

2015年10月,史密斯-巴茨律师事务所发现自己成了宾夕法尼亚州政府审查的对象。审计员希望查看史密斯夫妇有关销售税的记录,这实在是非常奇怪。因为除了购买办公用品,律师事务所是不用交任何销售税的。但是,如果事务所收到过不是简单的律师费,而是咨询费或者游说费,那么这笔钱就应该上税,并且一定会出现在审计的账目中。虽然没有办法证明,但史密斯夫妇认为,正是由于他们起诉了环保部和对《13号法案》提出了质疑,宾夕法尼亚州政府才把他们单挑出来审查。史密斯夫妇得出这样的结论并不难:审计员说他在找他们有没有"游说服务"的收入。但结果却什么也没有发现。

史密斯夫妇没有把自己面临的压力跟贝丝和斯泰茜说,她们仍有自己的健康问题需要面对。早在气井出现之前,斯泰茜就患有甲减,至今已经十年。这种名为甲状腺机能减退的病比什么都麻烦,她总是觉得冷。

至今,斯泰茜仍每半年要去看一次内分泌医生,她在那里遇见了一个名为唐娜·吉斯雷森的执业护士。两个女人的关系非常亲密，斯泰茜觉得吉斯雷森除了很有同情心，一直在认真聆听她的倾诉，还是个经验丰富的专业人士。二月份一次就诊时，斯泰茜坐在检查台的边沿，吉斯雷森用手摸了摸她的脖子，然后用听诊器听了听她的胸部。对于接下来发生的事，双方各执一词。根据斯泰茜的说法，吉斯雷森在有意无意地刺探她，因为这名执业护士开始谈论起了巴兹·基斯卡登。巴兹的案子报纸上有报道，而唐娜·吉斯雷森又知道斯泰茜和油气公司之间的纠葛，因此一开始她说的话并没有什么异常之处。但是知道吉斯雷森不相信巴兹的故事后，斯泰茜心里很不是滋味。斯泰茜回忆说，吉斯雷森说她不相信巴兹。她打赌说，他家的水多半是他住的那个废品场污染的。斯泰茜静静地听着这名护士继续说下去，她说巴兹没有做钻前水质检测，所以他无论如何都无法证明污染和气井有关。

斯泰茜听到"钻前水质检测"时，非常吃惊。这个词相当专业，经常在对方的辩词中出现，她好奇吉斯雷森是怎么知道的。吉斯雷森解释说，她的丈夫约翰就是巴兹案辩方的首席律师之一。约翰·吉斯雷森可是个厉害人物，斯泰茜回想起她这么说，山脉之所以请他，就是因为他是个以强硬著称的诉讼律师。根据斯泰茜的回忆，唐娜说她丈夫在证据开示阶段看体检报告时看到了自己妻子的名字，于是问唐娜斯泰茜是不是她的病人。是的，她说。她已经给斯泰茜看了好几年病，知道斯泰茜不是那种没病说病的人。斯泰茜记得唐娜轻飘飘地说，她知道斯泰茜也没有做钻前水质检测。可能对她来说，庭外和解要比打官司来得明智一些。唐娜把手放在斯泰茜的喉咙上，轻轻地按压她的甲状腺时，斯泰茜感到十分气愤。

哦，可是我们不打算和解，她记得自己这么回答吉斯雷森。我们手头有大量的证据。

回程途中斯泰茜给史密斯夫妇打了个电话。约翰·吉斯雷森确实是山脉负责巴兹和她案子的首席律师。作为一名护士，在一个人与人之间关系如此紧密的地方工作和生活，斯泰茜已经习惯了给邻居治疗各种疾病，同时不向任何人透露自己工作中遇到的人和事。为了防止违规，斯泰茜严格地遵守着《医疗保险便利及责任法案》，她觉得和任何人谈论病人的私密问题都是违法行为，更别说你的律师丈夫了。史密斯夫妇认为唐娜·吉斯雷森的话听起来很不寻常，但是这类事件不在他们的业务范围之内。他们建议斯泰茜请一位专门处理《医疗保险便利及责任法案》问题的律师。

于是斯泰茜和乔恩·卡明签订协议，后者向法院提起诉讼，指控护士唐娜·吉斯雷森和身为律师的丈夫议论斯泰茜，违反了职业操守和法律。吉斯雷森夫妇否认指控，他们在法律文书中回应说，唐娜实际上是在夸奖斯泰茜——说她不会"没病说病"。他们认为，这项指控是为了抹黑他人的名声。再说，当斯泰茜在黑尼起诉山脉的案件上签字时，她就已经放弃了自己的隐私权，因为作为案子的具名原告，对方的律师随时都可以查看她的体检报告。最终，案子开庭时，唐娜·吉斯雷森的律师要求法官驳回原告的诉求。吉斯雷森的丈夫正坐在法庭上。他认为，这个案子纯粹是报复。他是山脉的首席辩护律师，他认为史密斯夫妇为了惩罚他而让他妻子出丑，而且试图让他从黑尼一案中消失。法官不同意吉斯雷森丈夫的观点。黑尼起诉吉斯雷森一案继续向前推进。（唐娜·吉斯雷森的律师拒绝对案子进行评论，他说原告的指控"纯属无中生有，已经全被否认"。）

辩论结束，获胜的乔恩·卡明正准备离开，猛然发现吉斯雷森先生已经来到他身边。卡明本身是个咄咄逼人的律师，他已经习惯了代表当事人进行抗争。但是接下来他们交流中的火药味之浓还是非常罕见。两人对接下来说的话产生了分歧。吉斯雷森记得自己对卡明说约翰·史密斯是个骗子，而卡明则记得吉斯雷森说的是，告诉约翰·史密斯，我会去找他。

第三十章

追踪鬼魂

为了使山脉遵守法庭的命令，交出在耶格尔家所在的山上使用的明确的化学品清单——从肥皂到氰化物——到 2015 年为止，史密斯夫妇已经努力了两年。但是山脉拒绝披露，而且理由还很充分。山脉并不想阻挠他们的调查，只是可能他们自己也不知道，因为有些承包商使用的化学品是有专利的，属于秘方。

山脉面临着一个难题。如果他们承认这是事实，那么就和他们的那份公开声明相违背，在那份声明中，他们自称确实披露了压裂液中使用的全部化学添加剂，而且自诩是第一个这么做的公司。约翰·史密斯在盘问山脉的首席运营官雷·沃克时，曾经问过他全面披露化学添加剂一事。"那么，也就是说，你们会告诉公众你们知道的一切，是吗？""我们知道的一切，是这样的。"沃克回答说。"那有没有你们不知道的呢？"史密斯问。"当然有了。"沃克说。史密斯夫妇认为这份证词将在法律和经济上产生严重的后果：山脉一直吹嘘他们向投资者披露了全部信息，并认为这是个不容置疑的事实，结果证明，他们可能违反了美国的《证券交易法》。

没有清单，肯德拉只好自己调查，深夜，她盘腿坐在门廊的红色沙发上，埋头研究长达几百页的化学品安全数据表，按照法律规定，企业必须列出其产品的有害副作用。这些数据表虽然很有用，但是却一点也不明确。企业可以不显示那些秘密成分，他们可以用"专利"这个词来搪塞。大多数化学品只用数字和字母表示，肯德拉已经学会了破译这些密码。"MC"的意思是 Multi-Chem，这是一家为井场提供化学制品的公司，现在为哈里伯顿所有。"MX"的意思是实验性。还有"T"。

"T"的意思谁也说不准。Multi-Chem 的产品介绍或网站上都查不到，于是肯德拉到其他的工业网站上寻找线索，包括 2011 年收购了 Multi-Chem 的哈里伯顿。哈里伯顿确实列出了以字母"T"结尾的产品，这种东西叫示踪剂，是一种用来准确跟踪压裂进度和压裂液流向的化学物质，通常具有放射性特征。肯德拉想起环保部的律师在基斯卡登案审判时说过的缺少一颗"银色子弹"的话。肯德拉感到好奇，示踪剂是什么呢，如果不是"银色子弹"的话？

在盘问了一名撰写数据表的 Multi-Chem 员工之后，肯德拉知道自己的猜测是对的。"T"就是示踪剂。她发现的第一种示踪剂竟然就是耶格尔井场使用的 13 种示踪剂之一。

其他示踪剂都是她偶然发现的。从证据开示阶段的开始，肯德拉就要求山脉提供各个公司进出井场的签到表。这是找出谁在那里工作过的最简单的方法。山脉说表格都被销毁了。然后有一天一张签到表飞下山来，飞进了贝丝和约翰家的院子。贝丝把它捡起来交给史密斯夫妇，史密斯夫妇看也没看就把它寄给了山脉，以表明自己的态度。

肯德拉第二次看到这种签到表，是在压裂法钻探企业环球油气井服务公司提供的一大堆证据开示文书之中。肯德拉在这张签到表上看到有个公司叫"普罗科技"，在一次盘问环球油气井服务公司的员工时，肯德拉问对方是否知道"普罗科技"是做什么的。

普罗科技是生产示踪剂的公司，他说。他们的产品既有化学示踪剂，也有放射性示踪剂。在压裂法钻探的八个阶段中，每个阶段他们都会使用不同的示踪剂，以跟踪液体和裂缝到达的位置。普罗科技把化学示踪剂注入压裂液之中，他们还把放射性示踪剂装进陶瓷颗粒，后者的作用是支撑岩石裂缝，使天然气得以上升至地表。

示踪剂——以及这么多年来山脉未曾披露示踪剂存在的事实——是史密斯夫妇手里的新证据，他们向法庭提交了这些证据。他们要求负责本案的新法官威廉·R.纳里兹强迫普罗科技公布他们的化学示踪剂和放射性示踪剂的确切成分。现在要找到放射性示踪剂可能已经太晚，因为它们很可能已经发生了衰变，但化学示踪剂则没有这个问题。如果肯德拉能够在当事人的井水中找到这些具有鲜明特征的化学示踪剂，那么她就能证明是山脉污染了他们的井水。"我只需找到一种，"她对约翰说，"然后我们就赢定了。"

为了确定肯德拉是否有权知道两种示踪剂的具体成分以及其他的问题，纳里兹法官举行了一场听证会。证人席上的普罗科技高管拒绝将化学示踪剂的成分告诉肯德拉。他说，这么做会使他们的商业秘密公开，从而毁了他们的生意。但他确实公开了放射性示踪剂的成分，其中包括铱 -192、锑 -124，和钪 -46。它们都是用"零冲洗"的商标销售，在制造的过程中，这些放射性物质被密封，从而保证它们不会被压裂液冲出陶瓷颗粒。得克萨斯农工大学的科学研究显示，陶瓷颗粒只释放极少量的放射性同位素，可以"忽略不计"。但是肯德拉反驳说，再小的剂量也可能产生问题，即使这三种放射性元素的半衰期都很短。半衰期这个名词容易使人产生误解，严格地说，这个词描述的是放射性物质的一半发生衰变所需的时间。以这三种示踪剂为例，不到三个月，它们的放射性强度便减少了一半。但是剩下的另一半呢？

而且，即便示踪剂中的放射性元素被证明无害，肯德拉却又了解到与井场的辐射有关的其他问题。压裂法开采还可能把地下几英里深的自然存在的氡带到地面。氡是一种已知的致癌物，且是美国肺癌发病的主要原因。

正在寻找潜在违法行为的肯德拉，开始研究起和使用这类物质相关的法律。事实证明，跟踪放射性示踪剂的难度特别大。放射性物质具有危险性，已被纳入核管制委员会的管辖范围，因此其使用需要得到环保部的批准。肯德拉想让环保部提供相关的许可证，结果被告知这属于国家安全问题。她还发现，多年来放射性示踪剂一直在拉响宾夕法尼亚垃圾填埋场的辐射警报，而且环保部知道这件事。

第一次发生在 2009 年 12 月 22 日的宾夕法尼亚东部，那个月普罗科技把放射性示踪剂注入了耶格尔家所在的山体。肯德拉觉得这件事非常矛盾：一方面这些放射性示踪剂据说没什么危害，因此可以用在距离住户几百英尺的分水岭上方；另一方面，它们又如此危险，以至于透露哪怕一点信息都会对美国的国家安全构成威胁。恐怖分子可以用这些东西制造出脏弹，环保部在一份宣誓文件中回应史密斯夫妇说。"一块橡皮擦"那么小的量产生的辐射云便足以危害人体的健康，大大增加他们患癌的风险。这话在肯德拉听来有些可笑。什么危害？这些东西到底是无害的还是具有潜在破坏性？环保部似乎认为两者兼而有之。

肯德拉并非第一个想收集工业用示踪剂信息却一再碰壁的人。斯坦福大学地球系统科学系的系主任罗伯特·杰克逊多年来一直都在研究水平水力压裂中使用的示踪剂。他的团队第一次对压裂法和饮用水展开调查。"追踪示踪剂就跟追踪鬼魂一样。"他对我说。它们不仅有专利保护，还神秘莫测。

山脉没能公开示踪剂的使用情况，这在肯德拉看来简直糟透了。但环保部的做法更让她难以忍受。她和约翰一度感到非常愤怒，以至于开始问宣誓过的政府雇员，是否知道宾夕法尼亚环保部的任务宗旨：保护宾夕法尼亚的空气、土地和水不受污染，通过更加清洁的环境，为公民的健康和安全提供保障。

"对我来说，最大的不公在于联邦调查局、环保局和联邦检察官没有对此采取行动。"肯德拉说。环保局的环境刑事侦查员、特别探员伯吉斯和他的联邦调查局同事都保持着沉默。作为一名环保局的刑事侦查员，伯吉斯无权提出指控；他只能收集尽可能多的证据，然后把它们提交给美国检察官办公室，希望他们认为应该提起上诉。肯德拉不明白为什么环保局和美国检察官办公室都不想更进一步，她曾经花好几天跟他们解释这个案子，而他们对她的调查结果也分别表示了肯定。肯德拉认为，他们的被动暴露了他们的懦弱，他们缺乏接手复杂案子的勇气。

"贝丝、斯泰茜和巴兹都不是完美的原告，"她告诉我，"不可能有完美的案子。总有东西和你作对。但是那又如何？你到法庭上起诉某个人，然后你输了。"

发现示踪剂并非唯一一个使肯德拉"兴奋不已的爆炸性时刻"（肯

德拉语）。在研究那些数据表的过程中，肯德拉还发现，和他们的公开声明相违背，山脉及其承包商在耶格尔井场的压裂液中使用了柴油。这么做不仅违反了联邦法律，也违反了2005年的《能源政策法案》中的"哈里伯顿漏洞"，后者规定，虽然压裂法中使用的大部分化学物质不受联邦法规的约束，但柴油是个例外。没有政府的监管而把它们注入地下实在是过于危险。那家在耶格尔家的地盘上钻探的环球油气井服务公司和其他几千家企业一样，曾经写信给国会，说他们没有在压裂液中使用柴油，但是肯德拉从数据表上看到，环球油气井服务公司的确用了柴油。肯德拉把产品编号和一份列明柴油成分（例如煤油等）的联邦化学品登记表进行核对。发现两者完全相同。她把他们"抓了个正着"，正如她喜欢说的。为了证明柴油的存在，肯德拉花了两个星期，每天都工作十个小时。她很乐意把这项违法行为的调查结果提交给联邦调查员，但是这些调查员却不见踪影。

2015年6月，环保局终于公布了他们的首份报告草案，里面对斯泰茜、贝丝和巴兹三家的水质未有定论。环保局无法确定钻井作业是否影响了他们的水质，尽管三家的饮用水中都含有燃油、砷、2-丁氧基乙醇、铁和锰，但是每种化学物质的含量却不尽相同。有两个问题导致环保局难以下这样的结论。首先，华盛顿县工业开发的历史非常久远："过去的煤矿开采、农业活动、工业运作、废品处理……和油气开发。"环保局的报告中说。所有这些都使环保局难以确定，页岩气的开发是否是真正的祸根。其次，斯泰茜、贝丝和巴兹都没有做钻前水质检测。但是，罗恩·耶格尔确实做了钻前水质检测，而且肯德拉也帮环保局弄到了那份报告。根据那份钻前水质检测报告和环保部的调查，环保局认定耶格尔家的水受到了污染。

耶格尔家的水质受到了污染，而耶格尔邻居家的水质却没有，这反映了环保局报告得出的初步结论。虽然压裂法开采可能会污染水体，环保局说，但是并没有达到"对美国的饮用水资源造成广泛的系统性的影响"的程度。环保局的报告草案刚一公布，马上得到了油气行业的高度评价。"深度能源"在头版登了一篇文章，大标题是《期待已久的环保局报告出炉，压裂法并未造成广泛的水污染》。

但是一个由科学家组成的独立评审小组，环保局的"科学顾问委员会"在检查了这份报告草案之后，却不同意这个结论。他们认为，"广泛的和系统性的"这类词的使用并没有科学根据，也没有任何确切的证据。这些是用来误导公众的政治性话语。

一年半过去了，2016年12月，最终报告出台时，环保局删除了"广泛的和系统性的"这些词语，同时修改了结论。环保局的科学顾问及其研究和发展办公室的副行政助理托马斯·A.伯克对《纽约时报》说，新报告"发现有证据表明，压裂法在作业的每个阶段均对饮用水造成了污染：获取压裂所需的水，将化学添加剂和水混合以制成压裂液，将化学液体注入地下，收集从压裂井中流出的废水，并储存这些用过的废水。"

在环保局对压裂法影响的研究中，饮用水研究是其中规模最大也是最费劲的一项，然而在反压裂人士和油气行业关于这项研究的真正意义的争论中，任何重要的结论都已经不复存在。"压裂法"作为一个词语，已经变得政治化和极端化。

"我希望我们从未用过这个词，因为压裂法现在已经变成一个俚语，任何与矿物燃料有关的坏事都和它扯上了关系。"山脉公司的雷·沃克说。油气行业有个词称呼那些反对在住家附近进行采掘作业的人。他们过去称这些反对者为NIMBY，意思是"不要建在我家后院"。现在这个称呼变成了BANANA："绝对不要在任何地方附近建造任何东西"。

第三十一章

"生活在废品场的原告"

2015年6月12日,巴兹的官司输了。法官托马斯·雷文德在判词中写道,虽然"有大量的证据表明废料池发生了泄漏和溢出",但他无法排除这种可能,即是废品场那些生锈的汽车、轮船和校车残骸,以及马路对面的养马场污染了他家的水,而不是山脉资源。为"深度能源"撰写博客的汤姆·谢普斯通认为,这份判词"再次证明了废品场不仅是汽车,也是对压裂法的不实指控的最佳归宿"。史密斯夫妇立刻提出上诉,但是他们的上诉被驳回了。

尽管如此,法院还是毫不客气地批评了山脉。"山脉不顾一切的经营方式,和他们屡次瞒报耶格尔井场发生的事故,都是极端不负责任,近乎不可饶恕的行为。耶格尔井场发生的多次泄漏和溢出令人感到极为不安,"上诉法院在不审理此案的决定中写道,"耶格尔井场的操作影响了环境,并污染了土壤和临近的泉水,对于这一点几乎没有争议,但法庭面对的问题是,山脉的行为是否影响了基斯卡登家的水井。"关于这个具体的问题,七名法官中有六名同意雷文德的决定。废品场的潜在污染源实在太多，难以确定这些化学物质的源头。而且，史密斯夫妇未能证明耶格尔家所在的山坡和巴兹家之间有确切的联系。这个案子不会再复审。然而上诉法院合议庭的一名法官则表示不同意。史密斯夫妇已经确立了两个地点之间的必要联系，这位女法官发表了不同的看法。他们提交了这名法官所说的"大量的实验数据表明，两者之间存在着高度的（假如不是完全的）正相关关系"。因此史密斯夫妇已经履行了他们的举证责任：大量的证据清楚地显示，山脉资源应该对巴兹家的水污染负责。但是作为六名法官中的一个，她的意见属于少数。

"我在这里面对的不仅是法律，"肯德拉在回应中说，"没有任何法律解释这个案子为什么会被驳回。如果说之前打的是上坡战的话，那么这次的就是珠穆朗玛峰。"

官司打输之后，巴兹放弃了与尘世的任何一点小羁绊。"没人能阻止这一切。"一天下午他对我说，当时他答应走出自己的栖身地——母亲地下室那间用水泥砖砌成的房间——和我聊聊。每次我造访时，他通常都是一口回绝。他妈妈格雷丝也很警惕。说话并不会给他们带来任何好处，尤其是现在巴兹已经输了官司。但格雷丝还是很礼貌和耐心地招待我，偶尔还能把巴吉（她这么叫他）从床上哄下来。

"他们从中赚了太多钱，"巴兹最终现身时这么对我说，"这就是整件事的关键：钱。贪得无厌。"

巴兹已经不再给自己刮胡子，长长的络腮胡和白色的头发使他看起来像个先知。拖车的甲烷含量之高，还有缺水的问题，使他不可能再住在下面的山谷里，因此他搬到了山脊处的妈妈家，同时，他还在接受白血病的化疗。

"我感到很失望。除非必须，我哪也不去。"他说。如果白血病要夺走他的性命的话，他会停止治疗。"我对医生已经死心了。"他说。结果他却熬下来了，他的坚持带来了好消息：这种血源性癌症已经有所缓解。巴兹并非真的相信这是医生努力的结果——他认为这是上帝的功劳。然而他并没有心存感激，他觉得有种挫败感。尽管拿到了身体健康的证明，但他并没有重新拾起那些他喜欢做的事：骑越野摩托车和钓鱼。他甚至也不看电视。他就这么在地下室那个阴湿的房间里干坐着。

他那个旧女朋友洛蕾塔·洛格斯登最近死了，但巴兹和她的孙子塞思依然很亲密。因为强迫塞思的妈妈也搬出拖车，巴兹惹恼了她。"我要他们搬走，是因为我不想他们也像我一样得病。他们无法理解。我不想让任何人住在里边。"这件事使他们之间心存芥蒂，现在他已经不再去看塞思了，这件事加深了他的绝望。

"环保部什么也没有帮到我，"他说，"我们要去运水。我和妈妈要花钱买水。目前我们在沃尔玛买。"巴兹的身体依然很虚弱，格雷丝也快八十了，水的重量和价钱一样，是他们必须考虑的因素。他们得买那种一加仑装的水，不能买那种五加仑装的，因为两个人都拎不了太重的东西。格雷丝依然在喝蒲公英茶，把它当万能药，同时努力地劝巴兹吃天然食品。

"我妈妈正试图让我吃生的西兰花。我可不吃那种鬼东西。我没牙。"他说。他不再相信制度能有所改变。事实上，他从未想过史密斯夫妇会赢。

又一个下午，巴兹不肯起床，而我坐在地下室等他时，格雷丝对我解释了为什么她会感到失望。

"我不能理解，为什么我们有文件证明水里含有什么，却还是输了官司，"她说，"我觉得我们受到了不公平的对待。我不反对美国发展，但是不能拿我们喝的水作为代价。水是我们最宝贵的东西。"但美国的现状就是这样。他们面对的势力实在过于强大。这不是解决政治体制的问题。《圣经》上说，我们不应该投票。上帝把他想要的人送上宝座。上帝允许这种事情发生，是因为美国距离他实在太远。"

在格雷丝·基斯卡登看来，这是世界末日的开始，就像《启示录》预言的那样。

"水会变苦，你不能喝。"她说。在《启示录》8:11 中，上帝把三分之一的河流变为茵陈，喝了这种水的人都会死去。

"我希望有人把我们解救出去。"她说。

第三十二章

天后

在山上的贾斯塔布里兹，自从2011年养的两窝小狗都死了之后，贝丝一直都不敢再进行繁殖。但是现在既然环保部已经下令关闭了废料池，贝丝觉得可以再试一下。2015年夏末，她的拳师犬"天后"怀上了，九月份一个温暖的日子，天后在沃尔斯家的地下室产下了一窝八只狗仔。生产完后，贝丝领着她下到评比会场后的小溪凉快一下。那条小溪就是四号支流，它的源头是耶格尔家所在那片山坡的地下泉水，溪水向下流经贝丝和斯泰茜家，然后奔向"谷底"的巴兹家。天后在水里扑腾玩耍了一个小时，其间贝丝一直在和约翰说话，约翰正在附近搭建一个狩猎小屋。后来贝丝牵着天后回到山上地下室的蓝色塑料水池那里，一群小家伙正等着吃奶。贝丝按照学来的方法，把它们按照奶头依次排好，并且不时给它们轮换位置。

第二天就出事了。铺在蓝色水池里面的那条白色床单布满了血迹。天后站不起来，小狗们嘴角和肛门正在流血。接下来三天，八只小狗中有六只死了。几个月后，天后康复了，或者说看上去康复了。她又挣扎着走起路来。一天晚上，贝丝正在地下室的炉子那给小狗们做饭，她看到天后努力想爬上沙发，接着突然就倒下了。几分钟后，天后死了。贝丝打电话问肯德拉是否应该给天后和小狗们验尸，但是肯德拉跟她说不用麻烦了。这些动物检测一概不会有任何结果，而且她们还压根不知道应该检测哪种化学物质。

约翰·史密斯给自己定了个原则，不去联系那些负责本案的联邦调查人员——"让他们干他们该干的活。"他说。但是，在看到天后的小狗们死亡的视频之后，他把它们转发给了环保局的刑事部，并给贾森·伯吉斯打了个电话。他让伯吉斯详细解释一下，发生在耶格尔井场和密歇根州弗林特的两件事有什么不同，后者2016年初爆发示威游行时，有人举着"水是人权"的牌子。在史密斯看来，两件事有着明显的相似之处。弗林特的案子涉及铅污染和政府的隐瞒。那为什么环保局愿意调查弗林特的案子，却不愿调查华盛顿县的案子？

区别在于是公共水源还是私人水源。如果那个泄漏的废料池下方住着四十户人家，如果斯泰茜、贝丝和巴兹他们用的是自来水，而不是不受监管的私人水井，那么他们就能打赢这场刑事诉讼。目前，调查尚未结束，但是史密斯推断，从2016年开始，调查就没有任何进展。他知道调查人员传唤过卡拉·萨茨科夫斯基，让她到匹兹堡接受问话。她从得克萨斯坐飞机过来，她现在在得克萨斯生活，为西南能源公司工作。她在耶格尔井场可能犯的案子的诉讼时效都已经临近。如果联邦政府不立刻起诉她，可能就太迟了。

在史密斯夫妇看来，伯吉斯对他们的当事人做出的所有承诺——他说过要把自己的手枪和徽章交出来——显然将成为一句空话。肯德拉认为和他再谈下去是浪费时间。但是伯吉斯也有理由感到愤怒。要把肯德拉认为在民事领域里稳操胜券的案子证明是联邦环境罪,事实上要困难许多。

贝丝可不会让联邦调查人员就这么轻易地跑路。她认为自己知道杀害天后和小狗的凶手是什么:某种残留在四号支流水中的未知化学物质。溪水来自耶格尔农场的泉水,而山脉的作业已经污染了那里的泉水,这一点已经毫无疑问。

为了保证犬只的安全,贝丝已经给它们喝了一年多的瓶装水,但她万万没有想到,流经自家屋后的那条小溪也可能有毒。现在她想知道四号支流是否被污染了,以及天后在水里玩耍时是否沾到了什么东西,然后在喂奶时传给了小狗。贝丝想知道答案,她想知道为什么环保局在他们的案子中没有提出哪怕一次起诉。几个月来,她每个星期都要拨打一次贾森·伯吉斯的电话,给他留口信。2016 年 6 月,她给负责本案的美国助理检察官纳尔逊·科恩的办公室打电话,要求知道事情的真相。她还给联邦调查局的分析师萨曼莎·贝尔留了口信。科恩和贝尔一起给她回电。贝丝记下了这次电话会议上问的问题:*实验室更改测试结果会怎么样?这难道不是阴谋和欺诈吗?你们对卡拉·萨茨科夫斯基的调查进行得怎么样?* 贝丝发现科恩的回答语焉不详,令人失望。他能说清楚的唯一一点就是调查仍在继续。贝丝不相信他。她现在对和水有关的法律已经有所了解,知道四号支流为宾夕法尼亚全体公民所有。这就是所谓的联邦水域。即使他们的私人水井不受监管,污染溪流可是犯法的行为。然而她的话似乎没有产生任何效果。电话会议结束后,她给斯泰茜打了个电话,向她倾诉。

斯泰茜对联邦政府已经死了心。开庭的日子遥遥无期,她对无休止的等待也感到厌倦。她担心漂泊不定的生活的弊端已经在孩子们身上显现出来。佩奇的心情似乎丝毫不受影响。虽然学业上遇到了困难，但她一直在忙着打长曲棍球、养猪（为四健会比赛做准备），和为了给当地一名患上癌症的小男孩筹款而把成群的塑料火烈鸟放在人们的庭院里。这种非正式的筹款形式在和睦镇很常见。当有人遇到保险无法偿付的高额医疗费时，邻居们通常会举办一个意大利面或者煎饼宴来帮他渡过难关。斯泰茜对哈利在地下室长大越来越感到担忧。由于有网络学校，他实际上不用离开家门，便已经完成了十一年级的课程，后来他回到三一中学继续上十二年级，并于那年六月登上真实的舞台领取自己的毕业证书。斯泰茜为他的毕业感到高兴，她发出了印有照片的通告：分别是哈利·奥斯汀·黑尼靠在皮卡车上、开四轮摩托车和站在旧牲口棚旁边的四张照片。

至于工作，哈利正在经营从表哥迈克那里接手的草坪护理公司。他把它更名为"哈利草坪和树木服务有限责任公司"。这项工作对体能是很大的考验，但他觉得自己能胜任。他甚至买了高树作业的保险，这意味着他得带着一把通电的链锯悬吊在树干上。这是他最喜欢的部分，工作的其他部分都使他感到厌烦，而且薪水也不高，他得付完两个年轻男孩（他夏天请他们来帮忙）的工资之后，才能给自己发工资。

他想尝试其他的工作，但是有什么可以做的呢？如果能找到一份联邦快递或者联合包裹的工作就好了，因为这些公司都有福利，但是他们几乎不可能碰上这样的工作。煤矿工人的生活也不错，但采矿工作就更难碰上了。除了庭院活之外，剩下的就是安装天然气管道或者是到气田工作了，但他不想去。他已经听腻了人们说"你应该去气井那找份工作！"和"噢，气井的工资挺高的"。这些话真的很烦人，不过这不是他们的错,他说。"没错,我认识的许多年轻人最后都去气井了。不是他们想去,而是事情注定将这么发生。"这是唯一的工作。哈利没有和他的几个朋友多谈官司的事。"几乎我的所有朋友都会问:'那官司还在打?'我说:'是的,我们每天都在处理这件事。'"

哈利大部分时间会去找他的女朋友席亚拉。她是华盛顿人,家境更好,属于那种稳固的中产阶层。席亚拉中学便认识哈利,但是并不熟。"中学里我从没和哈利真正说过话,"她说,"我只知道他生病了,经常不来上课。"高中时,他们通过社交软件 Snapchat 成为好友,现在两人已经形影不离——至少在席亚拉去上大学之前。席亚拉将在那年秋季到匹兹堡大学学习国际商务。哈利对她的即将离去很不开心。"最艰难的部分是他的信任危机,"席亚拉告诉我,"他什么地方都不想去,而且他觉得别人总有事情瞒着他。"

哈利认为,现在他已经毕业,任何想对他的生活指指点点的人都可以闭嘴了。包括他吸食大麻这件事。"每个人都在抽大麻,"他对我说,并对我的纠缠不放感到有些恼怒,"就连乡村歌曲都在唱吸大麻。"

虽然斯泰茜不喜欢哈利抽大麻,但她在医院和华盛顿县其他地方看到的情况,比这要糟糕得多。哈利毕业后几个月,在 2015 年集市举行期间,华盛顿县有 18 个人过量服用阿片类药物,其中 3 人死亡。斯泰茜不知道他们发病的具体原因;可能原因不止一个。她一直听到各种不同的说法:医生开处方时过于随意;华盛顿距离公路干线太近,给了毒贩可乘之机;外地来的油气工人不是自己带毒品来,就是向当地的毒贩购买。

宾夕法尼亚州因吸毒而死亡的案例飙升了 23%,其中以华盛顿县的一些地方最为严重。为了获得药物,华盛顿县监狱和联邦监狱的犯人中出现了可怕的自残行为。他们吞食异物,往身体每一个可能的孔里塞东西。牙刷、大块的床垫,和整个苹果——医院花了几十万美元把这些东西从他们的食道、胃和直肠里取出来。但是囚犯们还是不停地伤害自己,希望能获得芬太尼,虽然已经严令禁止医生给他们开这种药。斯泰茜已经学会严厉地对待这些瘾君子,她不想让他们太容易拿到药物,使自己成为毒品问题的帮凶。

"这是上帝通过自己的方式告诉我,斯泰茜,你已经受够了。"她对我说。在急诊护理期间,她知道一个自己或许可以胜任的行政职位有了空缺。作为一名质量有保证的护理分析师,她将担负起监察员的责任,以确保病人得到高水平的护理。监察员这个职位对她很有吸引力。

"这是一次很大的晋升,但是你知道吗?我已经等了 20 年。"她说。她得到了这个职位。新的工作时间从周一到周五,早上 7 点到下午 3 点半。每周工作 40 个小时,薪水和她做护士时工作 45 到 60 个小时的薪水一样多。

就在她将永远离开病房的前一天,斯泰茜收到了琳达发来的短信。堂兄弟戴维·赫尔又要上电视了。他的 12 年有期徒刑已经服了 7 年,最近获得了保释,他准备参加电视节目《菲尔医生》[①]。赫尔正处于假释考验期,不能离开肯塔基州,因此他通过卫星参加了这个真人秀节目。斯泰茜打开电视,和护士同事一起观看。这位三 K 党领导人的 20 岁女儿佩顿最近刚和一个非裔美国人生了个孩子,赫尔拒绝承认这个孩子或者说拒绝承认他是婴儿这个事实:"只要他身上有一滴非白人的血,

---

① 《菲尔医生》:美国的一个脱口秀节目,主持人菲尔是一名心理医生。

他就不是人。"他说。

佩顿告诉菲尔医生，在成长的过程中，她从未真正理解自己的父亲。"我对烧十字架的感受，单纯就是觉得它很漂亮，你知道的，像一根大蜡烛。"她说。

接着赫尔向菲尔医生布道雅利安人种在《圣经》中的神圣性，并展示了自己在邦联旗前面挥舞手枪的照片。斯泰茜和同事们都不敢相信，他们居然会允许他在电视上说这些东西。

2016年夏，特朗普狂热在华盛顿县迅速蔓延。不论支持还是反对特朗普的人，情绪都异常激烈。当地一名中学教师因不满学生穿着印有特朗普竞选口号的衣服来上课而要求他们离开教室，结果这名教师受到了学生家长的攻击。但是这类反对"让美国再次伟大"的现象还是很罕见的。特朗普承诺将振兴煤炭，同时支持天然气行业摆脱联邦政府的监管，这在能源开采有着悠久历史的华盛顿人听来，尤其能产生共鸣。

戴维·韦恩·赫尔也支持特朗普。赫尔和斯泰茜一样，在八十年代的工业倒闭潮中长大。"只要能到厂里干活，我可以把自己的两颗后槽牙拔掉。"他在电话里对我说。但是根本就没有这种活。这就是赫尔说他支持特朗普，并经常参加集会以争取选票的原因。"他想让白人有工作做，而我们需要工作。"赫尔对我说。尽管如此，相对于特朗普他还是更喜欢普京，他称普京为"男人中的男人——我的老天爷，他骑黑熊，在冰水里游泳。如果他说英语，我们能玩到一块去"。

在和睦镇，人人都知道特朗普对环保局很反感，还有他做出的将削减这个联邦机构26亿美元经费的承诺。贝丝·沃尔斯欢迎特朗普的观点。她觉得这个联邦机构抛弃了他们，因此为环保局受到惩罚而欢呼。但特朗普在其他环保问题上的沉默使贝丝觉得不是很有把握,于是她给特朗普的竞选团队写了无数封邮件,询问他对空气和水的具体看法,但是没有人回复她。不管怎样,她决定投票给他,约翰·沃尔斯也把票投给了特朗普。那年秋天将是他这辈子第一次投票。后来,贝丝后悔了。"很不幸,我老是选择错误。"她对我说。

从一开始,斯泰茜就对特朗普狂热不太买账。虽然亲眼见证联邦的监管毁了她一家,但这并不意味着她认为应该废除环保局。特朗普认为压裂法可以拯救阿巴拉契亚地区,这个观点在她看来甚至更加可疑。"我想,可能没有哪个行业和你们一样,受到如此严密的监管,"他对油气行业的雇员说,"联邦法规一直都是页岩气生产的主要障碍。"当听到他那句空洞的演讲——"这场由页岩气引发的能源革命将[给美国]带来巨大的财富"——她冷笑不已。他只不过是对那些大财阀百依百顺的又一名政客罢了。

但是斯泰茜对希拉里·克林顿同样没有好感。斯泰茜觉得这个人不可靠,而且说到压裂法,希拉里和特朗普一样糟糕,只不过可能没他那么直言不讳。因此斯泰茜决定,那年十一月,她将把票投给绿党的候选人吉尔·斯坦。斯坦比斯泰茜一生中支持过的任何一个候选人都要左,但是斯坦的竞选口号里有一条是"保护地球母亲",单凭这句话,斯泰茜就决定把票投给她。斯泰茜将成为和睦镇安维尔镇区 1,861 名选民中投票给斯坦的 16 个人之一。特朗普获得的票数是 1,336 票。

第三十三章

2016 年的集市

哈利站在羊棚外，不安地环顾四周，此时他正在等佩奇把山羊"腰果"系到绳子上。"如今参加集市这件事快把我逼疯了。"他告诉我。我们正站在距离考利的柠檬水摊子几百码的山坡上。漏斗蛋糕的香气混合着柴油味。现年 20 岁的哈利终于超龄，不能再参加比赛了，他为此感到高兴。哈利在社交场合总是容易焦虑，尤其是参加华盛顿县集市。这个八月的傍晚，走在印有各种简单句子的 T 恤（例如"希拉里进监狱""人工饲养""乡间生活更佳"）中间，哈利放眼望去，周围全是印有山脉资源标志的深蓝色和白色棒球帽、衬衫和横幅。就连小女孩分发的小瓶矿泉水上也印着"山脉资源"，这使他感到颇为讽刺：山脉在给大家发清洁的饮用水。

"我甚至不想四处走。我觉得大家都在看我和评价我，"他说，"每个人都有话说。"但是没有人说什么。他在这里成长，但他却不再觉得自己是社区的一员，这一点使斯泰茜最为难过，因为她一直认为归属感是自己能带给孩子们的为数不多的几个优势之一。但是对哈利来说，能看到事物的表象以下并非全是坏事。"它使你成熟得更快。"他说。

"一边成长一边了解现实世界发生的事。山脉资源的整个交易。不得不多次搬家这件事几乎贯穿了我的一生。我们现在和耶格尔先生没有说话，这样已经有一段时间了。我有一次在宴会上看到他，我甚至不想和他出现在同一场教堂晚宴上。"

斯泰茜依然记得几年前在"林基·丁克斯"路边餐馆遇到托比·赖斯的那个夜晚，当时这名赖斯能源的首席执行官向她说起哈利身上有"污点"的事。斯泰茜现在仍有这种感觉。"我们没有做错什么，但我们觉得没有人喜欢我们，因为我们和他们不在同一阵营，"她说，"这种感觉在集市上更加明显，因为参加集市的很多都是气井工人。"她说得没错。气井公司的资金拯救了许多小型农场，使它们有钱添置亟需的设备和牲口棚，就像斯泰茜自己曾经渴望的那样。斯泰茜关于他们全家依然笼罩在污名之下的说法也是对的，而且官司的拖延以及他们宣称自己得病，可能加剧了这种情况。过去五年来，赖斯对斯泰茜和两个孩子的态度也发生了变化。站在赛场的锯木屑上，正对动物投标的赖斯，现在怀疑哈利是否真的受到气井的毒害。他怀疑斯泰茜是想敲诈一笔。"那些投诉的人都挣不到什么钱。"他对我说。有麻烦的总是斯泰茜那样的小农场主，而不是雷·戴那样的大农场主。说白了都是因为钱。不久赖斯就把自己的公司卖给了竞争对手 EQT，据说成交价为 67 亿美元。

附近的一个大牲口棚里停着一辆赖斯能源的冰激凌车。到处可见企业捐赠的标志，过去十年，山脉为集市筹集了一百万美元。"这就像是他们的超级碗①,对吗?"山脉那个说话斯斯文文的发言人迈克·麦金后来问我。山脉这么做并不仅仅是为了维护公司的良好形象,他接着说道。"我们在谈论这个地区的未来和我们职工的潜在未来。"他说。新一代的工作将在这里延续很长一段时间,而尤其令他感到骄傲的是,在最近天然气价格下跌,以及随之而来的钻探活动和利润急剧减少的情况下,山脉并没有降低他们在集市上的存在感,也没有削减企业捐赠的金额。除了集市,山脉还帮那些有钻探作业的社区筹集了一千万美元。这些钱通过捐给高尔夫锦标赛、飞碟射击和辣椒烹饪大赛,维持了"华盛顿县联合之路"的运营,而后者反过来又支持了帮助受虐儿童的"法庭指定的儿童特别辩护律师"②"西南宾夕法尼亚家庭暴力服务机构""华盛顿卫生系统儿童治疗中心"和"大华盛顿县食物银行"。山脉资源是全县与饥饿有关的活动的最大的捐赠者。从2011年起,山脉还向和睦镇支付了300多万美元的影响费,并在当地的道路和基础设施上花了将近330万美元。不管从长远来看,废弃的气井和其他公共成本将带来什么样的负担,这些都是重大的贡献,镇政府官员韦恩·蒙哥马利说他们是"天赐之福"。

在哈利看来,上面的一切都只不过是山脉对受害地区所做的补偿。"我恨他们,因为他们干的好事。"他说。山脉表面上看好像支持养殖业和农业,其实全是假仁假义。看看他们对他家的动物干的好事吧。最近,哈利经常批评佩奇一点也不关心自己的山羊和猪。这个星期,为了训练腰果和一头名为奥马尔的猪,佩奇第一次独自在外公外婆的

---

① 超级碗:指美国国家橄榄球联盟的年度冠军赛,是美国的年度盛事之一。
② 法庭指定的儿童特别辩护律师:美国的一个非营利性组织,旨在培训志愿者成为"法庭指定的儿童特别辩护律师",为社区内受到虐待或受到忽视的儿童发声。

宿营车里过夜。想到佩奇将一个人参加集市,哈利又有些担心。过去五年已经把他们亲密地绑在一起,不管是好是坏。哈利疯狂地想保护她,让她远离那个曾经深深伤害过他的世界。斯泰茜已经受够了哈利的脾气,他经常嘲笑她的缺点,尤其是他们参加集市的时候,在那里,每个农场家庭都被置于显微镜下——每个人都可以看到谁系了缎带和蝴蝶结,谁有镶水钻的牛仔靴和腰带,谁在养孩子这个领域做得更好。

"你知道,哈①,我是这里唯一的单亲妈妈,"她说,"在经历了这一切之后,我想我已经做得很好。"

克里斯和斯泰茜依然是订婚状态,婚礼依然被无限期地向后推。斯泰茜认为自己无法在诉讼进行期间应付这些额外的费用和情感。等待对克里斯来说太难了。克里斯希望能正式开始他们的共同生活,他想结婚,斯泰茜却不想,坦白说这使他觉得有些奇怪。他们已经订婚了这么久。事实证明,克里斯有多沉默,就有多坚定。那天傍晚他将和琳达以及老爹到集市上来,观看佩奇和腰果参加的山羊拍卖会。他们到达集市后,琳达给斯泰茜打了个电话,当时斯泰茜正和哈利兄妹俩站在羊棚外,他们距离柠檬水摊子只有几步之遥。斯泰茜一边接电话,一边朝贝丝·沃尔斯挥手,贝丝正从山上走下来,她正走向六年前,她告诉斯泰茜卡明斯死讯的那个地方。贝丝不停地喘着粗气。她已经被诊断出患有哮喘,就和她的狗狗狄塞耳一样。狄塞耳因为对治疗哮喘的沙丁胺醇过敏而死去。虽然狄塞耳的死因是药物过敏而非哮喘,但贝丝认为背后的罪魁祸首就是山脉。狗狗自己是不会得哮喘病

---

① 哈:哈利的昵称。

的。现在她的心脏也有问题。

"我得去做个心脏导管插入术,"她告诉斯泰茜,"我的心脏很容易累。"

"噢,没事的,"斯泰茜安慰她说,"很多人的心脏都有问题。只是有点堵塞罢了。"

那天下午,黑尼起诉山脉一案的一名被告打电话来谈和解的事。一共有五个被告提出和解,但是他们的出价很低,因此没能谈成。而且总的说来,和解就像是一场懦夫游戏①:没有人想先服软。同时这些对话也是高度保密的。约翰已经警告过斯泰茜和贝丝,不要和家人以外的人提到和解的事。如果被告愿意给钱的消息传出去,会使他们产生一种罪恶感。这就是为什么一旦决定诉诸法律,就不能在法庭上提及和解谈判的原因:它们可能不利于被告,而且披露和解谈判也可能伤害原告,使未来和解的大门永远地关上。

过去四年来,已经有三名法官经手了黑尼起诉山脉一案,这个案子一开始有17个被告,包括两家水质检测实验室和两名个人。这个案子似乎注定将经历无休无止的拖延,不久它将重新回到第一个审理它的法官那里。有几名被告从一开始便试图脱离本案,他们的理由是,根据严格责任条款的规定,在宾夕法尼亚,他们无须为斯泰茜、贝丝、巴兹或者他们的家人负责。这也是哈里伯顿等公司在初步反对②阶段提出的观点。

2012年,这个观点没能说服第一个审理此案的法官黛比·奥戴

---

① 懦夫游戏:一种游戏,两人驾车高速向对方,谁先拐弯避过对方,就是"懦夫"。后来这个词常被用来刻画一种骑虎难下的博弈局势。
② 初步反对:指被告方对法庭的管辖权或原告诉讼请求的可接受性提出反对的主张,专门用来阻止法庭对案件进行实质审理或实体裁决。

尔·塞尼卡。她认为，即使这些家庭并非产品预期的最终用户，企业也对他们负有责任。2016年，第三个负责本案的法官威廉·纳里兹推翻了奥戴尔·塞尼卡之前的判决。他让几名被告免于起诉——包括一家化学品生产商和一家检测实验室。另外一家检测实验室也成功地免于起诉，但却基于不同的理由。原告指控实验室"美国检测"允许山脉在自己的电脑系统中修改检测报告，这种做法已经构成阴谋和欺诈。为了表明自己所言非虚，肯德拉说，在"美国检测"的用户手册中，有一节专门提到如何帮助客户篡改实验报告，这一节的标题就叫"隐藏数据"。肯德拉说，这一点，再加上山脉基于赔偿条款，正在帮"美国检测"支付诉讼费这一事实，已经足以证明"美国检测"犯有欺诈和阴谋罪。但是纳里兹法官却不这么看，他裁定这两项指控都不成立，因此不久"美国检测"也成功地免于起诉。同样免于起诉的，还有原始诉状中的两名工程师——大部分井场的设计者斯科特·罗斯米塞尔，和卡拉·萨茨科夫斯基。两人都免于起诉，理由是他们各自的雇主应该为所有可能的违法行为买单。

看到被告的数目从17个缩减为11个，斯泰茜和贝丝感到很失望。案子中只剩山脉和其他10名被告。她们担心这些被告的逃脱对她们的案子来说不是什么好兆头，而且这股势头并没有变弱，尽管那年春天山脉卷入了一起地方性丑闻。山脉的一名经理特里·博塞特在一次大型会议时不小心说漏了嘴，他说山脉不在"大户人家"附近钻探，因为那些富人可能会对他们的做法提出抗议。在场的两个环保组织当即要求州环境司法办公室展开调查。博塞特道歉说自己是在开玩笑。

当时，山脉正面临史上最大的一笔罚单：因导致宾夕法尼亚州威廉斯波特附近的水源受到甲烷污染而被处以895万美元的罚款。但是不久之后，这个案子却奇怪地转变了方向。开出罚单的州环保部部长约翰·奎格利遭到解雇，并被护送出了那栋以蕾切尔·卡森名字命名的大楼，事情的起因是奎格利给环保团体发了一封脏话连篇的邮件，指责他们没有在他面对来自油气行业的巨大压力时给予他足够的支持。第二天，奎格利得知宾夕法尼亚州政府撤销了即将对山脉资源开出的罚单，这个消息是他从报纸上知道的。州长办公室说撤销的工作已经进行了好几个月，而且是在奎格利完全知情的情况下。对奎格利来说，这是他与油气行业之间那令人恼火的长期较量中压倒他的最后一根稻草。"当你最终看到环保部实际上是多么腐败时，你会觉得很恶心。"他对我说。

但是这些发生在宾夕法尼亚的小冲突对华尔街的意义不大，山脉在那里面临着更大的挑战。山脉的股价已经从2014年最高位的每股93美元骤跌至17美元。这些下跌大部分都是行业性的：天然气正受到压裂法成功带来的压力。由于科技进步和暖冬的影响，美国东北部出现了天然气供过于求的情况。山脉之所以能一度独霸马塞勒斯地区，是因为他们的气井产量高，钻探成本又很低。但是短时间内这么多气井一拥而上，导致现在天然气多得用也用不完，利润就这么降下来了。

贝丝和斯泰茜不太考虑华尔街的情况。她们考虑的是自己的案子，她们希望它快点结束。由于审判日期一再推迟，上诉期无限延长，黑尼起诉山脉一案看来庭外和解的可能性越来越大。哈利不知道和解意味着什么。

"如果和解了，联邦调查局和环保局还会继续调查吗？"哈利问。

"无论如何他们都会继续调查的。"斯泰茜让他放心。斯泰茜没有告诉他联邦调查局和环保局似乎已经消失。哈利依然在盼望勇士来救他,斯泰茜也看不出自己有什么理由熄灭他的那点希望。相反,她提醒哈利和佩奇记得他们在宾夕法尼亚最高法院的那场胜利。是他们全家的努力使之成为可能,她说。

"随着《13号法案》被否决,我们知道,他们永远不可能像对待我们一样对待其他人了。"

集市主持人在用扩音器叫佩奇的号,59。佩奇牵着腰果走上秀场,她腰间系着一条镶水钻的皮带,脚上蹬着她那双满是破洞的小猪袜子。贝丝·沃尔斯在露天看台上找到约翰,克里斯、琳达和老爹正在那里等待佩奇和腰果进场。

老爹拒绝了山脉资源提供的免费坐垫,宁可坐在冰冷的铁质长椅上,今天他的兴致特别高。这已经是八年来他的灰胡桃第七次夺冠。老爹最近还发了两笔意外的小财。首先,几十年来饱受噩梦和各种健康问题困扰的他,获得了美国政府的补偿金,以补偿接触橙剂对他身体造成的伤害。现在老爹也赚起了天然气热潮的钱:他刚刚签了采矿租约。有了这两笔收入,希尔贝里家的经济状况比以往任何时候都要好。"我们拿到的钱比我们工作时的收入要多得多,"琳达说,"比我们一辈子的钱都要多。"

老爹经常抱怨几年前把家族农场卖给了煤炭公司。想不到现在他虽然已经不是地的主人,却依然拥有那块地一部分的采矿权。托比·赖斯以大约10,000美元的价格租了他那块地,然后又转出去,现在租约的持有者是山脉。老爹虽然憎恨山脉,但他却在盘算怎么用这笔钱帮助别人。他可以对外孙外孙女们慷慨一点,以一种他未能如此对待斯泰茜和谢莉的方式。他和琳达借了一笔钱给谢莉的儿子贾德,让他买下他的第一辆卡车。贾德的新工作需要一辆卡车,他是一名承包商,负责在居民区安装天然气管道。他们还借了 2,500 美元给哈利,让他可以为哈利草坪和树木服务有限责任公司买辆拉割草机的拖车。庭院工作看起来像是哈利未来最有可能的工作。这个职业不稳定,斯泰茜不太喜欢,但她不知道还可以让他做什么。很多时候,哈利都起得很早,他去上班,回家,然后就一直待在地下室里。

  琳达和老爹都希望哈利能过上不一样的生活,他们和谢莉一样,毫不怀疑哈利的病是气井造成的,但他们同时也希望斯泰茜向前看,不要再让案子绑架她和孩子们的未来。家人对斯泰茜的期望使她感觉到了恶意和误解,就和她小时候一样。他们使她更加觉得自己是在孤身奋战,全世界的每一个人,从她自己的家人开始,全部都与她为敌。两姐妹好几次夜里通电话,最后都变成声嘶力竭的吼叫,那些旧的伤疤被揭开了。

  然而,这些痛楚却被隐藏在集市轻松的外表之下。虽然哈利不愿意家里人到集市来,但 2016 年对佩奇来说是个好年份。她的山羊腰果获得了第二名,而且她的好朋友的爸爸以每磅 4 美元的价格买下了腰果。斯泰茜注意到托比·赖斯和山脉资源都没有出价。在秀场上,主持人说每个来参加集市的人都应该感谢那些身穿印有山脉标志衬衫的人。今年山脉为每个参加四健会比赛的孩子增加了一倍的捐款,从 100 美元提高到 200 美元。每年,他们都会在集市结束后收到捐款的支票。而每年,斯泰茜都会为两个孩子购买寄给山脉的感谢信。2016 年,作为假笑着咒骂对方的一种方式,斯泰茜挑选了两张印有一圈紫罗兰的卡片，上面写着：这个世界将会多么美好……假如每个人都和你一样善良。

集市结束后，克里斯认为斯泰茜需要离开这里，到外面透透气。经济依然拮据的他们，只能开车一个小时，向东越过宾夕法尼亚边境，到马里兰州的弗伦兹维尔去。那个九月的周末天气非常糟糕，雨一直没有停过，远足已是不可能。克里斯开车载着他们在乡间绕了一圈，斯泰茜看着连绵起伏的深绿色山脉，想起了和睦镇和繁荣镇。透过雨水打湿的窗户，一块块写有"不要在马里兰使用压裂法"的标志牌从斯泰茜眼前掠过，她想知道这里发生了什么。他们停下来吃早饭时，斯泰茜走到放宣传手册的架子那里，想看看有没有适合雨天周六消遣的活动。她发现有本小册子介绍的是当地的一家葡萄酒厂，名为"深溪酒庄"。她查了查谷歌地图，发现距离这里只有17分钟的路程。斯泰茜给店家打了个电话，询问是否营业，酒庄的主人娜丁·格拉巴尼亚在接电话前瞟了一眼来电显示。电话上显示的是"斯泰茜·黑尼"，但她没有多想。叫这个名字的人肯定很多。她告诉斯泰茜深溪酒庄11点开始营业，并问斯泰茜是不是跟团前来。不是，斯泰茜说，就只有一对夫妇。

在镶着金色木板的地下品酒室里，娜丁和她的丈夫保罗一直在努力给人一种既谦恭又亲切的感觉。保罗想在门前挂一块招牌，就像意大利的小酒庄那样。他们是当地唯一一家葡萄酒厂，他们的目的是显得友好而不做作。在品酒室徘徊时，斯泰茜注意到桌上放着一些有关宾夕法尼亚空气和水质以及压裂法影响的资料。

斯泰茜告诉格拉巴尼亚她很高兴见到他们。她来自宾夕法尼亚，她和两个孩子正与一家钻探公司打官司。他们养的动物都死光了,他们家的水不能喝了。他们的空气受到污染,他们不得不在三年前搬出了自己的家。

酒庄的主人愣了一会。你就是斯泰茜·黑尼？她问。斯泰茜开始啜泣。我不是故意想让你难过,格拉巴尼亚轻声地安慰她。她从木制柜台后面走出来,搂住斯泰茜。她说她知道斯泰茜和她两个孩子的全部遭遇。弗伦兹维尔的每个人都知道。六年来,格拉巴尼亚一直在尽可能地阅读有关压裂法的文章。早在2010年,一股出租热潮就已经把她和一些邻居吓得不轻,他们决定介入此事。"我们立刻就变成了反压裂人士。"她后来对我说。格拉巴尼亚生于华盛顿县,在十里溪沿岸长大。五年前读了斯泰茜的故事之后,格拉巴尼亚便决定勇敢地站出来,促使当局暂缓钻探,直到州政府能够确定压裂法是否会引发"不可接受的风险"为止。现在暂停令即将到期,政府面临一个两难抉择:是允许钻探还是干脆禁止使用压裂法。你的故事对我们很有帮助,格拉巴尼亚说。她坚持要送斯泰茜两瓶葡萄酒,斯泰茜对此感到很不安。

斯泰茜不想要人家的东西,从小她就不喜欢接受施舍。回到车上,克里斯发现斯泰茜还在为礼物的事耿耿于怀,于是开玩笑说,为什么不看看我们能否利用你的名气弄到更多的免费葡萄酒呢？斯泰茜笑了。她从车上给孩子们打电话,告诉他们刚刚发生的事。这是他们经历的苦难并非毫无意义的又一明证。她觉得上帝是为了娜丁·格拉巴尼亚才把她送到那里去的,而不是因为她要去那里度假。"也许她需要亲眼看到我们是真实存在的人。"她跟我说。

尾声

戴白帽的人

2017年马里兰州宣布禁止压裂法时，斯泰茜默默地在心里进行了庆祝。现在对和睦镇甚至宾夕法尼亚来说可能已经太晚，但是其他州不会。除了纽约州和马里兰州决定不使用压裂法之外，加拿大十个省中也已经有四个颁布了禁令。由于担心居民区和农场附近出现大规模的工业问题——卡车、泄漏和地表污染物的溢出——法国和德国也拒绝了压裂法。全球一致反对压裂法，使得天然气是煤炭和可再生能源之间一种必要的"过渡性燃料"的看法受到质疑。欧洲正在证明完全有可能越过这个过渡阶段。科技的发展日新月异，已经有越来越多的国家将风能和太阳能接入他们的电网，而且所占的比例正在加大。就连中国在压裂法的使用上也进展缓慢。在国际能源市场上，发展最快的是可再生能源，因为可再生能源风头正盛，即使那些不关心环境的投资者也把赌注押在了上面。

禁止压裂法的消息传来时，斯泰茜松了一口气，同时又觉得有些自豪。她想象自己正处于一场正义与邪恶对决的世界大战的舞台中央。

这就是她看待这个世界的方式：让自己置身于旋涡的中央，同时相信自己的故事能使远方的局势发生改变，尽管在近处他们自己的未来一片苍白。

和解谈判毫无结果；双方的分歧太大，根本无法谈拢。在华盛顿县民事诉讼法庭，这个案子似乎毫无进展。为了在纳里兹法官面前辩论，史密斯夫妇等了一年多，最后他们要求法庭指定一名新的法官，于是这个案子被重新派给了华盛顿县民事诉讼法庭的首席法官凯瑟琳·埃默里。埃默里法官希望双方尝试调解。

史密斯夫妇劝黑尼一家和沃尔斯一家尽可能让生活照旧，而他们自己也在努力这么做。2017年10月一个星期六早上，肯德拉完成晨间足球比赛的教学之后，和约翰双双坐在厨房那张有着花岗岩台面的农场餐桌旁，他们正对这个案子产生的巨大而意想不到的成本进行评估。这个案子比他们想象的还要波及个人。史密斯夫妇家里收到过恐吓信。他们拿出一封给我看。一张小纸片上用打字机写着："我以主耶稣基督的名义诅咒你们，撒旦的代言人。"史密斯夫妇从未对孩子们说起这些恐吓信。

桌子的一头有一个很大的白色活页夹，里面都是黑尼一家的检测报告，肯德拉昨晚看到很晚。他们依然在忙这个案子，每周工作七天。对外他们做出镇定自若的样子，然而内里却感到疲乏。他们需要互相支持，把彼此捆绑在一起。他们的婚姻虽说一直很稳定，但现在却比以前更加牢固。

"有人问我，为什么可以和自己的丈夫这么亲密地一起工作，"肯德拉说，"然而事实上，我想不出还有其他什么方式。"为什么她不能放下手头的文件，喝杯红酒或者聊聊天，其他合伙人会怎么看她？她需要不断努力。平时沉着冷静的约翰·史密斯有时会睡不着,虽然他不愿意承认。

"没有人看到这些牺牲。"肯德拉说,她暗指约翰。他依然快乐、风趣,和以前一样乐观,但他眼睛的光芒已经被愁云所遮盖。约翰却不想详细谈论自己的失眠,他甚至很快指出这件事给他们带来的裨益。他们学到了新的法律知识,而这些,六年前他们根本想不到有朝一日需要用到。

"因为这个案子,我们变成更加优秀的律师了。"他加上一句。对肯德拉来说,最难以接受的,还是无法为巴兹争取到清洁水源这件事。她能为斯泰茜、贝丝和孩子们争取到的唯一一样东西就是金钱。而用法律上的话来说,金钱永远也无法使他们变得"完整"。她在这一行已经做了几十年,知道金钱从来都不是人们想象中的万灵丹。水则有些不同。在肯德拉看来,清洁水权是每个美国人都应该拥有的最基本的权利之一。

"你在第三世界国家听说过这种事,但是当有人跑过来找你,说:'这是我的生活必需品。你能帮我拿到吗?'我无法帮别人拿到我每天理所当然得到的东西。这种事怎么可能发生在美国呢?"

史密斯夫妇把对环保部的质疑一路提到了州最高法院,但是州最高法院最终拒绝审理巴兹的案子。一直在跟踪这个案子并为"深度能源"撰稿的汤姆·谢普斯顿支持压裂法,他写了一篇新的博客《天然气现状》:

> 来自宾夕法尼亚西南部一个废品场,被一些出庭律师用作系列诉讼人,还被为了达到他们的目的的反压裂人士特殊利益集

团树为典型的原告洛伦·[巴兹·]基斯卡登终于永远地输掉了官司……环境听证会、联邦法院和现在的宾夕法尼亚最高法院在看过证据之后,一致决定对洛伦·基斯卡登做不立案处理。一切已经结束。山脉资源赢了,反对压裂法一方则输得"很惨"(一些纽约人如是说)。

肯德拉还担心他们的失败开了个不好的先例。"从此以后,巴兹这样的穷人将再也不可能去起诉环保部。"她说。

在州政府的命令下,废料池关闭了,同时关闭的,还有钻屑坑。然而,由于依旧住在贾斯塔布里兹,贝丝的健康状况一直不见好转。2017年5月17日,贝丝进了华盛顿医院的急诊室,经诊断,她的脸颊、鼻子和喉咙均有化学灼伤。山脉否认井场有任何异常,但是贝丝身上的水疱证明了污染的存在。华盛顿医院的急诊医生把贝丝的诊断结果写下来,同时告诉她不能回家,直到环保部检查过,确保他们家安全无虞为止,所以贝丝现在坐在公园的长椅上。"去他娘的没有凡士林①和违背自己的意愿,我现在可不是个快乐的宿营者。"贝丝对我说。她以为没有地方去而坐在华盛顿公园。她刚刚给约翰·史密斯打电话,威胁说要到华盛顿县法院的门口去,在那里高声呐喊,让大家知道山脉都对她做了什么。

"我不在乎是否会坐牢,"她对我说,"至少在那里我能呼吸到新鲜空气。"

约翰·史密斯劝她冷静下来,最后她去了水壶酒馆。但是,这

---

① 凡士林:一种润肤品。

一次，受到臭味困扰的可不止贝丝一家。新来的邻居里克·洛尔买下了麦克亚当斯路对面一个废弃的旧农场，这个农场就在贝丝家对面，刚好位于加勒特家隔壁。39 岁的洛尔是一名测井员，为压裂井场事先存在的矿井绘制图像，现在他和自己 9 岁的女儿住在这里。这处估价为 150,000 美元的房产，他只花了 10,000 美元就买下了。房产的旧主人是一对已经去世的老年夫妇。一开始洛尔以为是老人的后代不愿费劲去打扫房子，现在他怀疑是气井把他们赶跑了。贝丝住院的那天，洛尔闻到一股化学味，他在沃尔斯一家之前就已经看到一辆辆卡车往山上开。洛尔的头疼得厉害，眼睛和喉咙也火辣辣的。他认为自己知道这是什么味，在整改现场工作过十几年的他，曾经的工作就是跟踪这股味，然后进行清理。洛尔觉得这股味像是矿内气体，这意味着井场发生了泄漏，当地现在有三个气井还在生产。"这种东西很危险。它本质上由石油和液体的致癌物混合而成。"洛尔跟我说。贝丝说那股味非常强烈，很像是涂了木馏油的电线杆散发出来的味道，木馏油是一种防腐剂，可以从煤炭或者页岩中提炼。洛尔从窗户望出去，看到一辆辆三轴卡车（即贝丝所说的"垃圾车"）正沿着公路往山上开。从他家的窗户，可以看清车上的货物：他们装的是新鲜的石子。后来，他看到有一辆三轴卡车沿着麦克亚当斯路开了回来，用油布包裹着，一些油性物质泄漏出来弄脏了路面。"只有当车上真的载有什么重要东西时，你才会用油布把它蒙得那么严严实实。"他告诉我。洛尔打电话给山脉。山脉告诉他一切正常，那辆车是空的。当我致电山脉询问此事时，他们干脆发给我一份环保部检测员的报告，那上面写着："我从未发现空气中有类似木馏油的气味或者任何与工业相关的其他气味，也没有发现任何异常。"

六天后，山脉资源的工作人员带我去了一趟耶格尔井场。那天上午9点，我在南波尔特山脉资源的总部大厅，见到了他们的雇员迈克·麦金及其同事马克·温德尔。一面很大的平板电视正播放着福克斯新闻，一家由当地团队运营的自助餐厅"希望餐厅"正供应午餐吃的烤鸡肉卷。2017年是山脉进驻南波尔特的第十个年头，山脉的庆祝方式是在《观察报》上刊登付费文章，记录山脉员工每个星期五在当地的炸鱼薯条店挑选四旬斋①食物，以及其他的社区活动。慈善日那天，每个人都穿着牛仔裤。友好的气氛反映了公众态度上的软化。马特·匹兹雷拉走了，沉默寡言的迈克·麦金代替了他的位置，麦金今年30多岁，是两个孩子的父亲，曾在海因茨历史中心工作过。除了应付记者之外，麦金还和各社区一起制定当地的钻井条例。自从《13号法案》被否决，无法继续无视用地分区规划之后，为了使每个镇区尽可能友善地对待钻井，山脉花了不少心思。

我们戴上安全帽和防护眼镜，然后才坐上一辆没有标志的灰色吉普，沿79号州际公路向南，朝和睦镇/隆派恩镇出口的方向开去。麦金和温德尔都是本地人。他们的年龄都是30多岁，都是在工业倒闭潮的阴影下——"后钢铁时代"（温德尔语）长大的。他们都是有思想的年轻人：非常聪明，希望能在油气行业（最好是山脉）谋得一份稳固的工作。虽然山脉的股价降得厉害，但麦金和温德尔对公司以及整个天然气行业的前景依然很乐观。今年四月山脉公布了它的季度

---

① 四旬斋：指复活节前的40天，基督教徒视之为禁食和为复活节做准备而忏悔的节期。

盈利，这是两年来的头一次。现在页岩气竞争最激烈的地方不是这里，而是在南面得克萨斯州和路易斯安那州的二叠纪盆地，山脉刚刚花33亿美元收购了一家路易斯安那的钻井公司。和马塞勒斯地区不同的是，二叠纪盆地附近很可能形成一个成熟的市场，这里有海湾石化带以及直抵石化带的输气管道。但是山脉加入的时间有些晚，而且二叠纪热潮也出现了问题：湾区大部分钻探公司钻取的是更加有利可图的石油。在他们看来，地下飘上来的那些气体一点价值也没有，因为它们四处游逸，难以控制。在华尔街，虽然大多数的分析师都认为天然气随时可能东山再起，但是另外一些人则看到了可再生能源的发展、输气管道的问题，以及令人失望的全球天然气市场，而变得没那么自信。

为了稳妥起见，山脉把宝押在了乙烷上——一种用于制造乙烯的原材料，广泛用于从防冻剂到塑料制品到果实催熟剂等一切产品。乙烷是一种便宜的液体，而且很容易从天然气中分离，山脉是第一家用一艘中国定制的船向欧洲出口乙烷的美国公司。在距离这里一个小时车程的温德尔的家乡比弗县，壳牌石油公司正在那里建造一座巨大的乙烷裂解厂，工厂离匹兹堡国际机场不远，而后者也已经把9,000英亩的地租给了油气企业。阿巴拉契亚地区正有望建造更多类似的工厂，以打造一条以马塞勒斯天然气为原料的自己的石化带。虽然新厂尚未开工，但是比弗县的态度和命运已经发生变化，温德尔说。

"我长大时，周围的人——我的祖父母都是老师——周围的人不是镇上的老师，就是美国航空公司的职员，要不就是在街上的第一能源公司[①]上班。"温德尔接着说道,"这种情况 20 年没有改变,直到大约一年前壳牌开始动工。嗯,这就是生意——情况完全改变了,那里的商会已经彻底改观,真让人挺激动的。每个人都很兴奋。"温德尔的兄弟姐妹也在这一行工作。他姐姐是山脉的内部律师,他哥哥在竞争对手的研究机构 FTI 咨询工作。

我们经过了隆派恩镇的卡车停靠点,除了那家特许经营的赛百味,那里现在还是华盛顿县最大的啤酒店所在地——挂在休闲车废弃点铁丝网外的横幅上写着,里面有 500 种不同品牌的啤酒。我们走了一条偏僻的路,绕过戴家农场,直奔耶格尔井场。

那天我们约好,只谈论山脉目前的做法和几年来发生的变化。我们从吉普车上下来,在钻井平台附近走动。不久我们发现自己站在一片及膝深的苜蓿草丛中,这里就是原来废料池所在的地方,越过山坡的边缘,可以看到马路对面贾斯塔布里兹的牲口棚棚顶。"我们在这个地方遇到了一些挑战,这对你来说已经不是什么秘密,"麦金告诉我,"我们从这些挑战中吸取了教训,并研究出了一套改进的方法。"

改进的做法包括不再使用钻屑坑,这些坑在 2011 年就已弃用。随着天然气价格的下跌,山脉和其他公司一样,找到了削减钻探成本的方法,这同时也带来另一个好处,那就是减少了井场的占地面积。砂仓现在竖着放,而不是横着放,这样就不会太占地方,山脉现在没有建造新的井场,而是在技术许可的条件下,往现有的井场上再打多几口井。那些平均有三四口井的井场,最多可以打上十几口。

[①] 第一能源公司:美国第四大电力供应公司。

山脉现在百分之百地回收它们的压裂废液，然后利用这些废液再次进行压裂，麦金说。虽然这么做大大减少了取水量，但是仍有个问题，那就是在压裂完成再次进行压裂之前，将这些液体储存在哪里。华盛顿县的山脉尾矿坝依然在运作。但是山脉现在使用的塑料薄膜比以前的厚一倍。而且他们现在使用的不是两层塑料膜，而是五层，并且在层与层之间放置了黏土和其他防护性土壤。麦金还跟我说，山脉最终采用了讨论已久的"闭环"系统，也就是所有废料——返排液、钻井产生的泥浆和钻屑——现在都储存在容器里，而不是露天的池塘里。但是在我看来这毫无意义。他刚刚说过，华盛顿县有两个露天的废料池。这可不是我所理解的闭环。

我们继续行驶几英里，来到一个正在作业的井场，观看一座75英尺高的白色先锋牌钻机依次为四口新井打横井。一面写有"顶级团队"的山脉资源旗帜飘扬在一辆拖车的车顶。哈里伯顿公司的几个矮胖的灰色罐子正等候在井架底部，罐里装的是为封井注入水泥时必须用到的物质。附近停着几个红色的阿德勒水箱，里面装着封井时搅拌水泥所需的水。麦金指给我看那几乎覆盖了整个井场的保护垫。如果有什么东西洒了，也是洒在这块油布上，不会渗透到下面的土壤，他强调说。这本身已经是很大的改变。

马克："我不知道其他公司是怎么操作的，但我们一直都遵循山脉的方式。西部乡村电影中……那些戴白帽子的好人，总是以正确的方式做事。[1]"

迈克："对外我们没必要这么做，但是对内，我们都是戴白帽的

---

[1] 在美国的西部电影中，好人戴白帽，坏人戴黑帽，所以通常用白帽指代好人。

人，只会做正确的事。即使情况如此——即使处境艰难，你也必须做正确的事。"

好人总是做好事——我知道他们对此深信不疑。但是我知道，贝丝、斯泰茜、她们的家人，和史密斯夫妇绝对不会相信这种说法。这么一小块地上，居然发生了如此迥异的故事，实在让人难以想象。那天晚些时候，我顺便拜访了沃尔斯一家。约翰正在院子里驾驶拖拉机修剪草坪，拖拉机的杯架上搁着一瓶淡啤酒。"至少你看到我们没有发疯，"我把车停在车道上，他把割草机关掉，同时高声对我说，"你看到那些烟雾，闻到臭味了吧。"贝丝从屋里出来，身后跟着一只名为"提坦"的拳师犬。她的脸上仍有水疱。"我从来没这么愤怒过。我们不应该这么想，但我控制不了。有这么多人知道是怎么回事，但他们不受影响，因此他们无所谓。"她说。她的女儿好点了，她为此感到庆幸。阿什莉现在是一名马路工人，她的工作是帮修路工灌注混凝土，这是一份难度颇高的工作，但有助于她将来操作重型机械。她希望有朝一日能开推土机、起重机和反铲挖土机。这类工作的工资很高，虽然需要多年的训练。这也是件值得期待的事。

"我已经厌倦了这种看不到未来的生活。"阿什莉告诉我。她依然住在家里，同时利用妈妈的牲口棚经营一点驯马业务。但是在这么一个小地方与气井公司闹矛盾也给她留下了像哈利那样的心理创伤。"我担心全世界会怎么看我，"她说，"我这么沉默平凡。我这么单调乏味。我一直都很心灰意懒。"在这场持续不断的战斗中，贝丝和斯泰茜把自己的怒火向外发泄，阿什莉和哈利则把它朝向了自己。"我没有发怒，只是比以前退缩了100倍。"阿什莉接着说道。尽管耶格尔农场发生了这么多事，她还是希望把自己的家安在附近。她已经和斯泰茜说想买下她那座废弃农场,斯泰茜答应会好好考虑,虽然她不希望阿什莉把孩子养在受污染的房子里。但是阿什莉和她妈妈一样固执,决意要留在麦克亚当斯附近。她不太担心空气,她担心的是水。阿什莉希望被告肯掏钱,把自来水管一直拉到贾斯塔布里兹和斯泰茜家,以此作为解决方案的一部分。临别时,贝丝给了我一罐他们前一天采的蜂蜜。

我继续驱车五公里,来到曼基巷。正在厨房餐桌旁坐着时,佩奇放学回来了,手里拿着个信封。几天后她将中学毕业。以前那个瘦长身材的11岁女孩已经不见了,信步走进来的,是一个穿破洞牛仔裤和紧身背心的棕色皮肤的青春少女。她把信封往桌子上一扔。2012年,有个老师让她写一封信给未来的自己。*亲爱的佩奇*,信中写道,*嘿,小可爱!你过得好吗?气井的事怎么样了?*

五年过去了,依旧没有答案,虽然案子的要求一个接着一个。山脉的律师要求盘问琳达和老爹,还要求斯泰茜的前夫拉里也一起去。斯泰茜想,这家公司想看他们是如何在审判中坚持作证的,好吧,她将奉陪到底。斯泰茜相信,如果真的对簿公堂的话,山脉肯定会输。当一个由和她同龄的人组成的陪审团听到哈利几次三番被送进急诊室,检测报告遭到篡改,以及她相信山脉的员工当着她的面撒谎,说水可以喝的真相之后,华盛顿县的居民将会站在她这一边。然而,所有这些义愤都无关紧要。斯泰茜不想打官司了。她想和解。她忍受不了这种压力,更不要说还要请假了。陪审团的审判可能持续几个星期,也可能几个月。斯泰茜无法请那么长的假,而一旦她缺席庭审,就可能会惹恼他们。就连这种家人作证人陈述的事也耗费了她大量的时间和精力。

老妈的证词录得很顺利,但是老爹则发起了山脉的牢骚。在证据开示阶段，山脉已经拿走了斯泰茜的日记。她不知道山脉是如何知道她有日记的。在老爹作证人陈述期间，律师念了一段她感到父母从未真正给过她支持的话。老爹发誓说她一直以来都是个麻烦的孩子。事后斯泰茜责备老爹，说山脉可能利用他的证词来对付她。老爹感到很难受，但事实上他没说什么。不过，更让人担心的是拉里。从2007年他离开到现在已经十年，这期间他和斯泰茜一直没有说过话。拉里认为是斯泰茜把他赶出了哈利和佩奇的生活，斯泰茜则认为是他抛弃了他们。对于拉里作证时会说些什么，斯泰茜一点头绪也没有，不知道他是否会利用证人陈述来惩罚她十年来对他的敌意。结果拉里并没有这么做。他对山脉的律师说，斯泰茜是对的。他住在麦克亚当斯时，水还很清，他亲眼看到自己的儿子病倒，虽然大部分时间他并没有在他身边，但他也认为哈利是接触了化学物质。有一回，斯泰茜虽不愿意，但还是承认拉里做得对。

哈利现在知道，联邦调查局和其他人都不会来救他们。他认为山脉只有在一种情况下才会被迫真正付出代价，那就是面对负面舆论的时候，而这就需要审判。他是案子的一名具名原告，现在又已经长大成人，因此他的建议不容忽视。

一天下午，他和母亲就这个问题吵了起来。"让每个人都知道他们做了什么。"他说。斯泰茜一直在努力支持他，同时让孩子们的生活步入正轨。哈利和她一样，无法连续几个星期参加庭审，斯泰茜告诉他。他会丢了工作。哈利已经决定放弃草坪养护生意，改为安装家用天然气管道。表兄弟贾德的三人团队刚好有个空缺，他准备顶上。斯泰茜很高兴。她将不用再帮哈利打理生意，也不用担心他会从树上掉下来。

"哈利，你得往前看。"她对他说。

"我永远也无法前进一步，妈妈，他们已经毁了我的生活。"他说。席亚拉坐在他旁边，握着他的手。

"算啦，佩奇和我都感觉好点了，我们需要你的生活也步入正轨。"她说。

"我可以变得更好，我正在变得更好，"他说，"但这并不意味着我能从这里前进一步。"哈利和席亚拉站起来，朝地下室走去，席亚拉和哈利现在一起住在那里。他们很少露面，除了夜里很晚的时候出来吃东西，那时大家都去睡觉了。他们把面包屑弄得到处都是，克里斯喜欢叫他们"小老鼠"。为了有更多的时间陪哈利，席亚拉已经放弃了她的国际商务学位，从匹兹堡大学退学，改为在家乡的华盛顿与杰斐逊学院（一所文理学院）就读。因为哈利的缘故，席亚拉现在正在修读心理学。她希望能找到他焦虑和抑郁的原因。

斯泰茜正给一个个蓝色的玻璃瓶插上满天星，作为佩奇毕业派对上的装饰。派对将在十字溪公园举行，自从在公有土地上开发气井以来，山脉已经给公园捐赠了一些游乐设施和一个可供残疾人使用的码头。

斯泰茜在为佩奇的派对做准备，哈利走到外面，在火盆附近一把很旧的摇椅上坐下，并摇了起来——几年前，我正是在这里问了几个令他感到不舒服的问题，关于他紧张的朋友关系和抽大麻的事。现在他看起来和以前不一样，显得更加坦然了。当我跟出去，问他过得怎么样时，他甚至敢直视我的眼睛。

"今天是我修剪草坪的最后一天，"他说，"好像我能感觉到压力在一点一点减轻。"他期待着每天从地下室出来，见到其他人，并看到后院和县集市以外的世界发生变化。新工作带有福利，这让哈利感到满意。这份工作也符合他的道德准则：这些郊区的天然气管道铺设在城镇的地下，经过人口密集的地区。"这些事总得有人去做。"他说。但是对于那些仍然纯净的地区，他不会想去破坏它。

后记

第二年冬天，2018年1月18日的傍晚，贝丝给阿什莉和小狗煮好了意大利面和肉丸子。她和约翰两人都因太焦虑而吃不下。将近六年过去了，黑尼起诉山脉一案的和解谈判终于要举行了。为了准备与山脉和剩下其他十名被告的会议，贝丝邀请了两位朋友来帮她祈祷。三个女人一起大声念了《路加福音》1:37——*因为出于神的话，没有一句不带能力的*——并拨打了祈祷热线。后来，过了几个小时，贝丝感觉好一些了。她坐在地下室的皮革沙发上，开始翻阅山脉为本案提交的专家报告。那些医生坚持认为贝丝和其他原告都没有接触过化学物质，贝丝一看到这里就炸了。

无论谈判的结果怎么样，贝丝都担心会被禁言。要是协议要求他们签某种禁言令怎么办？要是不让他们谈论自己的遭遇怎么办？旨在保护协议各方的保密条款在这类协议中并不少见。阿什莉也一样，一想到可能要签保密条款，就感到非常不安。

"我的狗不会说话，"阿什莉说，她正和妈妈一起坐在地板上，腿上放着一盘意大利面，"我的马也说不了话。我是唯一一个能讲述它们遭遇的人。"

对阿什莉来说，这份很可能签署的协议有一个亮点：斯泰茜已经同意一旦这件事情了结，就会把废弃的农场卖给她。农场曾经属于斯泰茜的曾祖父这件事已经变得不再重要，斯泰茜想把它出手，价格再低也要把它卖了，因为房子已经不适合居住，而且没有自来水。阿什莉仍打算从和睦镇接一条水管过来。但是费用并不便宜。按照史密斯夫妇聘请的工程师专家的说法，给黑尼、基斯卡登和沃尔斯三家的农场接上自来水管，需要的费用是每家一百万美元。而山脉的专家却认为，即使原告的饮用水中确实存在他们所说的那些化学物质，处理的费用也只需每户 11,000 美元到 13,000 美元。另外，原告的水质在华盛顿县并不反常。"所有的无机物都是自然存在的，也可能存在其他的源头。"一名专家写道。环境听证会在基斯卡登起诉环保部一案中已经肯定了这个结论。

巴兹的败诉可能令所有原告都感到痛苦。法庭的最近两个判决也对他们不利。约翰·史密斯提出在宾夕法尼亚州，像斯泰茜、贝丝和巴兹这样的局外人应该可以要求赔偿，即使他们不是相关产品的"最终用户"，然而，他这条质疑严格责任原则的动议却被驳回了。更重要的是，法庭拒绝以不遵守法庭命令为由处罚山脉。山脉从未向原告提供井场使用的所有化学品的准确清单。凯瑟琳·埃默里法官认为，山脉已经尽力了。

斯泰茜和贝丝一样，担心这些判决对于仲裁来说不是什么好兆头。她同样很担心这场即将到来的谈判。在星期五谈判举行前的那个星期，每个晚上斯泰茜都努力想入睡，而当她终于努力睡着时，又会做些奇怪的事，就好像她患创伤后应激障碍最严重的那段时间一样。有天夜里，克里斯醒来时发现斯泰茜正在扯他的胡子；还有一次，她在啪啪地打他的脸。

"今晚我需要戴头盔吗？"谈判前的那个晚上，他们准备上床睡觉时，克里斯问。斯泰茜笑了。她不知道没有克里斯的幽默相伴会是什么样子。他总是善于轻轻地戏弄她，改变她的情绪。1月19日的早上5:15，闹钟响了，斯泰茜不知道自己有没有睡着过。她起床，烧水泡茶，然后便一头钻进了浴室，她要赶在孩子们之前洗完澡。因为他们曼基巷的家只有一个浴室，所以像今天这种全家人必须同时离家的情况，他们会事先做好安排。佩奇6:30洗，哈利6:45洗。

没有人想吃早饭。斯泰茜不知道会发生什么，所以无法让孩子们做好准备，应对可能发生的情况。为了防止他们失望，斯泰茜解释说谈判持续的时间可能从5分钟到12小时不等，而且仍有可能毫无结果。如果确实谈成了，不管每个家庭得到多少补偿款，史密斯夫妇都会从大人的赔偿金中抽取33%，从孩子的赔偿金中抽取25%。"无论结果如何，我们都不要紧。"那天她在厨房对孩子们说。达成协议至少意味着她和克里斯可以结婚了。

"那将是个度假式婚礼，"佩奇开玩笑说，"阿拉斯加。"她装了满满一塑料袋的品客薯片和牛肉干，还带了一本满是格言警句的涂色书。斯泰茜把一张哈利和佩奇的照片塞进钱包，照片上的哈利11岁，佩奇8岁，兄妹俩正微笑地抱着中间的兔子幻影合影。斯泰茜想让法官看看在这一切发生之前孩子们的样子。

哈利的表现出乎意料地好。事实证明，席亚拉的爱使他变得稳重起来，而他的管道工作也干得非常出色，甚至有机会参加培训成为一名电工。尽管如此，随着谈判的临近，哈利还是感到非常紧张。几个星期以来，他一直在和自己的精神治疗师谈论即将到来的这一天。她教给他一个方法，让他自己把每天的固定动作重复一遍。那天早上，他起床后，会去刷牙、淋浴，然后穿上那条最好的牛仔裤。他会喝一杯橙汁，然后在 7:30 之前和妈妈和妹妹一起离开家。接下来就没有了，因为不知道会发生什么事。

谈判定于 8:30 在南波尔特的史密斯－巴茨律师事务所举行，斯泰茜、哈利和佩奇在那里见到了格雷丝，还有贝丝、约翰和阿什莉。巴兹生病在家。他们七个人将待在另外一个房间里，与此同时，本案的调解人，令人尊敬的退休法官加里·卡鲁索则在努力促成被告律师和史密斯夫妇之间达成协议。今天结束之前结果将会出来，他们要么达成协议，要么法庭上见。

在史密斯－巴茨律师事务所的会议室里，只有约翰·史密斯一个人在和对方谈判。肯德拉在新泽西州的一家医院照顾自己生病的父亲。她一整天都待在病床旁，随时准备打电话加入谈判。那天晚上 9:30，经过 13 小时的谈判，双方终于达成了一致意见。

虽然不能和任何人讨论协议的条款，但那点赔偿金还是令斯泰茜和贝丝感到既愤怒又泄气。然而她们也承认，事情的终了使她们获得了解脱。这是一个继续前进的机会，继续吵下去可能意味着还要再打好几年的官司，以及无休无止地上诉。

斯泰茜和孩子们从南波尔特开车回家，一路上他们沉默不语。1月20日星期六这天，斯泰茜醒来后不想出门。克里斯用他那有趣的小把戏，使尽浑身解数才把她哄出门——他们一起往和睦岭路两侧的路牌扔啤酒瓶，还到安纳瓦那俱乐部参加抽奖活动。但斯泰茜还是忍不住哭了。相反，哈利则感到明显松了一口气。他从佩奇的涂色书上撕下一张来藏好——他前一天大部分时间都在涂这一页，上面写着：永不言弃。他打算和佩奇一起去打保龄球，而星期六下午 3:30，正当斯泰茜想钻进被窝睡觉时，哈利却提议全家去水壶酒馆吃饭。

斯泰茜知道自己必须往前看，于是她加入了哈利、席亚拉、佩奇和克里斯他们的阵营。饭吃到一半时，斯泰茜看见沃尔斯夫妇从门口进来。她走过去和他们打招呼。贝丝站起来抱住斯泰茜。两个人紧紧地抱在一起，她们都没有哭，也没有提到前一天发生的事，担心被偷听到而导致她们无意中违反了禁言令。

克里斯吃完他那个洋葱饺子汉堡，也加入了他们的行列。他手里拿着一张刮刮乐彩票，那是他花了 10 美元从水壶酒馆的自动售货机上买的。两家人多年来保持着一个传统。多年前有个晚上，克里斯在水壶酒馆借了约翰的小刀刮这种彩票，结果赢了 400 美元。在这个星期六晚上，克里斯寻思着，一笔小小的奖励可能能让他们开心一下，但是贝丝却不想玩。她觉得自己的手气不好，她说。彩票刮开来，上面什么也没有。

贝丝和约翰感谢斯泰茜同意把农场卖给阿什莉。斯泰茜说她很高兴这么做，但她再次警告他们，由于化学物质和霉菌的污染，房子已经不能住人。阿什莉如果想在里面抚养孩子的话，将会很危险，她提醒贝丝。还有水也是个问题。贝丝告诉斯泰茜，从和睦镇接驳自来水管的费用太高，沃尔斯一家负担不起，阿什莉已经准备安装一个排水系统，以便把雨水收集到蓄水池里。

我们小时候就是这么过来的，斯泰茜心想。但她什么也没有对沃尔斯夫妇说。一想到阿什莉将成为等待雨水的新一代，斯泰茜就感到悲从中来。

关于资料来源的说明

这本书诞生于 2007 年的尼日利亚，在一座大桥崩塌的事故发生之后。我当时正坐着空油桶过河，一边在想明尼阿波利斯的 I-35W 大桥最近崩塌，落入密西西比河，造成 13 人死亡的事。在美国，许多原本困扰非洲和亚洲的集体贫困问题正变得越来越明显。我认为是时候回家了，是时候将注意力转向如何讲述美国自己的系统性缺陷了。

尼日利亚和其他的发展中国家一样，有着全世界最贫穷的人口，却也有着全世界矿产资源最丰富的土地。然而这种我们称为"资源诅咒"的现象，在美国同样存在。我想分析在阿巴拉契亚地区新近的天然气热潮中，"资源诅咒"是如何发生——又是如何被避免的。我想讲述那些为美国能源付出代价——同时也获得了回报的人的故事，在他们身上你可以看到，"资源诅咒"不仅助长了贫困，还加深了人与人之间的疏离感。

从 2011 年 3 月开始的过去七年里，为了采访与四个相互交织的案子相关的 45 人，我一共去了 37 次宾夕法尼亚西部。发生在哈利·黑尼和他周围动物身上的怪事始于 2009 年，而我两年后才到那里，因此关于那段时期，我只能依赖采访对象的回忆。有些案子的当事人拒绝接受采访，特别是那些主动诉讼的案子。在这种情况以及其他一些情况下，我依赖的是公开的法庭文件、庭审笔录、宣誓文件和证人陈述。这些案卷包括山脉的现任和前任员工、化学品生产商、废品运输公司、压裂法钻探企业、示踪剂生产商、塑料薄膜生产商、实验室的化验员，以及宾夕法尼亚州环保部官员的大量供述和证词。本书中，只有我自己在场做记录，或者材料来源于法庭的证人陈述、审讯或审判记录时，才会使用直接引号。

史密斯夫妇承接的黑尼起诉山脉一案于2012年立案。最初提交的诉状共有182页，另有1,734页为证据。其中包括事故报告、卡车运输清单、总设计图、内部邮件、施工文件、消息来源、私人日记、专业的现场记录、水质检测报告、医学报告、航拍照片，以及政府发布的违规通知单。过去五年里，经过证据开示这个流程，公开资料的数量急剧增加，现在已经可以装满一个房间。

另外，我的报道中还包括大量采访，采访对象包括政府和公司的机密信源、能源分析师、区域史专家、接触性疾病方面的专家，以及精通州法和联邦法的专家。

在和睦镇和繁荣镇，为了收集更多的观点，除了平时经常联系的几个主要人物之外，我还参加并聆听了镇民会议、州县举办的集市、教堂礼拜、廊桥节和法院的庭审。一些集会的火药味相当浓，因为理智而聪明的居民对于什么才是对他们镇最好，对国家最好，以及对地球最好有着截然不同的观点。

在我的报道进行的第五年，华盛顿县有超过六成的选民把票投给了唐纳德·特朗普。为了描绘特朗普的支持者，大量的记者涌向美国乡村地区，这么做有可能使一些成熟的观点听起来像断章取义，同时漏掉了那些更加波澜壮阔的美国乡村故事。长期以来，为了使其他人有电可用，美国一些地方的人付出了巨大的代价，本书讲述的正是这些美国人与代价抗争的故事。

有些人认为这个代价值得，有些人则不这么认为。

注释

按语

能源开发经常意味着对当地居民的剥削：关于阿巴拉契亚南部坎伯兰高原资源开采的精彩历史概述，可以参考 *Night Comes to Cumberlands: A Biography of a Depressed Area*（Jesse Stuart Foundation，2001），作者是 Henry M. Caudill。

第二章 当热潮到来

这些公司也修了路：为了计算油气企业在宾夕法尼亚西部的公共成本，我参考了两组数据。一组来自 *Measuring the Costs and Benefits of Natural Gas Development in Greene County, Pennsylvania: A Case Study*（Pennsylvania Budget and Policy Center, and Keystone Research Center, 2014），作者是 Stephen Hertzenberg, Diana Polson, and Mark Price，主要和社会成本有关。另一组则列出了那些转嫁给公共基础设施的私人成本："Estimating the Consumptive Use Costs of Shale Natural Gas Extraction on Pennsylvania Roadways"（*Journal of Infrastructure Systems*，2014），作者是 Shmuel Abramzon; Constantine Samaras, A.M.ASCE; Aimee Curtright; Aviva

Litovitz; and Nicholas Burger，由 American Society of Civil Engineers 出版。

第三章　隔壁的麻烦

这些树"和美国的历史一样悠久"：关于罗恩·耶格尔家农场的历史，请参考 2014 年 9 月 7 日发表的，路易丝·麦克克里内森（Louise McClenathan）写给《匹兹堡邮报》的一封信："早在耶格尔尾矿坝成为争论的焦点以前，这个地方就是路易丝·麦克克里内森家族的平静农场。"

第五章　空气传播

"这些问题无疑降低了公众的信任度"：环保部努力地想跟上油气行业的步伐，对此分析得最透彻的，是宾夕法尼亚州审计长的报告 "DEP's Performance in Monitoring Potential Impacts to Water Quality from Shale Gas Development, 2009–2012"。报告的全文见 www.pauditor.gov/Media/Default/Reports/speDEP072114.pdf。

第七章　"同心同德，相亲相爱，和睦共处，如一家人"

十里溪也是一个危险的地方：华盛顿县有很多不错的历史书。有两本我发现特别有用，它们是 Boyd Crumrine 的 *History of Washington County, Pennsylvania: With Biographical Sketches of Many of Its Pioneers and Prominent Men*，1882 年由 L. H. Everts & Co. 出版，以及 Harriet Branton 的 *Washington County Chronicles: Historic Tales from Southwestern Pennsylvania*，2013 年由 History Press 出版。

这也是威廉·佩恩的遗留问题：为了全面了解拓荒者的历史，我主要查阅了两本优秀著作，Kevin Kenny 的 *Peaceable Kingdom Lost*（Oxford University Press, 2009）和 William Hogeland 的 *The Whiskey Rebellion*（Simon & Schuster, 2010）。还有两本内容丰富的当地书籍：由 Amwell Township

Historical Society 编写的有关安维尔当地历史的四卷丛书 *Rural Reflections*（1977），和由 Reverend Rawley Dod Boone, S.T.M 编写和出版的 *The Reverend Thaddeus Dod: Frontier Teacher and Preacher*。

第八章　怀疑者

2007 至 2012 年，天然气热潮给宾夕法尼亚带来了 15,000 个与该行业相关的工作岗位：这个数据来自 Pennsylvania Bureau of Labor Statistics。在宾夕法尼亚等地，与天然气热潮有关的就业数字存在很大的争议。反对和支持开采的一方往往会得出截然不同的研究结果，这些研究成果经常被用作判断工业成本是否值得付出的依据。

当地农民的平均年龄也攀升到了 56 岁：宾夕法尼亚农民的困境及相关的背景资料见 Kathryn Teigen DeMaster 和 Stephanie A. Malin 所著的 "A Devil's Bargain: Rural Environmental Injustices and Hydraulic Fracturing on Pennsylvania's Farms"（*Journal of Rural Studies*，2015）。这篇文章也概述了宾夕法尼亚农民与油气行业之间的复杂关系。

第九章　吊人索

著名的环保主义者蕾切尔·卡森正是在这种环境遭到严重破坏的背景下长大：Linda Lear 的权威传记 *Rachel Carson: Witness for Nature*（Mariner Books，2009）出色地描绘了卡森的一生和她生活的那个时代。

"受益使用"：如想了解更多有关"受益使用"的法律，以及为什么油气企业产生的工业废料可以铺在农民的土地上，请参考 www.dep.pa.gov/Business/Land/Waste/SolidWaste/Residual/BeneficialUse/Pages/default.aspx。

地震：压裂法在两个截然不同的方面与地震有明确的联系。首先，事实证明，将废水注入地下深井会引发地震，最早的例子发生在 2014 年

的俄克拉荷马。其次，截至 2017 年，宾夕法尼亚等地的非常规钻探作业本身已经证明会引发地震。由美国国家公共广播电台的 Reid Frazier 主持的 *StateImpact* 节目引爆了这个消息；请参考 https://stateimpact.npr.org/pennsylvania/2017/02/18/pennsylvania-confirms-first-fracking-related-earthquakes。

第十章　血与尿

得克萨斯州迪许镇：关于得克萨斯州迪许镇与油气行业抗争的完整故事，Reeve Hamilton 已经在 *The Texas Tribune* 做了详细的报道。如想了解更多有关得克萨斯北部油气开采的情况，也可以参考 Saul Elbein 在 *Texas Monthly* 上发表的文章，详见 www.texasmonthly.com/articles/heres-the-drill。

苯是一种化合物：因与油气行业接触而可能导致的疾病，我主要依赖以下环境和医学方面的研究：杜克大学的 Christopher Kassotis 有关内分泌失调的文章 "Endocrine-Disrupting Activity of Hydraulic Fracturing Chemicals and Adverse Health Outcomes After Prenatal Exposure in Male Mice"（*Endocrine Society*，October 14，2015）；"Dangerous and Close: Fracking near Pennsylvania's Most Vulnerable Residents"（PennEnvironment Research & Policy Center，September 2015），作者是 Elizabeth Ridlington, Tony Dutzik, and Tom Van Heeke（Frontier Group）and Adam Garber and David Masur（PennEnvironment Research and Policy Center）；"Association Between Unconventional Natural Gas Development in the Marcellus Shale and Asthma Exacerbations"（*JAMA Internal Medicine*，2016），作者是 Sara G. Rasmussen, MHS; Elizabeth L. Ogburn, PhD; Meredith McCormack, MD; et al。虽然迄今为止，没有一篇经同行评审的论文研究过废料池中的细菌对健康的潜在影响，但是俄亥俄州立大学的 Paula Mouser 已经研究过这个问题。2014 年，她和 Maryam A. Cluff, Angela Hartsock, Jean D. MacRae, and Kimberly Carter 共同发表了论文 "Temporal Changes in Microbial Ecology and Geochemistry in Produced Water from Hydraulically Fractured Marcellus Shale Gas Wells"（*Environmental Science and Technology*，2014）。

第十二章　"阿提克斯·芬奇夫妇"

"缺钱巷 *10* 号张三先生和太太"：2011 年 7 月 8 日，美国国家公共广播电台的 *This American Life* 栏目做了一期题为 Game Changer 的节目，主题即是芒特普莱森特镇区与压裂法的抗争。

第十三章　互相猜疑

"这么做无论从道德上还是伦理上来说都是正确的"：山脉将公开压裂法中使用的所有化学物质的新闻，最先见于《华尔街时报》记者 Russell Gold 的报道，他的 *The Boom: How Fracking Ignited the American Energy Revolution and Changed the World*（Simon & Schuster，2014）一书为我们了解早期的天然气热潮提供了绝佳材料。

第十八章　暴动者

"请下载《美国陆军/海军陆战队反暴动手册》，因为我们正在和暴动做斗争"：莎伦·威尔逊最先把自己在休斯敦油气行业大会的录音拿给了《匹兹堡邮报》的唐·霍比（Don Hopey）。霍比随后爆出山脉使用心理战术并且像手册上所说的，密切关注许多当地的法律程序一事，我要感谢他在环境报道方面的杰出贡献。莎伦·威尔逊在自己的博客中详细介绍了这次大会和她的反压裂立场，详见 www.texassharon.com。

第二十章　监管全州

Salus populi suprema lex esto：关于美国公共福利概念的历史沿革——*Salus populi suprema lex esto*——请参考 William J. Novak 的 *The People's*

Welfare: Law and Regulation in Nineteenth-Century America （University of North Carolina Press，1996）。

第二十一章　有钱能使鬼推磨

追踪天然气热潮的发展轨迹可以发现，从 2007 年到 2016 年：作为美国国家公共广播电台地方台的合作方，*StateImpact* 的 Marie Cusick 跟踪了州环保部员工到私营企业任职的跳槽模式；详见 https://stateimpact.npr.org/pennsylvania/2016/01/21/where-are-they-now-track-top-state-officials-with-pennsylvanias-blurred-lines。

第二十二章　所有人都在奔向毁灭

"我们不知道库存还有多少，所以任人取用"：陆军工程兵团的生物学家罗丝·赖利说，钻井公司从公共溪流合法抽取的水量可以用 $(Q \times 7) \div 10$ 这个公式来计算。Q 代表这条溪过去十年录得的日最低流量。根据法律规定，钻井公司可以抽取的水量为溪流每周流量的十分之一这个水平，但是却没有采取什么措施来执行法律上对这些企业的取水量限制。

公地悲剧：埃莉诺·奥斯特罗姆那篇与公地有关的诺贝尔获奖作品，详见她的 *Governing the Commons: The Evolution of Institutions for Collective Action*（Cambridge University Press，1990）一书。

第二十三章　远处的人

环保部的实验室检测了 24 种不同的金属，然而报告上只有 8 种：2012 年 11 月 2 日，《纽约时报》的 Jon Hurdle 在 "Pennsylvania Report Left Out Data on Poisons in Water Near Gas Site" 一文中揭发了环保部在代码使用上的争议。

第二十四章　无知浑蛋

网络教育在宾夕法尼亚正日益流行：网络教育在宾夕法尼亚正变得越来越普遍，每五十个学生中就有一个参加特许经营的网络学校，这是一种公共资助的仅在网上授课的家庭教育形式。如想了解更多有关网络教育带来的挑战，可以参考美国国家公共广播电台属下费城公共电台 WHYY 的 Kevin Mccorry 的报道：https://whyy.org/articles/temple-prof-pa-cyber-charters-turning-huge-profits-sending-tax-dollars-out-of-state。

第二十五章　特别探员

在一份后来由维基解密公开的 2009 年的电报中：如想了解奥巴马政府为推动压裂技术出口所做的努力，可以参考 Mariah Blake 为 *Mother Jones* 杂志写的文章，以及维基解密公开的美国国务院电文原稿：https://wikileaks.org/plusd/cables/09STATE111742_a.html。

第二十七章　有权享有洁净的空气和纯净的水

"衡量我们进步的标准不仅仅是我们拥有什么，还包括我们的生活方式"：首席法官卡斯蒂尔在他那份里程碑式的判决书中，大量引用了赫伯特·法恩曼的演讲。法恩曼是 1971 年宾夕法尼亚议会的议长，当时这道修正案在议会几乎获得全票通过。

第三十三章　2016 年的集市

"大户人家"：山脉资源的特里·博塞特为自己有关不在"大户人家"附近挖掘气井的言论表示道歉。他不久就离开了山脉资源，到匹兹堡的一家律师事务所任职，为油气企业在应对法律法规方面提供咨询。宾夕法尼亚州前州长汤姆·里奇（Tom Ridge）在《邮报》上为博塞特辩护说："特里犯了错，但他已经公开道歉了。因为一次轻率的言论便看不到他几十年

来为我们州做出的杰出贡献，无异于一叶障目。"

"当你最终看到环保部实际上是多么腐败时，你会觉得很恶心"：前环保部部长约翰·奎格利 2016 年被州长汤姆·沃尔夫（Tom Wolf）解雇后，离开州政府进了学术界。他现在是宾夕法尼亚大学克兰曼能源政策中心的高级研究员。

致谢

采掘业不仅和资源有关,还和一个个故事有关。在长达六年的艰难日子里,没有哈利、斯泰茜、佩奇、贝丝、约翰、阿什莉、格雷丝和巴兹的无私和耐心,以及愿意让我到他们家拜访,这本书根本不可能完成。

我还要感谢华盛顿县的居民。这里只能列举其中的几位,谢莉·佩朗、琳达和拉里·希尔贝里夫妇、艾丽斯和帕克·伯勒斯夫妇、韦罗妮卡·科普蒂斯、雷·戴、里克·贝克、贾森·克拉克、比尔·"威拉德"·曼基和已故的比尔·哈特利——以及无数的其他人——他们慷慨、坦诚而又正派,我很感激他们。在阿勒格尼县和其他地方,埃米·韦斯、格雷格·斯科特、莉萨·奥尔、卢克·洛齐尔和多萝西·巴西特的智慧和热情给了我很大帮助,在此向他们表示感谢。

肯德拉和约翰·史密斯夫妇要为四个而不是一个复杂案子寻找证据,他们允许我深入他们的工作和生活。我要感谢他们,还要感谢达科塔、西恩娜和安斯莉允许我占用他们的父母这么多时间和精力。

在这些文字背后,还有那些杰出的专业人士给予我的宝贵支持。所有书籍都是合作的结果,这本书更是如此。WME 代理公司的蒂娜·本内特的热情和专注使我感到惭愧。在 FSG 出版社的亚历克斯·斯塔尔出色的编辑下,一系列复杂的法律案件被打磨得远远超过了各个部件的简单叠加。还是在 FSG 出版社，我的良师益友乔纳森·加拉西的信念与鼓励支撑我度过了那些最黑暗的日子。我还要感谢令人惊叹的杰夫·塞罗伊、法律知识出众的亨利·考夫曼、勤勉的多米尼克·利尔和目光犀利的兰尼·沃尔夫。还有许多人为本书的出版做出贡献，包括《纽约客》的埃米莉·斯托克斯、尼克·特劳特魏因、戴维·雷姆尼克，和《纽约时报杂志》的希拉·格拉泽和凯西·瑞安。

在调查研究方面，没有人比凯尔西·库达克更顽强了，他把全身心都扑在了这个项目上，和他一样的，还有希瑟·拉德克和马克斯·西格尔鲍姆。我还要感谢古根海姆基金会、洛克菲勒家族基金会、新闻调查基金会、哈佛神学院和斯坦福大学麦科伊家族社会伦理中心，是它们率先把这本书介绍给了专业读者。

对于以下朋友的支持和指导大声说一声*谢谢*：拉丽莎·麦克法夸尔、凯蒂·莱德勒、埃米·瓦尔德曼、苏西·孔迪、米歇尔·康林和罗伯特·哈蒙德。许多同事和专家的支持也使我受益良多，这些人包括卡罗琳·基桑、特里·恩格尔德、埃德·莫尔斯、乔恩·赫德尔、利夫·沃纳、妮拉·班纳吉、唐·霍比、玛丽·卡西克、罗丝·赖利、谢默斯·麦格劳、迈伦·阿诺维特和乔尔·塔尔。还有许多人无法在此一一列出：感谢你们勇于向我说出你们的故事。

家人方面，有菲比和弗兰克·格里斯沃尔德夫妇、汉娜、路易莎和乔治娜，我真得感谢你们，我欠你们很多很多顿饭。同样需要感谢的，还有我的新家人，他们很棒，他们是苏珊、保罗、艾丽、罗里、埃玛、约翰、马克斯、凯蒂和萨拉。感谢罗伯特，能坐在车里，在宾夕法尼亚收费公路上忍受那么长时间。

还有史蒂夫，感谢你以任何人都没有的耐心，读了这么多次《青蛙和蟾蜍》[①]，感谢你使我过上了我自己想也不敢想的生活。

[①]《青蛙和蟾蜍》：英语世界的一套著名童书。

AMITY AND PROSPERITY: One Family and the Fracturing of America
by Eliza Griswold
Copyright © 2018 by Eliza Griswold
Published by arrangement with Farrar, Straus and Giroux, New York.
All rights reserved.

版权登记图字 09-2021-0941
审图号：GS（2020）7208 号

图书在版编目（CIP）数据

压裂的底层 /（美）伊丽莎·格里斯沃尔德著；曾小楚译. -- 上海：文汇出版社，2022.1（2024.8 重印）
ISBN 978-7-5496-3669-3

Ⅰ.①压… Ⅱ.①伊… ②曾… Ⅲ.①纪实文学－美国－现代 Ⅳ.① I712.55

中国版本图书馆 CIP 数据核字 (2021) 第 231705 号

压裂的底层

作　　者 /	〔美〕伊丽莎·格里斯沃尔德
译　　者 /	曾小楚
责任编辑 /	何　璟
特邀编辑 /	唐琳娜　刘　早　赵丽苗
装帧设计 /	周伟伟
内文制作 /	张　典
出　　版 /	文汇出版社
	上海市威海路 755 号
	（邮政编码 200041）
发　　行 /	新经典发行有限公司
电　　话 /	010-68423599　邮　箱 / editor@readinglife.com
印刷装订 /	山东韵杰文化科技有限公司
版　　次 /	2022 年 1 月第 1 版
印　　次 /	2024 年 8 月第 5 次印刷
开　　本 /	640×960　1/32
字　　数 /	253 千
印　　张 /	11

ISBN 978-7-5496-3669-3
定　　价 / 79.00 元

敬启读者，如发现本书有印装质量问题，请与发行方联系。